CATHERINE BYBEE

Conquistada até terça

Noivas da Semana
LIVRO 5

Tradução
Sandra Martha Dolinsky

2ª edição

Rio de Janeiro-RJ / Campinas-SP, 2017

VERUS
EDITORA

Editora
Raïssa Castro

Coordenadora editorial
Ana Paula Gomes

Copidesque
Maria Lúcia A. Maier

Revisão
Cleide Salme

Capa, projeto gráfico e diagramação
André S. Tavares da Silva

Foto da capa
anastasiyaand / Shutterstock (noiva)

Título original
Taken by Tuesday

ISBN: 978-85-7686-607-7

Copyright © Catherine Bybee, 2014
Todos os direitos reservados.
Edição publicada mediante acordo com Amazon Publishing, www.apub.com, em colaboração com Sandra Bruna Agencia Literaria.

Tradução © Verus Editora, 2017
Direitos reservados em língua portuguesa, no Brasil, por Verus Editora. Nenhuma parte desta obra pode ser reproduzida ou transmitida por qualquer forma e/ou quaisquer meios (eletrônico ou mecânico, incluindo fotocópia e gravação) ou arquivada em qualquer sistema ou banco de dados sem permissão escrita da editora.

Verus Editora Ltda.
Rua Benedicto Aristides Ribeiro, 41, Jd. Santa Genebra II, Campinas/SP, 13084-753
Fone/Fax: (19) 3249-0001 | www.veruseditora.com.br

CIP-BRASIL. CATALOGAÇÃO NA FONTE
SINDICATO NACIONAL DOS EDITORES DE LIVROS, RJ

B997c

Bybee, Catherine, 1968-
  Conquistada até terça / Catherine Bybee ; tradução Sandra Martha Dolinsky. - 2. ed. - Campinas, SP : Verus, 2017.
  23 cm.   (Noivas da Semana ; 5)

  Tradução de: Taken by Tuesday
  ISBN: 978-85-7686-607-7

  1. Romance americano. I. Dolinsky, Sandra Martha. II. Título. III. Série.

17-44355
CDD: 813
CDU: 821.111(73)-3

Revisado conforme o novo acordo ortográfico

Para tia Joan
Simplesmente porque eu te amo.

JUDY APERTOU O BOTÃO VERMELHO de ataque, esperando não ter julgado mal seu oponente naquele jogo online idiota. Ela só precisava de mais cinco pontos para passar para o próximo estágio, e a bateria do tablet estava piscando, alertando para os vinte por cento restantes.

— O que é que você está fazendo?

Meg, que morava com ela havia quatro anos, estava na porta, de short de ginástica, olhando para Judy.

— Enrolando!

Merda, seus cálculos estavam errados e o ataque falhara, atrasando-a por pelo menos meia hora.

— Que jogo idiota!

Meg jogou a mochila no chão e foi até a pequena cozinha do apartamento fora do campus que compartilhavam.

— Você disse que não ia para o *inferno* comigo porque precisava estudar. E, quando eu entro aqui, o que é que eu vejo? Você perdendo tempo com esse jogo!

— Eu precisava de um tempo.

Inferno era o codinome de James e seu treinamento militar na academia. James montava os treinos com uma série de obstáculos que trabalhavam todos os músculos do corpo humano. Por isso o termo *inferno*. Ou I-N-F-E-R-N-O, quando elas não conseguiam nem sentar na cadeira ou no vaso sanitário sem xingar o cara. No entanto, não faltavam ao treino um dia sequer.

Mas esse dia fora diferente. Pelo menos para Judy. Seu trabalho final da disciplina de design arquitetônico avançado a estava deixando maluca, e ela deveria entregá-lo no dia seguinte, às sete da manhã. Como dizia a si mesma, fora uma completa idiota acrescentando mais uma especialização no último ano do curso. E daí que aumentara em quinze mil dólares seu empréstimo estudantil? Que se dane!

— Estou ferrada — disse, enterrando a cabeça nas mãos.

— Tá tudo bem.

Meg fechou a porta da geladeira com o pé, segurando uma garrafa de água gelada na mão.

— É uma merda. Meu projeto não tem nada a ver. Não tem nada dinâmico, nada que diga "eu sou a melhor estrutura do mundo, vá em frente e me tire do papel". Simplesmente nada.

Meg fez um gesto despreocupado com a mão.

— Você está pensando demais. Está estressada. Precisa mesmo é sair e dar uma boa trepada.

Judy revirou os olhos.

— Tenho que entregar o trabalho amanhã, Meg. Não tenho tempo nem para uma rapidinha.

Judy desistira de sair para se divertir no primeiro ano. Até os professores jovens e atraentes não pareciam tão interessantes desde então.

Desde...

— Bem, você precisa fazer alguma coisa para relaxar — disse Meg. — Desse jeito não vai aguentar.

Meg sempre dizia essas coisas. Seus pais eram reminiscências do fim dos anos 60, início dos 70. Tiveram Meg tardiamente e a educaram em um ambiente de liberdade sexual e de ruptura com a ordem vigente. Era incrível que ela tivesse conseguido seguir uma educação formal. Sim, ela estava saindo da Universidade de Washington com um diploma de administração, ainda que tivesse passado raspando.

O fato de Meg estudar administração deixara Judy confusa quando elas se conheceram. Meg parecia muito mais propensa às artes. Mas, segundo ela, os alunos que se formavam em artes serviam mesas a vida inteira e raramente contavam com alguma segurança na velhice. Judy ainda questionava se Meg seria feliz em um ambiente corporativo. O tempo ia dizer.

Judy terminara cedo as matérias obrigatórias de administração, em um esforço de se dedicar ao design arquitetônico como segunda especialização. Seu pai não tinha ficado satisfeito, mas não pôde reclamar muito quando soube que Judy fizera cursos online durante o ano escolar, bem como completara o que era exigido para se formar com duas especializações.

Agora ela estava em seu apartamento se dedicando a uns jogos de guerra idiotas e enrolando para não fazer seu trabalho.

— Um pessoal vai se encontrar no Bergies. Uma bebida poderia arejar a sua cabeça — disse Meg.

Judy jogou de lado o tablet com seus jogos, seus e-mails, sua vida, e se levantou.

— Primeiro preciso tomar um banho.

~~~

— Eu estou em missão — Rick sussurrou para si mesmo quando chegou ao campus da Universidade de Washington.

Não importava que ele tivesse começado sua jornada a caminho da Universidade Estadual de Boise, onde Karen havia lhe dito que Judy estudava. Ele só desperdiçara uma passagem de avião para o destino errado.

Observou o auditório onde aconteceria a cerimônia de formatura. Deu uma olhada no espaço onde haviam lhe dito que ficariam os vips vendo seus filhos, filhas — ou, nesse caso, irmãs — entrarem.

Michael Wolfe, a celebridade e o amigo que Rick estava encarregado de proteger, era o Elvis do cinema atual, tirando a voz e a guitarra. A família inteira de Michael — pais, irmãos e até sua ex-mulher — estaria presente na formatura de Judy. Provavelmente os paparazzi seriam o principal obstáculo, mas Rick sabia que cautela nunca era demais.

Imaginou a fadinha que alimentava a aventura e o fogo no sangue de Judy e sorriu.

Tudo bem com o auditório, concluiu Rick. As duas saídas principais eram os únicos lugares que a mídia podia violar. Seriam necessários menos de três homens para administrar aquilo, e Michael e sua família poderiam assistir à formatura de Judy em paz. Pensando melhor, talvez Rick acrescentasse um quarto homem ao trabalho, para ele mesmo poder assistir à formatura de Judy.

— Está tudo de acordo com o que aprovou, sr. Evans?

Rick quase se esquecera do gerente da segurança do campus que o acompanhava.

— Quantos seguranças você vai ter no dia da formatura?

— Foram escalados uns doze homens.
— Todos confiáveis? Honestos?

Era fato relativamente comum os seguranças ganharem um dinheiro fácil facilitando a entrada da imprensa.

— Claro — disse Pete, o chefe da segurança, parecendo ofendido.

— Muito bem. Que lugares os formandos costumam frequentar duas semanas antes da formatura?

Rick não cursara uma faculdade. Entrara nos fuzileiros navais pouco depois de concluir o ensino médio. Educação formal e burocracia não eram com ele. Ele ansiava por aventura. Tanta maldita aventura que seus amigos tinham morrido e algumas partes de seu corpo ostentavam lesões e cicatrizes, graças ao tempo passado no serviço militar. Sim, uma vez fuzileiro naval, sempre fuzileiro naval. Mas, aos trinta e um anos, ele não tinha nenhuma vontade de voltar para as forças armadas.

Não se sentia arrependido do tempo em que servira, mas a sensação era de que sua vida havia parado desde então. Agora que seu último colega fuzileiro naval estava casado e tinha um filho, Rick sentia que estava faltando algo em sua vida.

Quando as noites custavam a passar e o sono lhe fugia, os pensamentos de Rick corriam para uma pessoa: Utah.

Meu Deus, ela era realmente sexy, ardente e perspicaz. E, apesar de não querer manchar a vida dela, não conseguia parar de pensar na moça.

⁂

O Bergies era uma espelunca fora do circuito dos bares da moda que a maioria dos universitários frequentava. A clientela era composta de estudantes um pouco mais velhos, perto de se formarem.

Uma lenta e constante garoa caía do lado de fora, mas as janelas estavam abertas, para permitir que o ar circulasse. Eram apenas nove da noite, mas o bar estava lotado e a música rolava alta. A combinação perfeita para esquecer ou arranjar alguém. Por algum motivo, Rick não achava que veria Utah ali dentro.

Mas ela já o surpreendera antes, então tudo era possível.

Rick entrou no bar e deixou a porta bater atrás dele. O carpete sob seus pés estava encharcado, de modo que limpar os sapatos não fazia muito sentido. Passou pela primeira mesa e pelo segurança sentado ao lado da porta. O homem não estava atento o suficiente para perceber que Rick havia entrado, carregando mais de uma arma. Ainda bem, porque ele não tinha nenhuma intenção de mostrá-las. Pelo menos não as legalizadas.

— Oi, bonitão. O que posso fazer por você?

A garçonete, magra demais e oferecida demais, o notou antes que ele pudesse sentir o cheiro de cerveja. Sua pergunta tinha mais a intenção de ver e ser vista que de lhe oferecer uma bebida.

Rick ficou com a bebida.

— Uma Heineken.

Ela pestanejou.

— É para já. — E desapareceu balançando os quadris e os cabelos loiros descoloridos.

Não era seu tipo.

O sorriso sempre presente nos lábios de Rick atraía o olhar de algumas garotas, que logo voltavam a conversar com outras pessoas quando percebiam que ele não lhes dava a atenção desejada.

A loira equilibrou uma cerveja solitária na bandeja e lambeu os lábios enquanto a entregava. Rick tirou uma nota de dez da carteira.

— Pode ficar com o troco.

A nota rapidamente desapareceu no bolsinho da saia curta.

— Eu saio à meia-noite.

— Estou procurando uma pessoa.

Ela fez beicinho.

— Se mudar de ideia... — Então deu uma piscadinha e se afastou.

Sem chance, querida.

Rick foi até os fundos do bar, onde jogadores seguravam tacos e esperavam sua vez nas mesas de bilhar.

Uma gargalhada intensa o fez parar. Ele conhecia aquela risada.

O sorriso de Rick de repente pareceu mais genuíno. Correu os olhos no salão quando ouviu o riso de novo. Lá estava ela. De costas para ele, mas era ela: Utah. Segurava um taco e apontava para a caçapa do canto.

— Observa e chora.

Ela encaçapou a bola oito sem dificuldade, e as pessoas ao redor da mesa gemeram. Uma loira de cabelos curtos levantou a mão e fechou os dedos, como se segurasse algo.

— Podem pagar!

Utah riu, colocou o taco em cima da mesa e pegou a garrafa de cerveja. Rick só a observou. Ela usava um jeans justo e uma regata que abraçava deliciosamente sua cintura. Por cima, uma jaqueta jeans que ele podia facilmente imaginar pendurada no guidão de sua moto.

— Acho que nos ferramos — disse um jovem universitário enquanto levava a mão à carteira para pagar a dívida.

— Eu tentei te avisar — disse a amiga de Judy, enfiando as notas no bolso mais rápido que a garçonete.

— Alguém mais? Vinte paus, no mínimo, com uma rodada de bebidas.

Isso vai ser divertido.

Rick deu um passo à frente e ergueu a voz acima da multidão:

— Cem dólares.

Utah parou, mas não virou. Rick se perguntou se ela tinha reconhecido sua voz. Será que pensara nele no último ano? Com exceção da festa de divórcio do irmão dela, ele não a vira mais. Não além de um ou dois sonhos molhados.

A loira girou a cabeça como uma cobra que se volta para a presa. Ela o olhou de cima a baixo, como geralmente as pessoas faziam quando o viam. Ele sabia que não era de se jogar fora, que era uma montanha de músculos por baixo da camisa, como um fuzileiro devia ser. Os ombros largos e o pescoço grosso eram típicos de um militar ou de um zagueiro. Tinha jogado um pouco de futebol no colégio.

— Quem é você? — a loira murmurou.

Rick riu.

Judy se voltou lentamente e teve de inclinar a cabeça para cima para olhá-lo.

— Olá, Olhos Verdes — ela disse.

— Oi, Utah.

— Você conhece esse cara? — a loira perguntou, pondo-se ao lado de Judy e cutucando seu braço.

Meu Deus, ele tinha esquecido como ela era linda. Ele a encarou e sustentou o olhar dela. Ela corou, e algumas sardas se destacaram. A ironia que transpareceu em sua voz diante da presença de Rick acabara de acontecer, e ele seria capaz de apostar mais cem dólares que o que ela falaria em seguida seria ouvido por todos.

— O trem de esteroides parou na cidade e eu nem vi?

A loira começou a rir.

Rick se aproximou um pouco mais, ficando a alguns centímetros dela. Ainda mantinha o sorriso no rosto.

— Ouvi dizer que esteroides encolhem o pau — ele disse.

Sem poder evitar, Judy baixou os olhos, e foi a vez de Rick rir. Ele roçou levemente o corpo no dela quando pegou o taco na mesa.

— O que me diz, Utah? Vou até deixar você começar. Primeiro as damas.

Rick sabia que estavam atraindo uma multidão, mas a interação entre os dois provocava faíscas que pairavam sobre eles como um maldito arco-íris, e ele nem se importou com o que alguém pudesse pensar.

— Cem dólares é muito dinheiro, Judy — disse Meg.

— Tudo bem, Meg. O Rick fala demais. Além de tudo, ele não sabe do que eu sou capaz.

Rick balançou a cabeça e estalou a língua.

— Ora, ora. Não mostre todas as suas cartas.

— Ela é realmente boa, cara — disse o sujeito que perdera vinte dólares para ela, do outro lado da mesa.

— Vai pegar leve comigo, baby? — disse Rick, baixando a voz.

Judy recuperou um pouco da compostura perdida e se afastou.

— Nunca. E eu não sou sua baby!

Isso é o que vamos ver.

Ele não conseguia parar de sorrir.

Eu não vou sorrir. Eu não vou sorrir. Tudo bem, por dentro ela estava sorrindo. Embora o cara fosse superirritante, ele era muito gostoso de olhar. Os homens do bar pareciam garotos. E, comparados a ele, eram mesmo.

Meg se aproximou de Judy e sussurrou em seu ouvido:

— Quem é ele?

Judy passou giz no taco e respondeu baixinho:

— Segurança do Mike.

— O cara do último verão?

Sim, o cara que tinha ajudado a encontrar Becky Applegate e levara o pai abusivo da menina à Justiça. Rick podia ter o apelido de Smiley, mas seu sorriso seria capaz de sumir em questão de segundos se alguém pisasse na bola com ele. Ela o vira em ação, e ele era um verdadeiro tornado. Mesmo que o coração disparado não fosse um sinal, ela tinha recebido uma ou duas advertências a respeito do cara.

— Uau — Meg soltou, baixinho como um gato.
— Pode ficar com ele.

Meg riu.

— Amiga, ele não está aqui olhando para mim.

Judy ergueu os olhos e notou o olhar intenso de Rick. Terminou sua cerveja e fez um sinal para a garçonete.

— A aposta é cem dólares e uma rodada de bebidas — disse.
— Como quiser — ele respondeu.
— Mais uma rodada, Cindy. E seja lá o que for que ele está bebendo.

Rick ergueu sua cerveja, se recostou e cruzou os braços. Pena que aquela espelunca não tinha Dom Pérignon, senão Judy ia ver se a carteira de Rick podia com ela. Não que ela tivesse muita experiência com champanhes caros. Bem, quando ela visitava seu irmão, eles sempre pareciam caros.

— Quando quiser, baby.

Em torno dela corriam apostas paralelas. Ela não tinha nenhuma pista a respeito da habilidade de Rick, mas podia adivinhar que algumas pessoas apostariam nele só por causa do seu físico avantajado. E ela tinha que admitir que a confiança dele a abalara um pouco.

Judy colocou a bola branca na mesa e se inclinou. Rick estava bem à sua frente, do outro lado das bolas coloridas. Bilhar não era nada além de ângulos e linhas. Coisas com as quais ela lidava todos os dias na faculdade. Quando passara a imaginar a mesa como uma grande estrutura quadriculada de infinitas possibilidades, Judy começara a encaçapar bolas e a arrecadar algum dinheiro, que ela e Meg desperdiçavam. Ela não precisava desafiar ninguém; seus amigos do bar o faziam por ela. Os novatos eram alertados, e as apostas nunca eram altas. Só bebidas e algumas notas que mudavam de bolso.

Era legal, e no fim todos se divertiam.

Ela puxou o taco para trás algumas vezes, alinhando mentalmente as bolas.

— Quantas vezes eu tenho que te dizer...

Ela fez a tacada, e uma bola listrada e outra lisa desapareceram em caçapas opostas. Deu uma olhada na mesa, definiu mais três alvos: bolas lisas. Contornou a mesa até onde Rick estava, se inclinou e terminou a frase:

— Que eu não sou sua baby.

Encaçapou a bola quatro e se endireitou, sorrindo. Com o dedo indicador, empurrou Rick e virou o traseiro para ele, enquanto encaçapava a bola um no canto.

Ela não se lembrava de já ter flertado assim tão desavergonhadamente, especialmente quando não tinha nenhuma intenção de lucrar com seus apelos sexuais. Flertar com Rick era divertido, mas estava escrito "perigo" na testa do cara, e ela simplesmente não se arriscaria. Nem por uma noite.

A próxima tacada não era fácil; seria preciso fazer tabela, e provavelmente acertaria a bola dez listrada no caminho. Mas, se acertasse a dez a noventa graus, talvez desse certo. Judy traçava os ângulos enquanto todos ao redor da mesa se calavam.

Ela sentiu o peso do olhar de Rick quando bateu na bola e a viu lentamente atingir seu alvo e quase parar antes de cair. Judy suspirou e sorriu.

— Caramba, Utah. Você é boa mesmo! — disse Rick, mantendo o sorriso firme.

— Eu te avisei, cara — disse Jerry.

Jerry era o estraga-prazeres oficial. Nunca perdia a oportunidade de alertar os adversários do risco que era apostar com Judy.

Como não havia nenhuma tacada que pudesse render bons resultados naquele momento, Judy se certificou de que a bola branca não ficasse em uma boa posição para a jogada de Rick.

Ele rodeou a mesa, estudando as bolas.

— Quer aumentar a aposta, baby?

Judy apertou os dentes. Ela nunca gostou desse tipo de chamamento.

— Qual é o seu plano?

— Se você ganhar, eu paro de te chamar de baby.

— E se você ganhar?

— Ganho um encontro. Na hora e no lugar que eu escolher.

Ele não olhou para ela quando fez a sugestão.

— Um encontro?

Ele passou giz no taco.

— A qualquer hora, em qualquer lugar — disse.

— Eu tenho trabalho para entregar, e a formatura.

— Essas datas ficam de fora.

Judy olhou para a mesa.

— Me parece bom para os dois lados — Meg disse enquanto bebia sua vodca tônica.

Judy revirou os olhos.

— Tudo bem, espertinho. Eu pago para ver.

Um ruído no bar chamou a atenção de Judy. Dois sujeitos estavam discutindo sobre um jogo que passava na tevê.

Ela se voltou e olhou para Rick.

— Então...

Ele se inclinou e, sem fazer pontaria, encaçapou a onze — uma tacada que ela não tinha visto.

— Você realmente não gosta de ser chamada de baby, não é?

— Eu prefiro Utah a baby.

A catorze era um tiro fácil, mas ele conseguiu fazer uma tabela e empurrar a nove na caçapa oposta, do outro lado da mesa.

As pessoas ao redor começaram a trocar dólares. Rick errou a tacada seguinte.

Judy tirou a jaqueta e a entregou a Meg. Então ele queria jogar duro?

A bola sete quase precisava de um transferidor para se alinhar, mas foi ela derrubá-la e Rick erguer a sobrancelha. Ela errou a tacada seguinte, assim como ele.

Ela matou a bola dois, e estava confiante quando Rick matou duas com uma tacada só. De novo.

Que inferno!

— Vocês jogavam muito bilhar na marinha? — ela perguntou.

— Na verdade, não — ele respondeu, rindo.

Ele alinhou sua última bola na mesa, que entrou com facilidade, fazendo os batimentos cardíacos de Judy subirem. Na verdade, ela não tinha cem dólares na carteira. Só jogara duas vezes antes de Rick aparecer. E depois teria o encontro, no qual ela sabia que ele a chamaria de "baby" o tempo todo.

— Então onde você aprendeu a jogar?

Ele parou e a mirou nos olhos.

— Eu desafiava as pessoas para jogar quando tinha dezessete anos. Ganhei muito dinheiro também.

Ah, que droga!

Um barulho atrás deles lhes chamou a atenção. Parecia que um bêbado não tinha gostado de ser chamado assim e estava gritando na cara de alguém por causa disso.

Judy se concentrou no jogo e observou a posição da bola oito. Em toda a sua glória negra, a bola estava grudada na lateral da mesa. Rick teria que ser um idiota para errar a tacada. Ela já podia mandar bordar "baby" na toalha.

— Qual é o problema, baby? Você parece chateada.

— Você não me conhece bem o suficiente para saber se estou chateada.

Rick riu, se inclinou e puxou o taco para trás.

No bar, copos caíram no chão. Judy girou a tempo de ver uma cadeira voando. Já ia se abaixar quando um par de braços fortes a pegou pela cintura e a puxou para o chão, fora da linha de fogo.

Seus pulmões exalaram todo o ar, e ela sentiu a cabeça girar.

Rick protegeu a cabeça de Judy em seu ombro forte e másculo, ao mesmo tempo em que sentiu o corpo se sacudir. Ao lado dele a madeira se estilhaçou. Judy ouviu Meg gritar.

Ela lançou um breve olhar em direção ao tumulto e viu o bar se transformar em um caos. Todos brigavam. Isso já havia acontecido uma vez, assim que ela completara vinte e um anos. Ou seja, dois anos antes.

— Você está bem?

A expressão de Olhos Verdes assumiu um ar severo, muito diferente do semblante sorridente que sempre exibia. Seu corpo inteiro cobria o dela. Da cabeça aos joelhos. Ela sentia cada músculo tenso dele. Cada um.

— Tudo bem.

De repente, Rick virou o rosto para o dela e a abaixou ainda mais. Vidro se espalhou sobre ambos.

De canto de olho, Judy viu Meg e seus amigos fugindo pela porta dos fundos.

O barulho encheu o salão, e o som de punhos fez Judy se encolher. Rick a protegeu do golpe e a segurou firme pela cintura.

No instante em que se levantou, alguém tentou lhe dar um soco e foi recebido por uma cotovelada, depois um chute, jogando o bêbado de lado.

— Onde fica a porta dos fundos?

Judy apontou na direção em que seus amigos haviam acabado de sair, e Rick correu com ela porta afora. Saíram no beco úmido, na fria noite de primavera.

Involuntariamente, ela sorriu, apesar da dor que sentia no braço, onde batera no chão com o empurrão de Rick. Mas, enfim, bater no chão era melhor que levar uma cadeirada na cabeça.

— Você está bem?

Ela começou a rir.

— Judy?

Ela se inclinou para a frente, com as mãos nos joelhos, para recuperar o fôlego e parar de rir.

— Já reparou que cada vez que nos vemos algo louco acontece?

Em um minuto, Rick estava rindo com ela.

— A culpa é sua — ele disse.

— Claro, já que eu moro aqui, e você está só de passagem.

Ela se endireitou e colocou a mão no cotovelo dolorido. Então lembrou que sua jaqueta favorita estava dentro do bar.

— Ai, merda!

— Que foi?

— Nada. A minha jaqueta...

Não valia a pena voltar para pegá-la.

— Judy? — Meg a chamou.

— Estamos aqui.

Dois clientes saíram voando pela porta dos fundos, e Rick mais uma vez afastou Judy dos socos, enquanto a luta avançava em direção à rua.

Eles correram para longe do caos e encontraram Meg e dois amigos.

— Que jeito de acabar a noite!

— De qualquer maneira, tenho que terminar o meu trabalho. Que horas são? — Judy perguntou, soltando um longo suspiro.

— Nem dez ainda.

Ela inclinou a cabeça para o lado, e seus olhos encontraram os de Rick. O cara era uma verdadeira contradição. Olhos dóceis, músculos firmes, sorriso fácil, jeito ferozmente protetor.

— É isso!

Era disso que seu projeto precisava. Linhas suaves e madeira bruta. Nossa, estava debaixo do seu nariz o tempo todo! Ficaria maravilhoso. Tudo bem, talvez não maravilhoso, mas totalmente original. Pelo menos, era o que ela esperava.

— Utah?

Judy não percebeu que havia tocado o braço de Rick. Suave e firme. Então afastou a mão quando ele a segurou.

— Você bateu a cabeça?

Para ser sincera, sua cabeça doía. Mas provavelmente era por causa do barulho e da emoção de saber exatamente o que precisava fazer para seu trabalho final.

— Não. Eu estou bem. Meg — ela chamou, voltando-se para a amiga. — Temos que ir. O meu trabalho... Já sei o que preciso fazer.

Meg balançou a cabeça e riu.

Rick segurou a mão de Judy antes que ela pudesse fugir.

— Sobre o encontro...

Judy soltou a mão, apontando o dedo na direção dele.

— Você não ganhou, Olhos Verdes.

— Mas também não perdi, baby.

Ela riu. Meu Deus, ele realmente sabia irritá-la.

— Até a revanche, então. E obrigada por evitar que chutassem a minha cabeça — ela se despediu, enquanto Meg a puxava para longe.

Rick permaneceu na rua, até que sirenes começaram a chegar de algum lugar para intervir no quebra-quebra, que se estendera para além do bar.

— Disponha, Utah.

Judy se virou e correu pela rua molhada até o apartamento que dividia com Meg, sabendo que Rick a observava.

MICHAEL ALUGOU UM PEQUENO SALÃO para a festa e encomendou champanhe da melhor qualidade para Judy, os amigos dela e a família.

Ela estava nas nuvens. Tinha tirado uma nota ótima no trabalho final, exibia medalhas de honra ao mérito no peito e um incansável sorriso no rosto.

Meg entrou no pequeno salão, ao lado dos pais. Judy correu até eles e abraçou novamente sua melhor amiga.

— Nós conseguimos!

— Nerd do jeito que você é, Gardner, já sabia que conseguiríamos uma semana atrás — disse Meg, sorrindo.

— Olá, sr. e sra. Rosenthal — disse Judy, beijando os pais de Meg.

— Você me faz sentir uma velha, Judy.

Ela deu de ombros, recusando-se a chamar os pais de Meg pelo primeiro nome.

— Eu fui criada assim. Já conheceram os meus pais?

Judy chamou Janice e Sawyer e os apresentou aos pais de Meg. Quando os quatro começaram a conversar, ela puxou Meg dali.

— Vamos, precisamos tirar umas fotos.

Começou com Mike, mas precisou arrastá-lo para longe de seus amigos, que cercavam a celebridade e pediam autógrafos.

Ela abraçou o irmão, que a levantou do chão e a rodou.

— Aqui está a formanda! — exclamou, dando-lhe um beijo no rosto.

— Obrigada pela festa — disse ela.

— Para que serve um irmão mais velho rico se não for para fazer uma festa de formatura decente? — Mike brincou, sabendo que era muito mais do que isso para ela.

— A propósito, esta é a Meg — Judy apresentou.

Ao contrário dos outros amigos, Meg era descolada. Não tinha nada daquela porcaria de fã.

— Ouvi falar muito de você, Mike — disse ela.

Ele ergueu a sobrancelha, provavelmente por causa do nome que ela usara. Todos que não eram da família o chamavam de Michael.

— Fiquei sabendo que vocês duas se envolveram em uma briga de bar. Algo a ver com um desafio de bilhar, eu acho.

Meg deu de ombros.

— Bem, teve uma briga no bar, mas desafio de bilhar, nunca.

A lembrança daquela noite fez Judy olhar ao redor da sala. Ela tinha visto Rick na formatura, nos fundos da ala vip, mas não o vira mais desde então.

Parou uma amiga quando passava.

— Pode tirar uma foto nossa?

Judy e Meg ladearam Mike, mas Judy piscou quando a luz do flash a atingiu. A segunda foto ficou perfeita, e ela imediatamente a postou no Facebook.

— Precisamos reunir toda a família antes que alguém vá embora — disse ao irmão.

— Duvido que a mamãe nos deixe ir embora sem tirar uma foto.

O garçom passou com taças repletas de champanhe, e os três brindaram em comemoração.

— Tem certeza que não tem problema se eu e a Meg ficarmos na sua casa quando chegarmos a Los Angeles?

Judy conseguira um estágio no escritório de arquitetura Benson & Miller, e Meg queria conferir as oportunidades que a Califórnia tinha a oferecer. Os dois primeiros meses seriam mais fáceis se morassem na cidade. A casa de Michael em Beverly Hills era tudo, menos pequena. Não que Judy pretendesse ficar lá muito tempo; só o suficiente para arrumar um emprego de meio período até encontrar uma casa para dividir com Meg.

— Eu nunca estou lá, Judy. Seria bom para mim se alguém de confiança ficasse de olho na casa enquanto estou fora, filmando. Pergunte para a Karen.

Karen era ex-mulher de Mike e atual de Zach, o irmão mais velho de Michael e Judy. A coisa era complicada, praticamente um segredo de família. Pelo que parecia, Mike se casara com Karen por conveniência, quando os estúdios quiseram que ele passasse uma imagem de homem assentado na vida.

Karen e Mike nunca haviam sido nada além de amigos. Quando Karen e Zach se conheceram, logo se sentiram atraídos e acabaram se envolvendo. O que era bom, pois Judy gostava de Karen. Não queria odiá-la só porque partira o coração de seu irmão. Ou de um deles, pelo menos.

Hannah, sua irmã mais nova, apareceu atrás deles com o celular na mão. Meg tirou fotos de todos, e, antes que Judy se desse conta, alguém a arrastou para longe dali.

Ela tinha tirado a beca e o capelo para dançar quando o DJ começou a tocar. Todos gostavam de uma festa legal, e Mike sabia como fazer isso acontecer. Zach e Karen tinham aparecido com Rena, irmã mais velha de Judy, e o marido. Tiraram uma foto com todos da família.

Após uma hora dançando sem parar, Judy saiu para recuperar o fôlego e tomar um pouco de ar fresco. O sol havia quase desaparecido, restando apenas alguns traços laranja e rosa entre nuvens dispersas. Seattle fora boa para elas no dia da formatura, e isso era raro. O monte Rainier estava ali, ao longe — uma visão da qual ela sabia que sentiria falta quando se mudasse para Los Angeles. Mas era para lá que seu estágio a levava.

Passos atrás dela a fizeram se voltar.

Vestindo um terno de agente do serviço secreto, Rick se aproximou. Inclinou a cabeça e falou em um microfone pouco visível.

— Já a encontrei. Está tudo bem.

Judy pôs as mãos para cima, fingindo se render.

— Teve uma ameaça de sequestro e eu não percebi?

Não havia humor na expressão severa de Rick.

— É quase impossível saber o que alguém é capaz de fazer para chegar até o seu irmão.

Uau! Quem diria que Rick levava seu trabalho tão a sério? Ele sempre era tão sorridente.

— Eu só estava querendo tomar um pouco de ar, Olhos Verdes.

Ele relaxou os ombros. Mesmo de terno, tinha a postura descontraída do homem que ela estava acostumada a ver.

— Não te vi a tarde toda. Como você sabia que eu tinha saído? — Judy perguntou.

— Só porque você não me vê, não significa que eu não estou aqui, observando.

Por Deus! Se ela não conhecesse o cara — ou meio que conhecesse —, essa declaração poderia até ser mal interpretada.

— E você anda observando muito? — ela perguntou, mesmo sabendo que Rick não era nenhum assediador.

— Segurança particular tem autorização para observar as pessoas.

Ele sorriu, como se curtisse a própria piada.

— Então... — ela fez uma pausa e respirou fundo. — Você estava a trabalho ou em outro tipo de missão naquela noite?

Ela esperava uma resposta segura, não a verdade.

— Não. Aquilo foi pessoal.

Os lábios de Rick perderam parte do sorriso, e ele a olhou de uma maneira que ela nunca tinha visto antes.

— P-pessoal? — ela perguntou, sentindo o ar fresco à sua volta se aquecer.

Ele inclinou a cabeça para o lado, como se estivesse ponderando exatamente o que dizer.

— Acho que você passou naquele trabalho final.

— Difícil se formar sem passar. Agora, voltando a esse negócio de pessoal...

Rick balançou nos calcanhares.

— Eu queria ver se a garota que eu conheci em Utah tinha o mesmo fogo que vi no ano passado. Então, te encontrei desafiando as pessoas no bilhar...

— Jogar por dinheiro não é desafiar. Foi você quem disse que fazia isso.

Rick anuiu.

— É, acho que é verdade. Se bem que apostas acima de cem dólares geralmente constituem um desafio.

— Foi você quem sugeriu os cem dólares. Eu nem tinha tanto dinheiro assim na carteira — ela disse, apontando o dedo para ele.

Rick fechou os olhos e baixou a cabeça.

— Você ia deixar de pagar uma aposta? Que feio!

— Eu não deixei de pagar. Você não ganhou!

— Mas eu teria ganhado — ele afirmou.

Sim, ele teria. Ambos sabiam disso, mas certamente ela não admitiria a derrota para ele.

— Pouco metido, hein?

Rick foi até a lateral da varanda, enquanto Judy se apoiava na coluna.

— Ouvi dizer que você vai ficar na casa do seu irmão enquanto não arrumar um lugar para morar em Los Angeles.

— O Mike te contou? — ela perguntou.

— Eu monitoro a casa dele quando ele está na cidade e o acompanho a eventos como este.

— Não acho que a festa de formatura da irmã dele seja um evento de alto risco que requeira um segurança. — Judy riu.

Ele passou a mão no queixo e se voltou para ela.

— Você ficaria chocada se soubesse as merdas que o seu irmão tem que aguentar por causa da fama. Morar na casa dele vai te pôr sob os holofotes.

— Depois do último verão, acho que não preciso me preocupar — disse Judy.

— O que aconteceu no verão passado não teve nada a ver com o astro de Hollywood de quem todo mundo quer arrancar um pedaço.

Mas a aventura de Judy e Rick tentando localizar Becky a fizera se sentir viva de um jeito que ela nunca se sentira antes e lhe dera confiança. Os pais de Becky a haviam raptado, e Rick e Judy atravessaram mais da metade do estado de Utah à procura da garota.

— Eu já sou bem grandinha. Vou saber lidar com isso.

O sorriso desapareceu dos olhos de Rick quando ele virou a cabeça para o lado. Colocou o dedo na orelha, ouviu e respondeu:

— Estamos entrando agora.

Então se aproximou de Judy e colocou a mão na cintura dela.

— É hora de entrar — disse.

— O quê?

Ela passou por ele, olhando o céu escuro por sobre o ombro.

— Uns paparazzi no gramado dos fundos estão tentando tirar fotos.

— Duvido que eles liguem para mim — disse Judy.

Rick se inclinou.

— O anonimato é seu amigo, Judy.

Lá dentro a música parecia ainda mais alta, e, antes que ela pudesse o chamar, Rick já estava indo embora.

— Te vejo em Los Angeles, Utah — foram suas últimas palavras.

Pelo menos ele não a chamara de "baby".

∽∞∽

O apartamento que Judy e Meg dividiam em Seattle viera mobiliado, o que era perfeito para universitários que não tinham dinheiro. Só que agora elas não tinham nada! Cada uma tinha seu carro, suas roupas e suas caixas de pertences que só precisariam de um sótão por algum tempo. Mudar-se para a casa de Mike fora uma bênção e também deixara claro que as duas tinham muito o que fazer antes de se mudarem dali para dormir em qualquer outro lugar que não fosse no chão.

Na enorme casa, havia duas suítes de hóspedes no lado oposto ao quarto de Mike. Meg e Judy empilharam suas caixas neles, usando o espaço do closet e bagunçando os banheiros.

— Nem acredito que o seu irmão deixou a gente ficar aqui. Este lugar é incrível!

Meg e Judy estavam superentusiasmadas. O bom gosto de Mike era impressionante. Uma paleta de cores e texturas de influência espanhola, escolhidas por ele, complementava a casa de estilo missionário e as paredes de estuque. A sala enorme dava para a cozinha e para a sala de jantar. Portas duplas de vidro se abriam para um pátio que se espalhava por pelo menos mil metros quadrados, com fontes e uma vista da cidade. Judy mal podia esperar para explorar cada centímetro da casa e do entorno.

— E temos nosso próprio banheiro! Você faz ideia de como foi crescer em uma casa com tantas pessoas e só dois banheiros? — disse Judy.

— Não consigo nem imaginar — comentou Meg.

Meg era filha única e nunca tivera que dividir uma Barbie, muito menos uma pia e uma cômoda.

Agora, a luz do banheiro acendia quando elas entravam, sem nem precisar ligar o interruptor. Ambas estavam prestes a embarcar em um estilo de vida totalmente diferente.

A voz de Karen soou na frente da casa.

— Aqui atrás! — gritou Judy, esfregando a sujeira das mãos.

Os cabelos loiros de Karen e sua personalidade efervescente entraram com ela no quarto de hóspedes. Na mão, segurava a placa de espuma que Meg e Judy haviam debochadamente colocado no vidro traseiro do carro de Judy, durante a viagem. Nela se lia "Califórnia ou Fracasso", em letras verdes brilhantes, rodeadas de estrelas e carinhas sorridentes. Uma coisa de jovens, perfeita para a viagem delas para Los Angeles depois da formatura.

— Veja só quem conseguiu chegar inteira! — disse Karen, jogando a placa de espuma na cama e aceitando o abraço de Judy.

— Juro que demorou mais tempo de Santa Barbara até aqui do que de San Francisco a Santa Barbara.
— Bem-vinda ao trânsito de Los Angeles. Vá se acostumando, se pretende ficar.
— Meu estágio dura seis meses. Depois, quem sabe?

Meg entrou no quarto, acenando.

— Oi, Karen.

As duas se cumprimentaram com um abraço, e Karen as levou dali.

— Acho que vocês precisam saber como vai ser morar nesta casa.

Karen havia morado ali por mais de um ano como mulher de Mike. Só que ela e Mike nunca haviam estado realmente "juntos". Não; o casamento deles fora arranjado para fazer com que Hollywood e os produtores dos filmes que Mike estrelava pensassem que ele era casado e feliz. O trato era durar um ano e depois acabar. E acabara, mas não do jeito agradável e tranquilo que Karen e Mike queriam. Karen conhecera o outro irmão de Judy, Zach, e os dois se apaixonaram. Desnecessário dizer que a mídia fez a festa com o romance e encheu os tabloides durante meses após o divórcio.

Uma coisa que Judy percebera durante aqueles poucos meses fora que Hollywood e o estilo de vida artificial que acompanhava seu irmão não passavam de ilusão. Ela ainda achava que não conhecia toda a verdade sobre o breve casamento de Michael e Karen, mas viver em Los Angeles na casa dele provavelmente a ajudaria a descobrir.

— Vai ser ótimo — disse Meg quando chegaram ao pátio dos fundos e contemplaram a cidade abaixo.

— A casa, a vista... É tudo incrível. Mas os caras que aparecem com câmeras quando você menos espera, e mesmo quando você espera, são um pé no saco. Nas primeiras vezes você pode achar engraçado, mas depois é irritante.

— Não pode ser tão ruim assim — disse Meg, rindo.

— Não deve ser terrível para vocês, mas nunca se sabe. Depois das primeiras vezes que os paparazzi aparecerem, tirarem algumas fotos e perceberem que a Judy é irmã do Michael, e que você é amiga dela, provavelmente vão perder o interesse. Mas, quando o Michael voltar para a cidade, eles vão aparecer de novo. É como se existisse um rastreador nele. Eles pulam o muro, mesmo correndo o risco de serem presos por invasão. Eles são capazes de fazer coisas que a gente nem imagina.

Karen foi até o meio do pátio e se voltou para a residência.

— Alguém já tentou entrar na casa? — Judy perguntou.

— Não quando eu estava aqui. Depois do divórcio teve uma invasão, mas o Michael não estava em casa quando aconteceu. Foi quando o Neil e o Rick colocaram mais sensores e alarmes.

Para entrar, Judy havia usado uma chave para destrancar a porta e um sensor eletrônico para desarmar o alarme.

— Existem câmeras por todos os lados — explicou Karen.

Judy se voltou e olhou o beiral da casa. Havia duas câmeras com cúpulas, que ela reconheceu como aquelas que já havia visto em lojas de departamento.

— Estou vendo — Judy apontou para o alto.

— Sim, mas existem outras que você nem vê — disse Karen, apontando para um poste de luz decorativo que iluminava o caminho até os fundos do jardim. — Esta câmera cobre os fundos. Tem outras em três postes idênticos, nas laterais e na frente da casa. E uma que registra todos os carros que entram aqui. Além de detectores de movimento que acionam os holofotes, que ficam malucos quando venta. Geralmente, vocês vão receber uma ligação da segurança quando eles detectarem alguma atividade inesperada.

— Por que simplesmente não desligar os detectores de movimento quando o tempo está ruim? — Judy perguntou.

— Porque é quando os babacas dos fotógrafos aparecem. Eles conhecem o sistema de segurança melhor que vocês.

— E daí se eles tiram algumas fotos e vão embora? Quem se importa? — disse Meg, dando de ombros.

— Acho que, se você tivesse que se preocupar só com alguma foto indesejável nos tabloides, tudo bem. Mas existem fanáticos por aí também. A fama do Michael tem um preço.

Elas foram andando pelo quintal, e Karen lhes mostrou mais sensores e câmeras. Em seguida voltaram para casa.

— Não existem câmeras dentro de casa. O Michael não deixou que instalassem. Mas sensores monitoram todas as portas e janelas.

As três se dirigiram ao painel de controle, e Karen lhes mostrou como funcionava o sistema de segurança; como configurar os alarmes quando as duas saíssem; quando estivessem em casa à noite e não quisessem que o alarme disparasse quando entrassem na cozinha para pegar um copo de leite.

Havia botões de emergência conectados ao sistema e até um número de três dígitos que ligava para a segurança diretamente do telefone da casa.

— E quem supervisiona as câmeras? — Meg perguntou.

Karen deu de ombros.

— Depende de quem estiver de plantão. O Neil tem uma equipe de monitoramento vinte e quatro horas por dia, sete dias por semana.

— O Rick assiste às imagens? — Judy perguntou, passando a mão pelos cabelos e os levando para trás.

— Às vezes.

Karen abriu um pouco mais seu sorriso.

— Que foi? — Judy perguntou.

— Nada — ela respondeu, rindo.

Judy olhou para Meg e notou que ela também sorria.

— Que foi? — insistiu.

Karen evitou dizer o que pensava, mas Meg não.

— Estamos aqui há menos de duas horas e você já está perguntando sobre o Rick.

— Eu perguntei se ele monitora a casa, se assiste às imagens. — Era uma pergunta legítima dentro de sua cabeça. — Não é uma pergunta pessoal.

— Ãhã, claro — disse Meg, balançando a cabeça.

— Foi uma pergunta pessoal, Karen? — insistiu Judy.

Karen mordeu o lábio e balançou a cabeça.

— Não. Não é uma pergunta pessoal sobre o Rick. Mas vou te dar um conselho: lá fora tem microfones que gravam as conversas. Só para você saber, caso queira perguntar alguma coisa sobre ele.

— Você está brincando!

— Não.

— Isso é loucura!

— Muito bem, qual é o primeiro item da lista, meninas? — Karen perguntou, pegando uma garrafa de água gelada na geladeira e se apoiando no balcão.

— Vou começar a procurar emprego amanhã — respondeu Meg, sentando-se em um dos bancos que havia em volta da ilha da cozinha.

— E eu vou andar de carro pela região dos escritórios de Westwood, para saber aonde tenho que ir na semana que vem.

Judy tinha um pouco mais de dinheiro que Meg, de modo que não teria que arrumar um emprego na mesma semana em que começaria o estágio.

— Seu estágio é de quantas horas por semana? — Karen perguntou.

— Me disseram que seriam trinta ou quarenta.

— Desse jeito não vai sobrar muito tempo para um emprego remunerado.

— Eu sei — disse Judy, se encolhendo. — Pelo menos não na área de administração. Eu fui garçonete em Seattle, posso procurar algo assim.

— Eu nunca mais vou servir ninguém. Preciso arrumar um emprego digno, para não precisar ficar levando beliscão na bunda — disse Meg, gemendo.

Karen e Judy riram.

— Você se formou em administração, não é? — Karen perguntou.

— Sim.

— Humm... A Samantha está procurando ajuda na Alliance.

— O que é Alliance? — Judy perguntou.

— É uma agência de relacionamentos de elite.

— Uma agência de encontros? — Meg perguntou, fazendo careta.

— Não, é muito mais do que isso. É bem exclusiva, só para multimilionários. Nós aproximamos casais de acordo com seus planos para longo prazo. Alguns executivos precisam de uma esposa temporária para obter uma posição no trabalho ou uma namorada para tirar a ex do pé.

— E onde vocês encontram mulheres que concordem com isso? — Judy perguntou.

— Em todo lugar. Em festas do pessoal do cinema e eventos para angariar fundos, tem muitas mulheres que procuram um acordo contratual de curto prazo mediante um pagamento quando o "relacionamento" acabar.

De repente, Judy entendeu tudo.

— Meu Deus! Foi assim que você conheceu o Mike!

Karen ergueu as sobrancelhas e lançou um olhar para Meg.

— Ah, por favor. A Meg é a minha melhor amiga. Ela sabe que você e o Mike foram casados só no papel. Tudo faz sentido agora — disse Judy.

— O Michael precisava de uma esposa, e eu queria abrir uma casa beneficente para crianças abandonadas e adolescentes em fuga. Foi bom para nós dois. Mais para mim, desde que conheci o Zach.

E a carreira de Mike continuara com tudo após o divórcio. O irmão de Judy parecia sempre estar de braços dados com uma estrela nos tabloides, mas nenhuma digna de ser apresentada à família. Talvez ele simplesmente não estivesse pronto para sossegar. Quem podia culpá-lo? Ele tinha o mundo a seus pés e poucas responsabilidades domésticas.

Judy entendia. Ela queria se encontrar antes de convidar alguém para entrar em seu mundo. E um relacionamento temporário e de mentirinha para abastecer sua conta bancária não parecia tão ruim.

Meg devia ter pensado a mesma coisa, pois perguntou:

— Como você seleciona pessoas para esse serviço? Imagino que muitos malucos podem entrar na justiça ou que pode acontecer uma série de problemas que venham a prejudicar um dos envolvidos, temporário ou não.

— A Samantha faz uma verificação minuciosa do passado de todas as pessoas do nosso banco de dados. Não importa quais segredos as pessoas achem que têm, a Samantha encontra. E, para trabalhar para ela, você precisa estar disposta a passar por essa checagem. É primordial que nada vaze dos nossos arquivos.

— Parece um romance de capa e espada — disse Meg.

— Não é nada tão dramático — disse Karen —, mas as pessoas com quem lidamos têm muito dinheiro e esperam sigilo absoluto. O salário não é ruim, e, com o Village tomando mais o meu tempo e a Gwen ocupada com o bebê, uma ajuda seria muito útil.

— Onde fica o escritório? — Meg pareceu considerar seriamente a sugestão de Karen.

— A Samantha começou o negócio em um sobrado em Tarzana, e o escritório ainda fica lá.

— Como vocês mantêm a segurança de uma casa assim em um bairro residencial?

— Ah, querida — Karen riu. — Em primeiro lugar, o Rick mora lá agora, e, convenhamos, ele é um grande obstáculo para quem quiser entrar. E, em segundo lugar, a segurança daquela casa faz com que esta aqui pareça o cadeadinho de um diário infantil. Eu e a Gwen morávamos lá antes de eu me casar com o Michael, e antes disso a Eliza também morou lá com a Samantha. Parece que todo mundo que mora naquela casa está destinado a se casar no prazo de um ano.

Meg se encolheu.

— Me lembre de nunca entrar lá.

— Você não tem interesse no "felizes para sempre"?

— Eu não me importaria de ser feliz por enquanto com um salário, mas para sempre... Não, isso não é para mim — Meg disse, balançando a cabeça.

Karen olhou para o relógio de pulso.

— Bem, tenho que ir. Me avise se estiver interessada, Meg. E, Judy, a Samantha paga para quem encontra clientes, homens e mulheres. Provavelmente você vai frequentar algumas festas elegantes com o seu irmão. Pense nisso.

3

RICK DEMOROU CINCO DIAS PARA encontrar uma desculpa para ir à residência de Beverly Hills. Tudo bem que seu patrão estava na Alemanha filmando seu último blockbuster ou que usar o teclado de senhas só era sinal de preguiça das hóspedes. Em vez de tirar o token do fundo da bolsa, elas digitavam números. Na essência, o token dizia a Rick exatamente quem entrava ou saía da casa, e os teclados tinham sido concebidos para os jardineiros e empregados. Não para Judy e Meg.

Rick observava os monitores da casa de Beverly Hills mais que o necessário e escutava mais do que deveria. No fundo, queria ver como Judy estava se virando. Os paparazzi ainda não tinham descoberto que duas mulheres muito sexy e atraentes estavam morando na casa de Michael. Rick imaginou que as fotos encheriam os tabloides assim que as garotas se mudassem. Mas elas se mantinham dolorosamente caladas no pátio dos fundos, e Rick não sabia mais da vida delas que os vizinhos.

Que saco!

O segundo aviso do alarme alertou Rick de que alguém entrara na residência Wolfe. Ele chamava a propriedade de Beverly Hills pelo nome artístico de Michael. Rick olhou para o monitor e notou que Judy estava usando o dispositivo eletrônico dessa vez. Mas sua amiga não. Era hora de um tutorial, e ele ficaria mais que feliz em fazê-lo.

Com sua Ducati, foi de Tarzana até onde a elite de Hollywood levava a vida mansa. A moto fora presente de Neil. Seu amigo tinha bom gosto, e sabia como Rick sentia falta de seu Mustang, recentemente destruído.

Os dois carros na frente da casa haviam se tornado familiares durante a última semana: o Ford econômico de Judy e o Toyota batido de Meg, que já devia ter sido tirado de sua miséria havia muitos anos.

Ele entrou e esperou que o barulho de sua chegada alertasse as meninas. Infelizmente, nem Meg nem Judy notaram o alarme do portão ou o ruído da moto potente estacionando na entrada.

Rick tentou a fechadura da porta da frente. Encontrando-a aberta, entrou.

— Olá!

A música no fundo da casa chamou sua atenção. Ele entrou e fechou a porta atrás de si.

— Olá!

Uma irritação foi surgindo. Uma coisa era usar o código de acesso errado para entrar na casa e outra completamente diferente era ter um estranho parado no hall. Um estranho armado, com duas moças sozinhas na casa.

— Judy?

Bufando, Rick partiu em direção à música, pronto para dar uma bela bronca.

Quando passou pelo primeiro quarto de hóspedes, ouviu a voz de Judy. Ela estava cantando, completamente desafinada, acompanhando a música do rádio.

Ele parou para ouvir.

Meu Deus, ela era péssima. Não podia cantar nem para salvar a vida. Mas, caramba, ele não deveria saber isso dela simplesmente passando pela porta.

O barulho no outro quarto o fez mudar de direção e se dirigir à sala de estar principal da casa. Por mais que gostaria de ver sua fadinha nua, não faria isso se esgueirando furtivamente no quarto dela.

Rick ficou andando em volta da sala principal por vários minutos, checando a lateral da casa e a garagem, antes de voltar para a sala de estar.

As garotas ainda não tinham notado sua presença.

Até que o chuveiro desligou e a música soou mais alto. Rick se acomodou no sofá e abriu uma *Architectural Digest*.

— Pelo amor de Deus, Gardner, quantas vezes tenho que te dizer que você não sabe cantar? — Rick ouviu Meg gritar para Judy no corredor.

— Pode dizer de novo — murmurou Rick.

Meg virou a esquina do hall olhando para trás, e, antes que Rick pudesse dizer "olá", ela se virou, o viu e gritou.

Rick levantou as mãos, mas Meg levou alguns segundos para se dar conta de que era ele.

Finalmente, ela parou de gritar e levou a mão ao peito.

— Puta merda, que...

— Que foi? — disse Judy, chegando afoita, com os cabelos pingando e uma toalha em volta do corpo.

Meg puxava o ar, parecendo ter dificuldade para recuperar o fôlego.

Ela apontou para Rick, e Judy seguiu sua mão.

— Caramba! — disse, segurando a toalha mais forte.

Meg ainda estava dobrada sobre si. De repente, a brilhante ideia de Rick de aparecer sem avisar pareceu completamente errada. Antes que pudesse explicar sua presença, Judy se ajoelhou ao lado de Meg.

— Precisa do seu inalador?

Meg assentiu, e Rick a ouviu chiar.

Ah, maldição!

Judy saiu correndo e voltou segundos depois. Rick foi até Meg enquanto Judy punha o remédio na mão dela. Ela inspirou fundo duas vezes e fechou os olhos, como se estivesse saboreando o oxigênio.

— Você está bem? — Rick perguntou.

— Não — disse ela, puxando ar no inalador de novo. — Graças a você.

Judy o encarou em uma pose de indignação, mesmo estando enrolada em uma toalha.

— Você pega um pouco de água enquanto eu vou me vestir?

Rick passou a mão pelo cabelo curto e foi até a cozinha. Voltou com uma garrafa de água enquanto Meg se sentava no braço do sofá.

— Você quase me matou de susto — ela disse.

— Não foi minha intenção — ele retrucou.

Bem, foi sim. Mais ou menos. Se soubesse qual seria a reação de Meg, ele teria esperado lá fora. Ele lhe entregou a água e observou enquanto ela tentava lentamente controlar a respiração.

— Você é asmática?

— O que te faz pensar isso? — Meg perguntou, revirando os olhos.

Sim, tinha sido uma pergunta idiota.

— A crise vem quando estou *morrendo de medo*!

— Desculpa — ele murmurou.

— É para se desculpar mesmo! — disse Judy, que ouvira o pedido de desculpa esfarrapado enquanto entrava na sala.

Ela vestira um short minúsculo, que Rick podia apostar que era proibido em alguns lugares, e uma blusa justa de tricô. O cabelo ainda estava molhado, e a pele, rosada por causa do banho.

Ele engoliu em seco.

— Vocês adquiriram alguns hábitos ruins desde que se mudaram.

Meg olhou para Judy, e ambas olharam para ele.

— O fato de eu entrar e ficar à vontade deve servir de aviso para vocês. Só não pensei que você reagiria assim.

Meg deu de ombros.

— Você tem a chave — disse Judy.

— Chave que não precisei usar para entrar aqui. Aqui não é Utah, Judy. Tranque as portas e use os sensores para entrar e sair e para desativar o alarme da casa.

— Eu coloquei a senha — disse Meg.

— Sim, eu descobri que foi você, mas as senhas são para os empregados, não para vocês duas. É importante que a gente saiba quem está na casa. E deixar as portas destrancadas é desleixo.

— Pouco paranoico, hein? — disse Judy.

— Tem mais gente morando neste quarteirão que em toda Hilton, Utah. Os dias de deixar as portas destrancadas acabaram, baby.

Judy o perfurou com o olhar. Talvez "baby" não fosse a melhor escolha para um apelido.

— Sabe de uma coisa, sr. Chato? Não somos mais crianças.

Rick abriu seu sorriso de covinhas e deixou o olhar deslizar pelo corpo dela.

— Estou vendo, Utah.

Ela rosnou para ele.

— O que você teria feito se fosse um estranho que estivesse sentado aqui? — ele perguntou.

— Eu teria acionado o alarme.

Ele parou e sorriu. *Isto pode ser divertido.*

— Tudo bem.

Ele se levantou, pegou Judy pela mão, ignorando como transpirava, e a colocou no corredor, onde ela notara sua presença mais cedo.

Meg observava do outro lado da sala enquanto Rick voltava para o sofá e sentava.

— Meg, quando você disser. Judy, vamos ver com que rapidez você consegue chegar até o alarme.

Rick pegou a revista novamente e se sentou no sofá, de forma muito relaxada para um intruso. Ainda assim, ele queria dar uma chance a Judy.

Folheou as páginas calmamente.

— Vai!

Antes que Judy conseguisse dar quatro passos, Rick estava em pé, sobre a mesa de centro, com o braço em volta da cintura dela, segurando-a por trás. Ela se debateu em seus braços, tentando lhe dar cotoveladas.

O forte aperto de Rick a impedia de acertá-lo, e ele a empurrou contra a parede e a imobilizou.

— Sua toalha já teria caído, baby — ele sussurrou.

Ela relaxou em seus braços e ele afrouxou o aperto.

— Você precisa aprimorar as preliminares, Rick — disse ela.

Ele riu e aspirou o aroma floral de seus cabelos antes de soltá-la.

— Bem, isso foi divertido — disse Meg no sofá.

Judy saiu do alcance dele, passando a mão em seu torso. *Jogada de sorte!*

— Não seria má ideia se vocês duas fizessem algumas aulas de defesa pessoal — ele disse.

— De qualquer maneira, duvido que tivéssemos chance num confronto com um fuzileiro naval.

Rick parou de rir por um momento; não gostou de pensar em Judy à mercê de um de seus velhos companheiros.

— Ainda assim, não é má ideia.

— E se simplesmente trancarmos as portas e usarmos as senhas certas? — disse Meg, se levantando.

— E quando não estiverem em casa? — ele indagou.

— Uau, Rick... Não aceite o cargo de embaixador hospitaleiro da cidade.

— Esse mundo é uma merda, Utah. Não tem razão para não estar preparada.

— Eu acho que eu e a Meg vamos ficar bem, muito obrigada. Agora, se não se importar, estávamos nos arrumando para sair — disse Judy, colocando as mãos na cintura.

— Sair?

Para onde?

— Sim, e, antes que pergunte, você não está convidado.

Ele queria morrer por não perguntar, mas aceitou o desaforo e foi até a porta da frente.

— Tranquem as portas e usem as senhas, senhoritas.

— Sim, senhor — disse Judy, fingindo bater continência.

Rick estreitou os olhos e saiu. Atrás de si, ouviu o clique da fechadura.

Sua moto tinha um pequeno compartimento onde ele guardava alguns brinquedinhos. Encontrou um dispositivo de rastreamento, tirou o celular do bolso e sincronizou os dois.

Foi até o carro de Judy, abriu a porta do lado do motorista e jogou a jaqueta jeans dela no banco da frente. Em seguida prendeu o dispositivo na parte inferior da coluna de direção, onde ninguém o veria.

— Eu levo o meu trabalho a sério, Utah. Vai se acostumando.

━━━∽∞∽━━━

No mapa, Westwood não ficava longe da casa de Mike, em Beverly Hills. Ir de carro até lá às sete e meia da manhã, no entanto, era para testar a paciência de um santo.

Usando saia lápis, blusa de seda e saltos confortáveis, Judy saiu apressada do carro depois de encontrar uma vaga perto da parte superior do edifício. A empolgação do primeiro dia de estagiária foi anuviada pela corrida louca até o elevador e pela percepção de que chegaria atrasada se tivesse alguém tentando alcançar os andares inferiores.

Dois minutos depois das oito, ela se dirigiu à recepcionista do escritório Benson & Miller e esperou enquanto a mulher terminava uma ligação.

— Olá. Sou Judy Gardner. A nova estagiária.

A loira da recepção parecia ter vinte e poucos anos e um sorriso sincero.

— Já estamos na época outra vez? — ela perguntou.

— Como?

— Época de estágio. Parece que a última acabou ontem — disse ela, pegando o telefone e digitando. — Sr. Archer, sua estagiária está aqui. Ótimo.

Então desligou e apontou para o corredor.

— Siga pelo corredor, vire a primeira à direita e você vai ver as salas do lado esquerdo do edifício. O escritório do sr. Archer é a terceira sala.

Judy ajeitou a bolsa e começou a descer o corredor.

Ouviu o telefone tocar atrás de si.

— Escritório de arquitetura Benson & Miller, com quem deseja falar?

A saudação lhe fez surgir um sorriso. Ali estava ela, perseguindo o sonho de se tornar uma grande arquiteta. A suave paleta de cores marrom e cinza-acastanhado do escritório suavizava o espaço e destacava alguns dos mais reconhecidos projetos da talentosa equipe dali. Cada fotografia tinha um foco de luz direcionada, dando ao hall um ambiente de museu. Mas ela não tinha tempo para contemplar os edifícios. Teria que fazer isso mais tarde.

Judy encontrou Steve Archer em pé, ao lado de uma mesa sobrecarregada, com um telefone na mão. Ela entrou no escritório com um sorriso.

— Não tivemos a posição da engenharia sobre o relatório de solo, Mason. — Enquanto falava ao telefone, que segurava entre o ombro e a orelha, vasculhava a pilha de papéis à esquerda do aparelho. — Assim que estiver comigo, mando para sua secretária. — Olhou para o relógio. — São oito e cinco. Ainda nem tomei meu café, muito menos li meus e-mails. Eu sei, entendi. — Então desligou o telefone. — Você está atrasada.

Judy ficou parada. Ela realmente esperava que ele não tivesse notado.

— É que o acesso para a avenida...

— Está uma confusão. Sim, eu sei, está assim há meses. Saia quinze minutos antes. Os estagiários devem chegar na hora, se não mais cedo.

Ele ainda procurava algo em sua mesa.

— Desculpa.

Ele jogou as mãos no ar.

— Nunca peça desculpa nem dê justificativas, Lucy. Só quero saber como vai fazer para que não aconteça de novo.

Certo.

— Vou sair vinte minutos mais cedo amanhã.

— Perfeito.

— E é Judy.

O sr. Archer devia estar na casa dos trinta, mas o cabelo era ralo. Embora usasse um terno legal, parecia que o estava vestindo havia muitas horas.

— O quê? — ele perguntou, sem tirar a atenção da mesa.

— Meu nome é Judy, não Lucy.

— Certo. Tudo bem. — Ele encontrou o papel que estava procurando e o agitou na frente dos olhos com um sorriso. — Achei! — Contornou a mesa e saiu do escritório com passos rápidos e determinados. Judy não tinha mais nada a fazer, senão segui-lo.

No centro do espaço havia várias baias, com uma dúzia de estações de trabalho com mesas de luz.

— Pode colocar sua bolsa aqui — ele disse, apontando para uma baia vazia.

Judy a jogou debaixo da mesa e quase precisou correr para acompanhar seu mentor.

— O café fica aqui — disse ele, apontando para uma cozinha pequena. — A geladeira é para o almoço. É esvaziada toda sexta-feira, então não deixe nada nela durante o fim de semana.

— Tudo bem.

Ele continuou andando, virou outra esquina e desceu por um corredor escuro. Abriu uma porta, e entraram em uma sala bem iluminada, com várias fotocopiadoras.

Steve abriu a tampa de uma, deu um comando e esperou que a cópia saísse na outra ponta.

— Como você pode ver, temos diversos tamanhos de papel, papel para esboços e até uma fotocopiadora para plantas. Você trabalhou com isso na faculdade?

— Não com esta nova, mas...

— Há instruções ao lado de cada máquina. Se não entender alguma coisa, pergunte a alguém. Evite que deem problemas, pois demora quase um dia inteiro para consertá-las e não podemos ficar sem elas muito tempo.

Ela quis perguntar se eles tinham alguém que as consertava no escritório mesmo, mas ele se apressou em sair da sala.

Na porta ao lado, passaram pela sala de correspondência. Era segunda-feira, e a correspondência de sábado havia sido entregue e estava em uma caixa enorme, abaixo dos grandes escaninhos com dezenas de nomes.

— É aqui que você vai começar.

Judy entrou tropeçando. Ela sabia que ser estagiária significava trabalhar bastante no início, mas na sala de correspondência?

— Todos esperam a correspondência pronta às nove. Se você for esperta, entrará aqui de novo antes de ir embora para sair na frente no dia seguinte.

— Steve se voltou para sair, deixando-a com a assustadora tarefa de separar a correspondência. — Espero você na minha sala às nove e quinze. Tenho uma reunião às nove e meia, e vou precisar de alguns minutos para lhe dizer o que fazer a seguir.

E então saiu feito um raio, sem nem lhe desejar boas-vindas.

— Puta que pariu!

Quanto café ele tomou hoje para ficar assim tão ligado?

— VOU DESCOBRIR TUDO SOBRE você, Meg. Tudo mesmo.

Meg olhava para Samantha Harrison, que não se parecia em nada com o que ela tinha imaginado quando Judy dissera que Sam — como ela gostava de ser chamada — era uma duquesa. O cabelo ruivo explodia para fora da fivela, e, mesmo com saltos de dez centímetros, ela tinha apenas um metro e sessenta e cinco de altura. Sim, ela usava roupas casuais, mas caras, e a maquiagem combinava perfeitamente com seus traços, mas ela parecia tão verdadeira quanto qualquer uma de suas velhas amigas de faculdade.

— Eu não tenho muito para esconder — disse Meg.

Sam ergueu a sobrancelha e esperou.

— Fui pega fumando maconha no colégio uma vez, quase fui expulsa, mas nunca mais liguei para festas na escola, então me deixaram ficar.

Um sorriso leve se abriu nos lábios de Sam, e Meg continuou com as confissões:

— Curti um pouco na faculdade, mas minha asma me impediu de fumar qualquer coisa.

Sam fez uma anotação no bloco de papel.

— Tem alguma coisa que eu deva saber sobre seus pais? Sua família?

— Eles votaram pela liberação da maconha para uso recreativo e plantaram a própria em Washington. Total retrocesso aos anos 60. A família do meu pai é judia, a minha mãe é católica, e não sei bem o que isso faz de mim.

Sam riu dessa vez.

— Então, nenhuma tendência religiosa forte?

— São mais tendências confusas. Minha mãe abençoava o bacon, como a minha avó ensinou para ela, e o colocava em tudo.

— Irmãos?

— Filha única.

— Qual o seu nome no perfil do Facebook?

Meg respondeu.

— Alguma outra rede social?

As mãos de Meg começaram a suar. Não que ela tivesse nudes circulando por aí, mas não sabia bem que fotos tinha tirado nos últimos quatro anos.

— Eu deletei o meu MySpace há quatro anos. Nunca entendi o Twitter, mas tenho conta.

— Como você conheceu a Judy?

— Nos dormitórios dos calouros. Ela ficava a duas portas de mim. Sempre nos encontrávamos no corredor enquanto esperávamos que nossas colegas de quarto acabassem de namorar. Não demorou muito para trocarmos de quarto.

— Você sabia que o Michael era irmão dela quando a conheceu?

Meg não esperava essas perguntas, mas respondeu a todas mesmo assim.

— Não fazia ideia. Ela falava sobre os irmãos, mas só depois que as fofocas começaram e as pessoas apareceram querendo ser melhores amigas dela foi que me disseram que o Mike era o Michael Wolfe.

Sam anotou mais alguma coisa.

— Por que a pergunta? — Meg indagou.

— Preciso saber como você responde aos ricos e famosos. Muitos clientes nossos são pessoas muito ocupadas e quase todos são famosos em seu próprio mundo.

Fazia sentido.

— Parece que todos nesta cidade pensam que são famosos. Eu nunca conheci tantos aspirantes a qualquer coisa na vida.

A futura chefe de Meg riu.

— E você? É aspirante a alguma coisa?

— Não o suficiente para tentar.

— Nem mesmo uma carreira de cantora?

Meg olhou para Sam.

— Como você sabe que eu canto? A Judy te contou?

Sam sacudiu a cabeça.

— Eu não falei com a Judy. Ainda.

Meg sentiu os braços se arrepiarem.

— O que mais você já sabe sobre mim?

Sam deixou a caneta e o papel na mesa e pegou o café.

— Vejamos. Seu empréstimo estudantil chega a setenta mil, e, por mais que seus pais quisessem te ajudar, eles nunca se planejaram para o futuro e têm menos de dez mil guardados.

— Informações financeiras são muito difíceis de conseguir — disse Meg, mesmo sabendo que pouquíssimas coisas eram impossíveis de descobrir com um único clique do mouse.

— Dane Bishop foi seu ficante no colégio.

Meg levou um susto.

— Era um babaca, pelo que sei. O que você via nele?

Ela não pensava em Dane havia anos. Esforçava-se bastante para isso.

— Eu era muito nova e uma verdadeira idiota — respondeu Meg.

— E ele era dois anos mais velho e usuário de drogas.

Pra caramba.

— Como eu disse, Meg, vou descobrir tudo. Meu negócio está baseado no sigilo e na confiança. Quem trabalha para mim não pode falhar em nenhuma das duas coisas. Até agora, tudo que você está me dizendo está de acordo. Se você não estivesse em busca de um emprego, eu tentaria te recrutar como cliente.

Foi a vez de Meg sorrir.

— Não posso ser as duas coisas?

~~~

"Que jogo idiota", Judy digitou no tablet. "Acertei o chefe seis vezes e ainda não ganhei nem uma."

Ela saiu do chat e acertou o chefe de novo. A imagem de Steve Archer e suas intermináveis tarefas de merda alimentavam seu desejo de ganhar. Durante cinco dias ela desempenhara o papel de secretária, carteira e corredora inútil. Não eram essas atribuições que ela pensava que coubessem a uma estagiária.

A voz no interfone a alertou de que Meg havia chegado.

Ela tomou um gole de cerveja e acertou o chefe uma última vez com a energia que restara no jogo.

Game over.
Jogo maldito.

Voltou para o chat quando Meg entrou jogando as chaves e a bolsa na mesinha de centro.

— Vejo que você está sendo produtiva, como sempre.

— Não me julgue — Judy a censurou, mesmo que sua melhor amiga estivesse certa. — Tive um dia de merda.

— De novo?

Tudo que Judy fez foi rosnar.

— Bem, e eu tive um dia maravilhoso — disse Meg.

Judy fechou o tablet e o jogou de lado.

— Acho que você conheceu a Sam hoje.

Meg abriu a geladeira e pegou uma cerveja.

— Não acredito que ela é duquesa. Você tem certeza que ela é duquesa mesmo?

— Pergunta para a Karen, se acha que estou mentindo — Judy respondeu.

— Não é isso. É que ela parece, não sei, tão normal!

Judy riu.

— As pessoas falam a mesma coisa do Mike. Ser uma celebridade ou uma pessoa da realeza não torna você menos normal. Só faz com que os outros pensem que você precisa ser tipo um personagem de desenho animado representando uma pessoa de verdade. Só porque a Sam usa roupas normais e te trata como uma funcionária em potencial, ela não pode ser uma duquesa?

— É. Acho que é isso — disse Meg, tomando direto da garrafa e suspirando. — Ela é tão... não sei, normal.

— Uma pessoa real.

— Isso.

Judy se levantou do sofá e jogou a garrafa vazia no lixo.

— Eu queria que o meu chefe fosse tão real quanto a Sam — disse.

— Ele ainda te chama de Lucy? — Meg perguntou.

— Sim! E toda vez tenho que repetir o meu nome para ele. Chega a ser hilário — Judy disse, jogando teatralmente o cabelo. — É Judy, sr. Archer. — Depois de uma pausa, disse mais baixo, imitando seu chefe: — O quê? Sim, sim. Então arquiva isso, arruma aquilo e faz aquilo outro.

— Parece terrível.

— Eu não vi uma planta desde que entrei no escritório.

Bem, ela havia conseguido ver um trabalho em andamento em uma das mesas dos projetistas. Fora isso, não vira nada. Só arquivos, papeladas e bobagens.

— Acho que você precisa de uma noite para te deixar para cima. Andei pesquisando onde tem um bilhar por aqui.

De repente, Judy se sentiu ela mesma.

— Você disse "bilhar"?

❧

O Penthouse Pool era uma espelunca. Algo que combinaria com o pessoal da faculdade. Pena que esse pessoal não estava perto de Hollywood. A cerveja era barata, e bastava uma rodada para encontrar alguém que lhe pagasse as bebidas.

— Eu sou muito boa, de verdade — Judy avisou o sujeito de trinta e poucos anos e seu amigo, que a desafiavam para uma partida.

— Eu posso perder vinte dólares — disse ele.

Judy ajeitou as bolas e deixou Meg segurar o dinheiro. Levou menos de cinco minutos para tirar os vinte dólares de Phil — ou talvez Bill. E Phil/Bill dobrou a aposta e perdeu em outros quatro minutos.

— Eu avisei — disse Judy.

Phil/Bill franziu o cenho e voltou para o bar, deixando Meg e Judy sentadas ao lado da mesa. Não fosse pela música na jukebox, provavelmente elas teriam ido embora no instante em que o rapaz as deixara. Mas não demorou muito para outros dois caras tomarem o lugar dele. Só que esses sujeitos esperavam ganhar algo mais do que umas bolas na caçapa, e Judy e Meg sabiam que era melhor não desafiá-los para qualquer coisa.

— Eu posso afundar aquela bola no seu buraco — o escroto disse.

Judy riu, mas não olhou para o sujeito.

— Somos lésbicas — Meg anunciou.

O loiro pareceu se animar com a ideia.

— Mas não compartilhamos — disse Judy.

Para dar efeito, deslizou a mão na cintura de Meg e a puxou para si.

— Maldita Hollywood — murmurou o homem enquanto se afastava.

Judy se voltou para a amiga.

— Isto aqui é uma bosta.

Meg deu uma olhada ao redor pelo bar e assentiu.

— Cerveja barata e bilhar mais ainda. Parece legal para mim.

— Conseguimos sessenta dólares. Não foi tão ruim.

Atrás delas, alguém riu.

— Essa foi clássica.

Judy e Meg se voltaram em direção a dois sujeitos parados ali, um ao lado do outro. Tinham a mesma altura de Meg, quase um metro e oitenta, e eram muito parecidos, o que fez Judy pensar que eram irmãos. Mas o ruivo pôs a mão no outro de um jeito que dava a entender que eram muito mais que amigos.

— O que foi clássico? — Meg perguntou.

A música de repente pareceu mais alta.

— O jeito como dispensaram aqueles sujeitos.

— Não é difícil quando eles chegam com tudo — disse Judy, rindo.

— Vocês jogam? — um deles perguntou.

— Ela joga — Meg respondeu.

Lucas era loiro e tinha cabelo curto, que caía nos olhos toda vez que mexia a cabeça. Seu amigo — e, se Judy tivesse que adivinhar, namorado —, Dan, era um mão-aberta de sorriso fácil.

— Querem outra bebida? — ele perguntou.

— Pode beber, Judy. Eu volto dirigindo — Meg disse.

— Nem preciso dizer que tive um dia de merda — Judy respondeu.

Lucas arrumou as bolas enquanto Dan sentou na frente de Meg, em uma mesa próxima.

— Dia ruim no trabalho? — Lucas perguntou.

— Digamos que sim — Judy respondeu.

Ele tirou o triângulo e o pendurou na parede.

— Vamos jogar por dinheiro?

— Ela é boa — Meg advertiu.

— Eu sou boa — Judy disse ao mesmo tempo.

Dan riu.

— Vocês são péssimas no desafio.

— Nós somos novas na cidade — disse Judy. — Não é uma boa ideia agitar muito sem conhecer os jogadores.

Lucas tirou uma nota de vinte do bolso de trás e a colocou na mesa onde Meg estava sentada.

— Eu também não sou ruim. Se você acabar comigo, vão ser os únicos vinte que vamos apostar.

Meg colocou mais vinte, solidificando a aposta. Judy começou, matou uma bola lisa e errou a segunda tacada.

Lucas encaçapou duas listradas antes que ela pudesse jogar de novo.

— Vocês não são lésbicas de verdade — disse Dan.

Não era uma pergunta.

— Nem no meu diário — disse Judy enquanto estudava sua tacada.

— E vocês não são hétero — disse Meg.

— Segundo minha mãe, sou sim — Dan riu.

Lucas se inclinou ao lado do amigo e viu Judy derrubar mais duas bolas.

— Este lugar é sempre tão animado? — ela perguntou, ironicamente.

— É uma espelunca, mas as bebidas são baratas.

— Por isso o termo: espelunca — disse Meg, olhando ao redor. — Nem a jukebox toca alto o suficiente para abafar o arroto do pessoal.

Lucas limpou a mesa na sua vez, deixando Judy envergonhada. Quando ele encaçapou a bola oito, ela lhe entregou os quarenta dólares e lhe apertou a mão.

— E esses vão ser os últimos vinte dólares que você vai tomar de mim — ela disse.

— É justo — comentou Lucas enquanto guardava os quarenta dólares no bolso de trás da calça skinny.

— Tem uma balada a um quarteirão daqui. Querem conhecer?

Se fosse qualquer outra pessoa, Judy podia ficar preocupada, mas Lucas e Dan obviamente formavam um casal e pareciam tão inofensivos quanto alguém podia parecer — exceto seu irmão.

Meg assentiu quando Judy olhou para ela. Dez minutos depois, Lucas usava o dinheiro que ganhara na partida de bilhar para pagar a conta.

Judy não sabia bem se entrar na balada com dois homens bonitos mantinha os demais afastados ou se não havia muitos solteiros ali, mas ela e Meg não precisaram se esquivar de nenhuma mão boba a noite toda.

Lucas era garçom aspirante a ator, e Dan trabalhava com pesquisa em um pequeno jornal. Namoravam havia quase um ano e moravam juntos havia pouquíssimo tempo.

— Como é que vocês não têm namorado?
— Acabamos de nos mudar para cá — Meg disse a Dan.
— E eu não preciso complicar a minha vida agora — Judy acrescentou.
— É por isso que você continua dispensando o Rick? — Meg perguntou.

Antes que Judy pudesse abrir a boca, Meg se inclinou para seus novos amigos.

— O Rick é uma delícia, e está sempre tentando fazer a Judy sair com ele.

Lucas se inclinou para a frente.

— O que tem de errado com esse Rick?

O eterno sorriso, os braços enormes e o corpo todo durinho? Seu perfil de macho alfa era atordoante demais para pensar em um relacionamento de verdade. Envolver-se com ele a distrairia de seus objetivos. Se quisesse provar sua independência na profissão e mostrar como seu pai estava enganado em relação à segunda especialidade que ela escolhera, Judy teria que se concentrar. Ter Rick em sua vida ou — suspirou — em sua cama a tiraria do rumo. Ele era intenso demais. Só de pensar nele, ela sorria e as mãos suavam. Ele até tinha lhe devolvido sua jaqueta favorita! O que significava que tinha voltado durante uma briga naquele bar para pegá-la de volta. Em seu perfeito estilo "vou sumir daqui", Judy nem lhe agradecera. Imaginava que o veria algum dia, e então lhe agradeceria.

Meg balançou a mão na frente dos olhos de Judy.

— Terra para Judy...
— Desculpa. O que você perguntou?

Meg balançou a cabeça e respondeu por ela:

— Não tem nada de errado com o Rick.
— Ele me chama de baby! E isso me irrita — disse Judy.
— Ele te chama de baby justamente para te irritar — debochou Meg.

Os rapazes riram e começaram a contar como haviam se conhecido. A balada estava lotada e várias pessoas tiravam fotos com o celular. Um flash especialmente próximo fez Judy se encolher. Ela virou e viu uma câmera voltada na direção deles. Seu primeiro pensamento foi: *Por que isso?*, mas logo se lembrou dos avisos de Rick e Karen.

— A noite deve estar devagar — ela disse a Meg, indicando para trás com a cabeça.

— Se eles estão atrás de *você*, deve mesmo.

— Qual é a dele? — Lucas perguntou, apontando para o fotógrafo.

— Ele deve pensar que você é famoso — Judy disse a Lucas, que adoraria se ver em um tabloide.

Ela tinha que admitir: a ideia fez brotar um sorriso em seu rosto. Mike podia estar acostumado, mas, como sua irmã, ela nunca tinha vivido tudo isso. Sim, os fotógrafos haviam aparecido na formatura, mas não estavam atrás dela. Sua família inteira havia aparecido em todos os jornais pouco depois de Karen e Mike anunciarem o divórcio. E, quando se espalhara a notícia do relacionamento entre Karen e Zach, fora como se toda a família Gardner estivesse sob o olhar da mídia. No entanto, não durara muito. Como Karen havia comentado, a mídia tinha a atenção de um mosquito.

— Não acho que alguns comerciais já enterrados me tornem nada além de um aspirante — disse Lucas.

— Bem, nunca se sabe. Você pode sorrir e fingir que não o está vendo. Daí, ele vai se perguntar quem é você.

— Você acha?

Lucas olhou por cima do ombro dela e rapidamente desviou o olhar. Ao lado dela, Meg riu.

O flash disparou várias vezes mais.

— A maioria das celebridades não sai pela porta dos fundos quando é vista? — Meg perguntou.

Judy tomou um último gole de cerveja e se afastou da mesa.

— Vamos fingir que somos famosos — disse a seus novos amigos.

Dan e Lucas rodearam as duas e foram passando pela multidão opressiva na pista de dança.

Havia um segurança entre eles e o que parecia ser um corredor que dava para a parte de trás do edifício.

— Ei — disse Meg, sorrindo para o homem excessivamente grande e indicando seus amigos —, precisamos sair discretamente.

O segurança olhou para eles bem quando o flash de uma câmera que os seguia o cegou. Ele se pôs de lado e os quatro passaram correndo e rindo. Saíram com tudo pela porta dos fundos e continuaram correndo pela rua. Diminuíram o passo quando chegaram ao salão de bilhar.

— Vocês são loucas! — disse Dan, segurando o flanco e inclinando-se contra o carro de Judy.

Como Meg ia dirigir, Judy abriu o lado do passageiro e jogou a bolsinha dentro.
— Foi divertido. Temos que sair juntos de novo — disse.
Eles já haviam trocado os números de telefone.
Meg abraçou Lucas, bem quando o fotógrafo da balada os encontrou.
Judy pulou para dentro do carro, acenando.
— Nos vemos semana que vem?
— Legal.
Meg saiu correndo do estacionamento enquanto Lucas e Dan caminhavam até o carro. O fotógrafo não os seguiu.
Judy olhou para Meg e as duas caíram na risada.

O SOM DO CHORO DO bebê atingiu os ouvidos de Rick quando ele entrou na casa de Neil e Gwen. Tudo ali era segurança e privacidade, de modo que Neil sabia que Rick havia chegado muito antes de ele entrar. Com quase cento e vinte quilos de puro músculo e ex-fuzileiro naval, não seria nenhum problema para Neil se livrar de qualquer um que tentasse entrar em sua casa sem ser convidado.

Neil era ferozmente apaixonado pela esposa e quase a perdera dois anos atrás. A experiência o havia mudado. Agora, ele sorria mais do que Rick se lembrava quando estavam na ativa e não era mais tão calado. Bem, continuava calado quando estava com algo na cabeça, mas Gwen o fizera se abrir desde que se casara com ele.

— Neil? — Rick chamou enquanto caminhava pela enorme casa em direção à fonte do barulho. — Gwen?

O choro aumentou quando Rick subiu a escada dos fundos, rumo ao quarto do bebê.

A explosão de rosa e roxo sempre o fazia sorrir. O quarto parecia um castelo, com o pôster de uma pequena torre atrás do berço.

Rick sentiu o cheiro antes de perceber o que seu amigo estava fazendo.

Neil estava em pé, ao lado da filha, de costas para Rick.

— Não sei por que você está chorando. Eu tenho que dar um jeito nesta bagunça.

Emma chorou mais forte.

Rick se recostou no batente e cruzou os braços.

Depois de algumas tentativas de usar aquelas coisinhas umedecidas, Neil abandonou o método tradicional de troca de fraldas, apoiou Emma no braço e se voltou para o banheiro adjacente.

— Você vai ficar aí olhando ou vai ajudar?

Rick riu.

— Achei que não tivesse me visto.

— Eu sabia que você ia seguir o barulho. Ou o cheiro.

Emma se calou quando os dois homens entraram no banheiro.

— Onde está a Gwen?

— Ajudando a Sam com uma funcionária nova. Abre a torneira — Neil instruiu enquanto segurava sua filha sobre a banheira.

— Ela não é meio nova para uma banheira de tamanho normal, papai? — disse Rick, abrindo a torneira.

Emma pestanejou várias vezes com seus olhos arregalados e deu um sorrisinho de lado. Com apenas sete meses, a menina tinha o pai na palma de sua mãozinha. A verdade era que Rick estava encantado também. O cabelinho loiro mal começara a cobrir a cabecinha careca e os olhos azuis já pareciam captar tudo a seu redor. Como Neil, era muito observadora e parecia avaliar o mundo, reagindo para que suas necessidades fossem atendidas.

— Segura aquilo — disse Neil, indicando o chuveirinho com a cabeça.

— Acho que você já fez isso antes — disse Rick, apontando a ducha para longe e checando a temperatura da água.

— Como é que sai tanta coisa de uma pessoinha tão pequena?

— Talvez você a esteja alimentando demais — provocou Rick.

Neil se inclinou sobre a banheira.

— Eu seguro, você lava.

— Pode começar a espernear, Em.

Primeiro, Rick deixou a água bater em seus pezinhos e foi lentamente subindo o chuveirinho para a meleca. Em vez de soltar um grito de guerra, Emma riu e começou a espernear na água, enquanto Neil a virava para Rick lavar seu bumbum. Depois de um pouco de sabonete, Emma foi enrolada em uma toalha cor-de-rosa felpuda.

— Parece que você domina esse negócio de fraldas — disse Rick, enquanto Neil vestia Emma e a colocava no berço.

— É mais fácil que esfregar privada com uma escova de dentes.

Rick nunca esqueceria suas primeiras semanas na marinha, quando a alegria de ter seu traseiro chutado por seu oficial quase sempre acabava com ele esfregando privadas.

O serviço militar tinha sido uma de suas únicas opções. Seu porte, velocidade e inteligência o colocaram na elite — os fuzileiros navais. Ele não havia crescido com muito, de modo que viver tendo só uma mochila não era uma dificuldade. Seu pai era um estivador quebrado, e sua mãe tivera mais de um emprego ao mesmo tempo a vida inteira para ajudar como pudesse. Rick não sabia se o casamento deles era feliz ou só uma rotina. Os dois brigavam mais do que Rick achava que deveriam. Ou talvez só brigassem quando ele estava por perto, por causa dele.

Neil se deteve por um instante e olhou para a filha. Um sorriso raro lhe surgiu nos lábios. Ele se voltou e os dois saíram do quarto de Emma.

— Só isso? — perguntou Rick. — Sem estardalhaço, sem precisar ninar para ela dormir?

Neil deu de ombros.

— É hora do soninho — disse, como se a explicação estivesse completa.

— Mas os bebês reclamam.

— A Emma chora porque quer a mãe, não a mim.

Rick riu.

— Aposto que a Gwen adora isso.

Neil deu de ombros novamente e eles seguiram para a sala da segurança. Os monitores enchiam uma parede com todas as casas monitoradas, inclusive essa deles. Um novo conjunto de monitores aguardava que o próximo sistema fosse instalado.

— Parece que você está preparado para monitorar a casa da Karen e do Zach.

Neil sentou atrás da mesa e abriu uma gaveta de arquivos. Jogou um envelope pardo cheio de papéis para Rick.

— Tudo de que você precisa está aí dentro. O Kenny vai supervisionar a equipe dele na Parkview Segurança enquanto eles preparam a casa com o novo sistema.

Rick pegou o envelope e olhou o que havia dentro.

— O que fez a Karen mudar de ideia?

— Uma combinação do Zach e dos tribunais.

O abrigo para crianças de Karen fora uma batalha difícil nos tribunais. Tudo o que ela queria era ter uma casa grande, onde crianças desabrigadas ou de famílias disfuncionais pudessem viver sem medo da violência e da fome.

O local fora a parte fácil. Conseguir que os Serviços de Proteção à Criança lhe fornecessem a licença era outra história. Agora, ela cuidava de dois adolescentes: uma garota de dezesseis anos e outro de dezessete. Eles eram irmãos e foram emancipados judicialmente depois que a mãe fora assassinada pelo pai, que estava preso. O garoto havia abandonado a escola para trabalhar em período integral e sustentar a si e à irmã. As crianças haviam chegado aos cuidados de Karen por meio do Boys and Girls Club, onde ela era voluntária. Agora, elas viviam em tempo integral no Village, a casa vitoriana com mais quartos que ocupantes.

— Acho que o tribunal não teve pressa para conceder a licença para abrigar um monte de crianças carentes.

— Nem um pouco — respondeu Neil.

— O sistema de vigilância vai ajudar a mostrar para o tribunal um alto nível de segurança. Pelo menos eles pensam que vai.

— Qualquer pessoa que queira chegar às crianças ali dentro vai violar o sistema.

— E não sem evidências. Parece que isso é tudo que interessa ao tribunal: um rastro de evidências se algo de ruim acontecer — disse Neil, suspirando. — Enfim, preciso que você configure tudo neste fim de semana. A mãe da Gwen espera todos em casa no aniversário dela.

"Todos" queria dizer Blake, Samantha e seus dois filhos, bem como Neil, Gwen e Emma, e "casa" significava a propriedade de Albany, nas imediações de Londres.

— Está tudo sob controle, Mac.

Neil riu ao ouvi-lo usar seu apelido.

Ambos se calaram. Rick recordou quando Neil lhe fora apresentado como Mac. Naquela época, a equipe deles chamava Rick de Smiley. A vida era curta demais para ficar sério o tempo todo. Ele afastou as lembranças que sempre ameaçavam apagar o sorriso de seu rosto e se forçou a sorrir de novo.

— Como está a sua sogra?

— A Linda é muito legal — disse Neil, rindo.

A descrição pegou Rick de surpresa.

— Como assim?

— É difícil descrever. Está mais descontraída, agora que a Emma chegou.

— Você a conquistou, não foi?

— As vezes, o silêncio e a serenidade diante dos problemas levam a melhor.

O comentário de Neil só fez o sorriso de Rick aumentar.

— Que metido!

Neil deu uma olhada nos monitores.

— E com você, como vão as coisas? — Neil perguntou.

Rick achou a pergunta estranha.

— Ótimo. Tudo bem.

Neil sacudiu a cabeça.

— Quando começamos a trabalhar juntos novamente, você disse que odiava Los Angeles, mas ainda está aqui. Pensei que não fosse demorar muito para ir embora.

— Ah, tentando se livrar de mim? — Rick perguntou, inclinando-se na mesa e olhando pela janela.

— Não. Só estou surpreso.

— Trabalhar com você não é tão ruim.

Não. Na verdade, Rick se sentia conectado com aquelas pessoas — coisa que só tinha experimentado quando estava na ativa. Ele tinha gostado de ter sido apresentado a Judy. Ela não era nada ruim.

— Então, você vai ficar aqui por um tempo?

— Não sinto necessidade de sair daqui, se é isso que está pensando.

Neil assentiu com a cabeça.

— Ótimo. Eu vou ficar fora duas semanas e preciso que você fique de olho em tudo por aqui.

— Não tem muita coisa para fazer aqui quando vocês e a família do Blake viajam.

Não, havia uma equipe de segurança em Albany, pronta para atender um duque e sua família. Ninguém precisava se preocupar tendo Neil por perto.

— Preciso que você esteja pronto para ajudar o Carter ou a Eliza se algo acontecer. O Michael vai estar de volta antes do jantar beneficente.

O jantar beneficente seria um evento de gala no Village para ajudar a arrecadar dinheiro para as crianças de lá. Carter, governador da Califórnia, tinha uma equipe de segurança própria, mas sempre era bom poder contar com a ajuda de Neil também. E Rick era uma extensão de Neil quando este não estava disponível.

— Como vai a campanha?

— Acho que um segundo mandato está garantido. Precisamos ficar atentos a qualquer ameaça.

— Então — recapitulou Rick —, pelo jeito tudo fica um verdadeiro tédio enquanto você viaja?

Neil ergueu os olhos, com cara de bravo.

— E quando a nossa vida é um tédio?

Como se fosse uma deixa, a babá eletrônica interrompeu a conversa. Era Emma, lutando contra sua soneca.

— Vamos fazer um evento de gala no Village logo depois que voltarmos.

Samantha entregou um cheque a Meg e deu meia-volta. Meg viu a quantia e quase engasgou.

— Para que tudo isso?

— Ajuda de custo para as roupas.

Meg não gastara tantos zeros em roupas durante toda a vida.

— Para as roupas?

— Uma loucura, não é? — disse Sam.

A única coisa que Meg fez foi assentir.

— Os ricos farejam porcarias. Eu entendo a necessidade de aproveitar uma boa liquidação, mas não comece com uma loja de departamentos.

— Mas...

— E traga os recibos. Você vai precisar comprar vestidos longos e sapatos. E fazer ajustes e comprar acessórios. Quero que todas as fotos que saiam nos tabloides inspirem riqueza. Até as da balada.

Meg fechou os olhos e engoliu em seco.

— Você viu isso?

Samantha riu.

— Bonitos os moços.

— Eles são gays.

— Mas bonitos, mesmo assim. Da próxima vez, use uma blusa de seda. Os ricos sabem tudo sobre os paparazzi. A maioria adora atenção, mas quem nos observa espera certo nível de qualidade. E, uma vez que você está aqui, eles querem que seja alguém que pode lidar com seus problemas. Mesmo que não possa.

— Eu nem sei fazer compras.

— Isso não é problema. A Karen vai passar amanhã para levar você e a Judy nas lojas.

— Sério?

— Sério — disse Samantha, rindo.

Meg se recostou na cadeira e também riu.

— Isso não parece trabalho — disse.

Samantha se voltou para um arquivo no computador.

— Não se preocupe, o que vou te mostrar a seguir vai parecer trabalho.

Duas horas depois, os miolos de Meg estavam derretidos. Não só havia os perfis das mulheres para combinar com os dos homens, mas alguns homens procuravam uma lista de mulheres de mais longo prazo. Era imperativo memorizar os rostos, para poder combinar os casais só de olhar para o cliente. Depois, havia os perfis de homens e mulheres em quem ela precisava ficar de olho para recrutar.

Meg clicou repetidas vezes nas páginas depois que Samantha saiu da casa de Tarzana.

Quando a porta da frente se abriu, ela pensou que era sua chefe voltando. Mas, quando uma voz masculina interrompeu seus pensamentos, deu um pulo.

— Olá.

Meg girou na cadeira, com a mão no peito.

— Que susto!

— Desculpa.

Rick estava na porta, com seu sorriso preguiçoso no rosto. Meg não entendia por que Judy não pulava nos braços desse cara.

Ela olhou pela janela e notou o pôr do sol.

— Perdi a hora — disse.

— Acontece nas melhores famílias. Então, você é a nova recruta da Samantha...

Meg se voltou para o computador, clicou em "imprimir" para poder estudar as informações em casa e o desligou.

— A Samantha é a chefe perfeita.

— Ela é gente fina.

— Concordo. — Ela se levantou e olhou em volta. — Incomoda eu ficar por aqui?

Rick deu de ombros.

— Estou acostumado com isso. Além do mais, não fico muito aqui. Só não esquece de acionar o alarme quando chegar e sair.

Samantha lhe ensinara o esquema. Era igual ao que aprendera com Judy, na casa de Michael.

— Sem problemas. — Meg juntou os papéis e ajeitou a bolsa no ombro. — Bem, acho que nos vemos amanhã — disse.

— Eu fico fora a maior parte do dia.

— Ah, tudo bem.

Antes de Meg chegar à porta, o inevitável aconteceu:

— Então, você e a Judy estão se ajeitando?

Um sorriso lento e fácil se abriu nos lábios de Meg. Aquele homem era terrivelmente transparente.

— A Judy acha o novo chefe dela um mariquinha imbecil.

Ela não entendia como Rick conseguia ter covinhas e segurar um sorriso.

— Fora isso, ela está bem.

— E o jornal?

— Você viu? — perguntou Meg.

O artigo era pequeno, mas parecia que todo mundo o vira.

— Encontro duplo? — perguntou Rick.

Ah, agora Meg entendia. Rick estava tentando descobrir a verdadeira história.

— Nós tínhamos acabado de conhecer os caras.

Ela não comentou o fato de eles estarem interessados um no outro, e não nelas.

— Vocês estavam rindo.

— As pessoas fazem isso quando se divertem.

Em vez de prosseguir, Meg se espremeu entre Rick e a porta para sair.

— Bem, está tarde. Até amanhã, Rick.

Meg podia jurar que ele resmungara algo enquanto ela saía pela porta da frente.

Os homens são tão fáceis...

6

— NÃO ACREDITO COMO ESTE lugar é grande!

Judy estendeu os braços no meio da sala da casa de Zach e Karen e girou.

— Eu amo pés-direitos altos, painéis de madeira... Até as janelas, que deve ter sido um saco reproduzir.

Karen passou a mão nas cortinas, que cobriam metade do comprimento da parede.

— O Zach não poupou esforços para manter o máximo das instalações originais ou para garantir que um ajuste moderno passasse uma sensação de antigo.

A casa vitoriana devia ter sido projetada com janelas simples, que sem dúvida estariam na estrutura original.

— Você deve estar feliz.

— Mais do que você imagina.

O sorriso de Karen exibia sua felicidade. As compras com Meg haviam sido adiadas até que Judy pudesse ir com elas, e, como era sábado, ela optara por ajudar Karen, ficando na casa para que ela e Zach pudessem fugir e passar a noite fora. Não que os adolescentes não pudessem se cuidar sozinhos, mas, com o juizado de olho em cada movimento enquanto Karen tentava obter todas as licenças necessárias para o Village funcionar a todo vapor, ela não queria correr riscos.

Zach entrou com uma sacolinha na mão.

— Aí está você!

Karen se encaixou no abraço dele e aceitou o beijo que ele lhe deu no rosto.

— Você está pronto?

Zach deu uma piscadinha.

— Eu viajo com pouca coisa.

— O que significa que ele não pegou nada.

Se Judy tivesse que adivinhar, diria que seu irmão e a esposa não sairiam do quarto do hotel. Eles estavam realmente apaixonados.

— O turno do Devon termina às nove e o toque de recolher dele é às onze. A Dina está no quarto dela. Anda meio mal-humorada ultimamente.

— Está tudo bem?

— Acho que sim. O conselheiro disse para esperarmos mais mudanças de humor que o normal.

— Acho que é esperado, em vista de tudo o que aconteceu — disse Judy.

Ela não podia imaginar como as crianças viviam com a perda da mãe e o conhecimento de que o pai a matara.

— Estamos perdendo a luz do dia, amor — disse Zach, dando um tapinha no traseiro de Karen.

— Tudo bem, estou pronta. Me ligue se precisar de alguma coisa — disse Karen.

— Pode deixar. Divirtam-se e não se preocupem!

Judy deu meia-volta enquanto eles saíam.

Mas pouco depois Karen voltou.

— Ah, a propósito. O Rick está vindo para cá trabalhar no sistema de segurança. Ajustar algumas câmeras, coisas do tipo.

Com a menção do nome dele, Judy sentiu as bochechas queimarem.

— O Rick?

— Tenho certeza que ele não vai atrapalhar. Tenham uma boa-noite — disse Karen, acenando.

Judy podia jurar que havia um brilho nos olhos de Karen quando ela mexera as sobrancelhas e saíra da sala.

Ignorando a palpitação no peito, Judy pegou sua mochila, seguiu pelo corredor e subiu a escada até um dos quartos. A mistura de azul-claro e branco combinava com a vista do mar que se tinha da janela. Toda a casa transmitia tranquilidade, e Judy se viu absorta quando viu um veleiro que passava, perguntando-se quem poderia estar nele.

— Oi.

Judy se voltou e viu Dina parada na porta.

— Oi.

A pele escura e os olhos expressivos da moça contrastavam com o quarto claro e arejado. Aos dezesseis anos, ela tinha uns dez quilos a mais do que o necessário e tentava escondê-los com roupas largas.

— Vi que a Karen e o Zach saíram.

— Sim — disse Judy, afastando-se da janela.

— Eu não preciso de babá.

Suas palavras defensivas combinavam com os braços que ela cruzava diante do peito.

— Que bom. Eu nunca gostei de ser babá.

— Que idiotice. Ninguém se importou de eu e o Devon ficarmos sozinhos durante meses. E agora estamos aqui e não existe nada além de regras.

— Aposto que os seus pais deixavam vocês muito sozinhos — disse Judy, sentando-se na beirada da cama.

— O tempo todo. Ninguém ligava.

— É porque eles vão passar a noite fora. Tenho certeza que as coisas vão ficar menos rígidas com o tempo.

— Bobagem.

— Bem — disse Judy, levantando-se e indo em direção à porta. — Podemos aproveitar ao máximo.

Dina a seguiu pela escada até a cozinha. Judy fuçou na geladeira e tirou um pacote de carne moída, uma cebola e alguns ovos.

— Você não precisa cozinhar para mim — disse Dina.

Cara, essa garota é osso duro.

— Você não precisa comer. Tenho certeza que a Karen e o Zach vão gostar do que sobrar. — Judy arregaçou as mangas e lavou as mãos. — Você pode pegar o pão para mim? — disse, enquanto observava Dina entrar na despensa. Então pegou a cebola e a balançou no ar. — Você prefere cortar a cebola ou ralar o pão?

Dina estreitou os olhos.

— Você vai fazer bolo de carne?

— Sim. Eu não sou exigente para comida. Bolo de carne e purê de batatas.

— E molho? — perguntou Dina.

Judy quase sorriu, mas escondeu a animação. Talvez Dina saísse da depressão, afinal.

— Meu molho não é muito bom. Você sabe fazer um molho bem lisinho?
Dina assentiu com a cabeça.
— Acho que sim.
— Ótimo. Eu choro cortando a cebola e você faz o molho.
Realmente Judy chorou cortando as cebolas, enquanto Dina pegava algumas batatas e começava a descascá-las.
— Você gosta de cozinhar? — Judy perguntou.
Como Dina não respondeu, ela continuou falando:
— Eu cresci em uma cidade pequena, o que significa que não tinha muitas opções de restaurante.
— Nem fast-food?
— Podíamos ir na cidade vizinha comer hambúrguer, mas não íamos o tempo todo. O Conrad tem a melhor batata frita.
Dina riu de verdade.
— Seu irmão falou a mesma coisa.
— A nossa mãe nos ensinou o básico. Nos dois primeiros anos da faculdade, eu só cozinhava quando voltava para casa. Depois, eu e a Meg alugamos um apartamento fora do campus, e eu sempre cozinhava. Engordei pra caramba, também.
— Mas você é magra — disse Dina, zombando.
— Sim, mas não significa que não tenho que me cuidar. Em Seattle, eu e a Meg fazíamos aulas de ginástica, mas não encontramos nada que não seja absurdo de caro aqui. Só o que faço agora é correr depois do trabalho.
— A Karen corre todo dia — comentou Dina.
Judy olhou pela janela da cozinha.
— Se eu morasse na praia, adoraria correr todo dia. Na cidade, tenho que desviar dos carros e respirar poluição.
— Por que você não paga uma dessas academias chiques?
— Porque, ao contrário do meu irmão, eu vivo dura — disse Judy.
— Você não disse que trabalha?
Judy pôs a cebola picada dentro da grande tigela de carne e quebrou alguns ovos dentro.
— É um estágio. Não ganho nada e trabalho muito.
— Por que alguém trabalharia de graça? — disse Dina, franzindo o cenho em uma expressão de completo horror.

— Faz duas semanas que me faço essa mesma pergunta — respondeu Judy, encolhendo-se quando tocou a carne fria e começou o processo de misturar os ingredientes. — Porra, isso aqui está gelado!

— Sim, mas é o único jeito de misturar direito — disse Dina, descascando e conversando. — Você trabalha mesmo de graça?

— É um estágio de seis meses. É uma maneira de ganhar experiência para depois alguém me contratar.

— Achei que fazer faculdade significava arranjar um emprego.

— Não necessariamente. Eu acho que com algumas profissões funciona assim, mas comigo está sendo diferente.

— O Zach disse que você quer projetar prédios.

— Isso mesmo. Mas a única coisa que eu tenho feito é arquivar coisas e dar uma de moça da correspondência. Eu não devia me queixar; na verdade não é tão ruim assim. Mas também não posso deixar de pensar que isso não vai me levar a lugar algum.

— Não pode ser pior que o ensino médio. Como se eu fosse usar álgebra para alguma coisa!

Judy estava prestes a corrigi-la quando uma voz profunda atrás delas ofereceu sua opinião:

— Amém. Eu nunca usei álgebra para nada.

Rick. Judy sentiu a pele formigar.

Sem se voltar, ela disse:

— Eu uso o tempo todo.

— Isso porque você tem um trabalho de nerd, baby.

— Um trabalho de nerd não remunerado — completou Dina, rindo.

— Melhor ainda. Oi, Dina.

Judy notou a voz de boba da adolescente.

— Oi, Rick.

Ele se aproximou e olhou por cima do ombro de Judy.

— Hum, baby, não precisava fazer o jantar para mim — disse.

— Eu não estou fazendo... E não sou sua baby — disse Judy, virando a tigela no balcão e dando forma ao bolo de carne.

— Parece muita comida para duas mulheres tão pequenas — ele argumentou.

— Tenho certeza que tem comida suficiente para você jantar com a gente — disse Dina.

— Ótimo. Faz anos que não como bolo de carne — ele respondeu.

Judy se voltou, mas foi difícil não olhar o cara que estava a um suspiro de distância dela.

— Tenho certeza que você tem algo melhor para fazer.

Rick sacudiu a cabeça.

— Não. Meu trabalho é aqui esta noite. Devo ter acabado na hora que isso sair do forno.

Ela olhou furiosa para ele, mas encontrou um sorriso dentro de si.

— Então, você aposta no bilhar e em jantares.

— Eu faço o que tenho que fazer, Utah.

Caramba, ele era bonito demais para a saúde mental de Judy. Ela se viu olhando para os lábios dele, e, quando ele ergueu a sobrancelha, ela saiu do transe, colocou a mão grudenta em seu braço para o empurrar e o contornou para chegar até a pia.

— Tanto faz.

Rick ficou ao lado dela, tirou o pano de suas mãos e limpou o braço antes de devolvê-lo.

— Vou começar lá em cima. Se ouvirem o alarme disparar, não deem importância.

— Tudo bem.

E saiu rindo da cozinha.

Quando Rick não podia mais escutá-las, Dina exclamou:

— Esse cara é gostoso!

Judy abanou as bochechas quentes e guardou seus comentários para si.

Como um alarme podia disparar catorze vezes em uma hora era algo incompreensível para ela. Seus nervos estavam à flor da pele quando o timer do forno avisou que o jantar estava pronto. Então, como se Rick estivesse no corredor esperando ser chamado, ele apareceu com as mãos limpas e o sorriso fácil que sempre exibia no rosto, e sentou ao lado de Judy para jantar. Dina foi responsável por grande parte da conversa. A adolescente tagarelou sobre a escola, sua falta de vontade de estudar matemática, seus professores que eram uma porcaria.

Judy tentou se concentrar no que Dina dizia e ignorar a presença de Rick. Não importava que os olhos verdes de Rick a sorvessem como água no deserto sempre que olhava para ela. Não importava que, cada vez que seus olhos se encontravam, o coração de Judy saltasse no peito. Não importava que as faíscas da química que havia entre eles pudessem acender folhas encharcadas durante uma tempestade. Não importava.

Rick era uma distração. E Judy queria uma carreira, queria conhecer pessoas diferentes e curtir muito a vida. Ele era perigoso e — o que admitia só para si — um tesão. Seu sorriso devastador e o fascínio que exercia sobre ela podiam dobrá-la rapidamente. Ela tinha aprendido cedo que não conseguia ser uma pessoa leviana; flertar era uma coisa, mas ter intimidade sem envolvimento era difícil. Ela culpava a cidadezinha onde havia crescido por sua incapacidade de se divertir e virar a página. Seria fácil ceder à tentação conhecida como Rick se ela pudesse fazer isso sem se apegar.

— Sabe, baby, isto está bom mesmo — disse Rick, servindo-se de outro pedaço de bolo de carne.

— A Dina me ajudou.

A garota se aprumou à mesa, gostando dos elogios.

— E chega de baby — completou Judy.

Ele apontou o garfo em sua direção.

— Só tem um jeito de você se livrar disso.

Judy sacudiu a cabeça e revirou os olhos.

— Bem — disse Dina, afastando-se da mesa e pegando seu prato —, tenho um relatório de livro idiota para terminar esta noite. Você vai estar aqui de manhã, não é?

— Eu não vou sair daqui até a Karen e o Zach voltarem. Acho que eles vão dormir fora — Judy lembrou.

— Ótimo, porque não estou conseguindo achar o valor de X.

Judy disse que a ajudaria com álgebra. Podia lhe dar uma perspectiva diferente da que Karen estava oferecendo.

Dina se dirigiu à cozinha com seu prato e logo o som da água correndo na pia preencheu o silêncio da sala de jantar.

— Eu posso fazer isso — disse Judy.

— As regras da casa são que todos devem ajudar.

Judy quase lhe disse para ignorar as regras aquela noite, mas Rick colocou a mão em seu braço e sussurrou:

— Rotina e organização são sinais de estabilidade. Ela precisa disso.

Judy olhou para a cozinha e notou um sorriso no rosto de Dina. Quando se voltou para Rick, ele estava olhando para ela.

— Então você pode limpar o resto da mesa.
— Eu sou convidado.
— Acho que não, baby — ela disse, devolvendo-lhe o apelido. — Se convidar não é a mesma coisa que ser convidado.

Eles guardaram um prato para Devon e limparam a cozinha em vinte minutos. Dina pediu licença, deixando os dois sozinhos.

Rick estava lhe entregando o último prato para enxugar enquanto ela os guardava.

— Que tal um café? — ele perguntou, depois de secar as mãos.
— Está se convidando de novo?
— Eu sei que você vai achar difícil de acreditar, mas eu preciso ficar por aqui até depois de escurecer, para checar as câmeras de fora — disse ele, apoiando o quadril no balcão.
— É difícil levar você a sério com esse sorriso no rosto.
— Já ouvi isso antes — ele retrucou, dando uma piscadinha.

Aquelas covinhas eram uma verdadeira perdição — não que ela fosse dizer isso a ele.

— Tudo bem.

Ela se entregou ao esforço de preparar um bule de café, secretamente feliz por ele não ir embora. *Você está brincando com fogo, Judy.*

Ela estava pegando as xícaras de café no armário, quando ele perguntou:
— Então, você está evitando sair com qualquer pessoa enquanto estiver aqui ou só comigo?

Ela hesitou e disse a primeira coisa que lhe veio à cabeça:
— Você é perigoso.
— Só para os inimigos — ele respondeu.
— Da primeira vez que nos encontramos, você ficava agitando uma arma por aí.
— De novo, tinha um inimigo envolvido.

Isso era verdade.

— Você é muito convencido para mim — disse ela.
— Confiante — ele corrigiu. — E você também é. Eu acho isso sexy.

Judy fechou os olhos e soltou um suspiro quando a cafeteira apitou.

— Algo me diz que você acha muitas coisas sexy — disse ela, servindo duas xícaras de café e pondo açúcar na dela.

— Eu acho bolo de carne sexy.

— Que triste — ela retrucou, sem poder deixar de rir.

Então levou a xícara aos lábios e ficou de frente para ele.

— A maioria das minhas refeições caseiras são congeladas, aquecidas no micro-ondas — ele disse.

Ela soprou o café quente.

— Acho que comida aquecida no micro-ondas não é comida caseira.

Rick se aproximou, estendeu a mão ao lado dela e pegou a xícara que ela havia servido, mas não lhe entregara.

Ela olhou por cima do peito maciço e dos ombros largos quando ele se aproximou. Segurou a xícara com ambas as mãos para evitar a tentação de tocá-lo. Diabos, ele era sexy demais!

Rick deixou a mão no balcão, ao lado da xícara, e olhou para ela.

Ela se contorceu sob seu olhar; não confiava em si para olhar para ele. Só quando ele pegou o café da mão de Judy, ela o olhou nos olhos. Sentiu as narinas se dilatarem e a respiração ficar presa na garganta. O sorriso que ele sempre carregava não estava ali; em seu lugar havia algo muito mais intenso.

— O-o que você está fazendo? — ela gaguejou.

Ele afastou as duas xícaras e a deixou sem ter como escapar, apoiando as mãos de cada lado dela.

— Eu vou te beijar — disse perto dos seus lábios. — Sentir o seu gosto.

A respiração de Judy ficou presa entre os pulmões e o cérebro. O curto-circuito podia causar uma pane.

— Eu... eu...

— Você também quer provar o meu gosto.

Ela lambeu os lábios. Sabia que ele estava certo, mas procurava palavras para provar que não estava.

— Rolou uma química entre a gente desde o dia em que nos conhecemos — ele disse, expressando os pensamentos que Judy tinha na cabeça. Ele continuou olhando para os lábios dela, quase a ponto de tocá-los com os seus. Ela sentiu o corpo formigar rapidamente. — Você não quer ver se a gente combina, Judy?

— Você é perigoso — ela disse, sem conseguir afastá-lo. Ela havia imaginado esse fogo e se perguntado que gosto ele teria.

— Sou sim — ele respondeu.

Ela lambeu os lábios, sabendo que ele não estava pensando no mesmo perigo que ela. Relacionar-se com Rick e fazer parte da vida dele podia ser uma ameaça a tudo pelo que ela havia trabalhado tanto.

— Eu... eu não gosto de perigo — ela balbuciou.

Ele levou ambas as mãos até os quadris dela e o contato a sobressaltou.

— Discordo. Você gosta de perigo, de incerteza. Anseia por isso, até.

— Não, não gosto.

Sem nenhum esforço, ele a levantou e a pôs no balcão, deixando as mãos na cintura dela. Seus dedos fortes a marcaram, fazendo-a se sentir pequena e protegida.

Ele cheirava a sabonete de pinho e algo tão único que ela achava que devia ser feromônio. O mesmo cheiro a tomava quando ela fechava os olhos, à noite. Rick inclinou a cabeça perto da dela, mas não a tocou. A respiração de Judy se acelerou; seu beijo estava tão perto...

Ele mordiscou os lábios dela, e o choque foi tão completo que ela ofegou. O sorriso contagiante de Rick se transferiu para ela. Ela se inclinou para a frente, provocando-o a tocá-la de novo. Ele a tocou, dessa vez se demorando até ela fechar os olhos. Com a língua, lambeu o canto dos lábios dela, procurando a entrada.

O perigo vinha na forma de um homem tão habilidoso na arte da sedução que ela nem sequer percebera quando ele se encaixara entre suas coxas e puxara o corpo dela para si. Rick não deixou nenhuma parte da boca de Judy intocada. A profundidade de seu beijo a deixou sem ar e a fez ver estrelas. Ele passou as mãos em suas costas e cabelos. Não havia espaço para pensar. Só para sentir e provar.

Um barulho atrás deles a travou.

— Cara, desculpa...

Devon.

Rick recuou um pouco.

Judy abriu os olhos e viu o garoto saindo da cozinha.

— Ah, Deus — disse, suspirando e olhando nos olhos risonhos daquela tentação em forma de homem.

— Não vamos falar sobre isso — ele disse, com os lábios pousados nos dela.

Ela ainda podia sentir seu gosto; queria mais.

— Não estamos falando?
Ele balançou a cabeça.
— Não.
Rick se afastou e Judy se inclinou para a frente.
— Vou terminar meu trabalho e depois vou para casa.
Ela suspirou, frustrada.
— Vai mesmo?
— Vou. Porque, se eu voltar para cá e vir você me olhando assim de novo, vou te mostrar que posso realmente ser perigoso. E não quero te assustar, Judy.

Ela apertou as mãos, que haviam ido parar na cintura dele em algum momento durante o beijo.

Rick deu uma gargalhada gutural.

— Eu não vou te ligar, mas isso não significa que não vou estar pensando em você.

— Você me beija feito um louco e não vai me ligar?

— Não.

— Por quê?

— Porque não.

Ele se inclinou mais perto e levou os lábios à orelha dela. Seu hálito quente deixou cada nervo do corpo de Judy em estado de alerta.

— Eu não vou te dar a chance de me dispensar por telefone. E, quando eu te encontrar novamente, vou te lembrar do que aconteceu aqui.

Ela fechou os olhos, sentiu o toque suave de sua língua no lóbulo da orelha e gemeu.

Então ele saiu da cozinha.

7

— ELE NÃO LIGOU.
— Ele disse que não ligaria. — Meg riu ao telefone.
— Eu não consigo me concentrar no trabalho. — Ali estava ela em seu horário de almoço, comendo um sanduíche e conversando com sua melhor amiga por telefone sobre um cara. — É por isso que eu não queria sair com ele.
— Ele é uma distração sexy, tenho que concordar.
— Eu preciso trabalhar.
— Porque precisa de toda a força do seu cérebro para arquivar coisas e entregar correspondência. Credo, Judy, você não tem um emprego estressante, nem que exige muita energia.
— Mesmo se tivesse, estaria olhando pela janela pensando nele. Eu devia ligar para ele e dizer que não posso continuar com isso.
— Ah, para. Se você ligar, ele vai acabar aparecendo no seu trabalho e vai te pegar aí mesmo.
Por que Judy contara a Meg cada detalhe do seu beijo? Ela devia saber que tudo seria usado contra ela.
— Isso é loucura.
— O seu irmão não chega na sexta para o evento beneficente?
— Sim.
— O Rick não é guarda-costas do Mike?
— Às vezes.
— Então provavelmente você vai ver o Rick na sexta, em casa ou no evento beneficente.
Judy deixou o almoço de lado.

— Ótimo! Dizer ao dr. Perigo que preciso me concentrar na minha carreira e não nele em uma sala cheia de ricos e famosos deve ser divertido.

— Você não vai dizer isso a ele. Você vai olhar para ele e se derreter.

— Você não está ajudando, Meg.

O fato de Meg ver Rick quase todos os dias desde que estava trabalhando no escritório na casa de Tarzana, onde ele morava, piorava tudo. Se Rick quisesse passar alguma coisa, tinha um link direto. No entanto, nenhuma notícia do cara.

— Ah, você quer que eu ajude?

— Não é isso que as amigas fazem?

— Tudo bem, se é assim...

O telefone fez um barulho, como se tivesse caído, e Judy ouviu a voz de Meg gritando.

— Ei, Rick?

O coração de Judy deu um pulo.

— Meg!

— A Judy está ao telefone. Ela disse que quer transar com você...

— Meg! Você não... Ah, merda.

As pessoas no pátio da lanchonete a observavam enquanto ela gritava ao telefone.

O riso de Meg soou alto.

— Você é tão bobinha!

— É melhor que ele não esteja aí!

— Eu já disse que quase nunca o vejo. Normalmente, saio antes de ele chegar. Relaxa.

Quando Judy sentiu o coração voltar ao normal, praguejou:

— Vai ter troco.

— Eu não esperaria menos de você.

Depois de mais algumas queixas, Judy desligou e olhou para o sanduíche meio comido. Ela não devia ter permitido aquele beijo. Porque beijar a levara a sonhar, e sonhar a levara a desejar.

Ela se amaldiçoou e abriu seu jogo de guerra no celular. Por alguns breves minutos, parou de pensar em beijar e lutou contra seu inimigo cibernético.

— Toma isto! — disse ao celular enquanto atacava Spike, um inimigo que antes era da sua cyberequipe.

Ele saíra durante a batalha online de verão, reclamando porque a equipe não estava gastando dinheiro de verdade o suficiente para ganhar as batalhas. Agora ele aparecia de vez em quando em sua lista rotativa de inimigos, e ela não se incomodava de lhe mandar um beijo virtual enquanto explodia seus prédios e pegava seu dinheiro cibernético. Nos comentários, colocara até um emoticon piscando.

Passados alguns minutos, desligou o jogo, arremessou o almoço no lixo e voltou para o escritório.

⁂

Mike estava em casa quando ela saiu do trabalho na sexta-feira. A energia da casa mudou completamente com sua presença. Uma música estridente a recebeu quando ela entrou pela porta da frente. Diante da casa, a Ferrari do irmão estava fora da garagem, e uma trilha de poças era sinal de que alguém a lavara. Judy não esperava ver Meg, uma vez que ela já estava na casa de Zach e Karen se preparando para a noite. O evento inteiro fora organizado e administrado por Karen, mas a oportunidade para Meg aprender a socializar com clientes ricos enquanto se misturava com todos os amigos de Mike e Zach era boa demais para deixar passar.

— Mike? — Judy chamou, tentando erguer a voz acima da música.

— Aqui!

Judy seguiu a voz do irmão e o encontrou em seu quarto, com a camisa aberta e o cabelo molhado do banho.

Abriu os braços para ele.

— Estou tão feliz por você estar em casa!

Mike a levantou com seu abraço e lhe deu um beijo na bochecha.

— É muito bom voltar para casa e ver que ela não está vazia. Onde está a Meg?

— Na casa da Karen e do Zach. Ela está trabalhando para a Samantha.

— Na Alliance? — Mike perguntou, pestanejando.

Ela deu um tapinha divertido no braço dele.

— Sim, na Alliance. Eu não tinha percebido que você usou um serviço especializado para conhecer a Karen.

— Pareceu prático na época — disse Mike, lançando-lhe um olhar estranho.

Judy se afastou um pouco enquanto Mike abotoava a camisa.

— Quanto tempo você vai ficar na cidade?

— Vou embora terça à noite.

— Nossa, pouco tempo de folga!

— Não sei bem quanto tempo vou ter de folga. Só sei que não vai ser fácil manter os olhos abertos esta noite, por causa do jet lag...

— Você não dormiu no avião? — ela perguntou.

— Até voos privados balançam.

— Depois você me conta tudo sobre suas viagens de avião. Preciso tomar um banho e me arrumar — ela disse, já saindo do quarto.

Quarenta minutos depois, Judy exibia um vestido longo de lantejoulas e saltos de sete centímetros.

Mike assobiou ao vê-la.

— Quem é você? O que fez com a minha irmã?

— Idiota — disse Judy, revirando os olhos.

— Você está incrível.

Mesmo vindo de seu irmão, o elogio a fez sorrir. Ela passou a mão na barriga lisa.

— Peguei emprestado da Karen. Você comprou uma tonelada de roupas para ela.

— Levei quatro meses para convencê-la a gastar um pouco.

— Posso pensar em coisas piores para uma mulher — brincou Judy.

Mike pegou o paletó e o pendurou no braço.

— Você não precisa pegar as roupas da Karen emprestadas.

— Eu não posso bancar tudo isso. E, antes que você ofereça, não — ela disse enquanto caminhavam lado a lado e saíam pela porta da frente.

— Não o quê?

— Não vou aceitar seu dinheiro. Você já está me dando um lugar para morar.

— É só dinheiro, Judy. Tenho mais do que consigo gastar.

Ela hesitou enquanto ele trancava a porta.

— Eu preciso fazer isso sozinha, Mike. Tomar minhas próprias decisões, fazer minha própria carreira.

— E um empréstimo, então?

Judy sacudiu a cabeça.

— Não se deve emprestar dinheiro para a família. Até eu sei que isso não funciona. Quem sabe a Meg me arranja um marido temporário.

Mike apertou os olhos.

— Acho que não.

— Por quê?

Não que ela realmente estivesse pensando nisso, mas por que Mike achava que o arranjo era bom para ele, mas não para ela?

— É muito perigoso para uma mulher.

— Ah, por favor! — Ela se afastou da casa e esperou ao lado da Ferrari, até que ele abrisse a porta. — Elas checam se a pessoa tem más intenções.

Mike segurou a mão de Judy para ela entrar em seu carro supercaro e fechou a porta. Olhou para ela e ligou o motor.

— Você não foi feita para um casamento temporário.

— Como você sabe?

O fato de ele ter dois pesos e duas medidas a deixou irritada. Por que aquilo era bom para ele e para Karen, mas não para ela? O que ela queria era viver como uma mulher moderna. Será que sua mera existência deixava transparecer que ela era uma garota do interior que vivia como um peixe fora d'água em uma cidade como Los Angeles? Será que o pessoal na Benson & Miller via isso, e por isso não a levava a sério?

— Você não está mesmo pensando nisso, está?

— O fato de você estar preocupado com esse assunto é meio hipócrita, não acha?

— Você é minha irmãzinha. É meu trabalho cuidar de você — ele disse, parecendo mesmo assustado.

— Relaxa, Mike. Não vou fazer nada agora. Quero ver onde esse estágio vai dar antes de tomar qualquer decisão como casamento, temporário ou não. Se eu conseguisse fazer o meu chefe me passar tarefas além daquelas de auxiliar de escritório, já me daria por satisfeita.

Eles conversaram sobre o trabalho de Judy e sobre a falta de contato com qualquer coisa relativa à arquitetura, especificamente. Ela reclamava e desabafava, e Mike ouvia. Seu irmão sempre fora um bom ouvinte.

— Quer um conselho? — ele perguntou enquanto pegava o desvio para a casa de Zach e Karen.

— Sempre.

— Arrisque. Faça alguma coisa que chame a atenção deles. Qual é a pior coisa que pode acontecer?

— Ser mandada embora.

Mike pegou o longo caminho para o Village.

— Ser mandada embora de um estágio que só te pede para arquivar papéis.

Havia carros estacionados na rua. Limusines, carros esportivos, sedãs. Luxo como ela nunca vira na vida.

— Você está prestes a conhecer um monte de pessoas influentes. Sim, alguns prometem o mundo e não dão nada. Eu já vi alguns projetos seus, maninha, e você é boa.

— Você não sabe nada de arquitetura.

— Eu sei o que parece bom. E se te faltasse talento você não teria se formado com louvor, e alguns professores da faculdade teriam sugerido uma especialização diferente para você. Não foi você quem disse que seu último projeto conquistou um lugar na lista de realizações excepcionais do seu professor?

Aquele fora um doce momento.

— Sim. Eu sou boa, caramba.

— É hora de deixar que o seu chefe, ou talvez o chefe dele, saiba disso.

Ela suspirou, odiando a sensação de derrota.

— É impossível ser notada naquele escritório.

Eles pararam no valet e alguém abriu a porta do lado do passageiro. Mike saiu, oferecendo seu sorriso de Hollywood quando o garoto aceitou as chaves.

— Cuidado com ela, hein?

O garoto pestanejou.

— Vou ter, sr. Wolfe.

Mike riu e passou o braço sobre os ombros da irmã, como de costume.

— Ser notado é fácil. Fazer bons projetos é a parte mais difícil.

— Você é um astro de cinema, sr. Hollywood. Eu não tenho o mesmo poder dos astros.

Ele riu e bateu o quadril no dela, quase a desequilibrando. Ela riu e bateu o quadril de volta, bem na hora que pipocou o flash de uma câmera.

⁂

Rick estava atordoado. As palavras de Judy ecoavam em seu fone de ouvido. *Quem sabe a Meg me arranja um marido temporário...*

A conversa entre Judy e Michael enquanto saíam da casa de Beverly Hills começara de um jeito inocente. E Rick só pretendia ouvir o suficiente para saber que haviam saído, para poder estimar quando chegariam ao Village.

Judy queria tomar suas próprias decisões, ganhar seu próprio dinheiro. Mas então a menção de Meg e de um marido deixara Rick irado. *Ela não pode estar falando sério*, disse a si mesmo. Ela tinha que fazer o irmão dela falar.

Usando um smoking, Rick se misturou aos convidados e ficou de olho na porta.

O leilão que acontecia no pátio era fortemente monitorado por um detalhe de segurança que Neil pusera no local. A presença de Rick ali se devia à proteção de Zach e ao círculo íntimo de Karen, que incluía Michael e Judy. Neil vigiava Gwen, Samantha e Blake. Os únicos membros de elite do grupo que não estavam diretamente sob a supervisão de Neil eram o governador Carter Billings e sua mulher, Eliza. Billings tinha sua própria equipe, que o seguia a todos os lugares.

Rick ouviu a multidão falar sobre os recém-chegados, antes de notar a presença de Judy.

Ela usava um vestido longo dourado. Calçava sapatos delicados que levavam a uma fenda no vestido. A perna esbelta acenava pela abertura no tecido, o que deixou Rick com água na boca. Subindo pelas curvas de seu corpo, ele encontrou o V do decote que mergulhava para permitir apenas um vislumbre da pele pálida dos seios. Judy estava com um penteado meio bagunçado que parecia ter sido feito em alguns segundos, mas ele sabia que provavelmente havia levado uma hora. Usava um pouco mais de maquiagem que de costume, mas não parecia artificial. Estava linda. Ele se obrigou a afastar o olhar antes que ela o pegasse olhando. Seus olhares não eram os únicos que a seguiam pela sala. Judy era uma mulher atraente. Se Meg quisesse arranjar um marido temporário para ela, não demoraria muito para alguém a agarrar.

Mas isso certamente não ia acontecer; não enquanto ele vivesse.

— Olá, Capitão Óbvio!

Rick desviou os olhos de Judy novamente e viu Meg parada a seu lado.

— O quê?

Meg balançou a cabeça.

— Sabe, Rick, eu acho divertido que vocês dois fiquem fazendo rodeios em relação a essa atração.

Ele pensou por um segundo.

— Não acho que estou fazendo rodeios.

Não. Ele estava tentando sair com ela fazia mais de um mês.

— É, acho que não — disse Meg, acenando na direção de Judy.

Rick percebeu o olhar que as duas trocaram; um aviso silencioso dado pelos olhos de Judy aos de Meg.

— Mulheres gostam de dançar — disse ela enquanto se afastava.

Bom saber.

Após o jantar, quando a música começou, Judy e Mike se dirigiram à pista de dança com certo drama e floreios. A certa altura, Zach se aproximou e deixou Karen para dançar com sua irmã. Os fotógrafos estavam tendo um dia proveitoso com os quatro. Ajudava o fato de Karen e Michael sorrirem e dançarem como se não houvessem sido casados e agora fossem felizes divorciados, vivendo cada qual a sua vida. Rick era um dos poucos naquele salão que sabia a verdade sobre o casamento temporário dos dois.

Ele esperou o momento certo e, quando a música mudou para lenta e os casais se formaram, foi até a pista de dança e passou o braço em volta da cintura de Judy, antes que ela o visse, antes que dissesse "não".

— Oi, baby — ele sussurrou perto da orelha dela.

Ela enrijeceu brevemente, mas logo relaxou nos braços dele e começou a se mexer no ritmo da música.

Ficou calada um instante, até que disse:

— Você não ligou.

Em vez de responder, Rick a fez girar para longe e a puxou de volta, o que resultou em alguns flashes. Só quando estavam de rosto colado, ou, no caso, ele curvado para falar no ouvido dela:

— Eu falei que não ia ligar.

Ela abriu a boca para dizer algo, mas ele a fez girar de novo. Falar baixinho na pista de dança não era o que ele pretendia, uma vez que ela poderia dispensá-lo tão facilmente quanto pelo telefone. Ele não ia chamá-la para sair diante de uma plateia, mas queria se certificar de que quem quer estivesse os observando soubesse da atração que sentiam um pelo outro.

Rick passou a mão pela cintura dela e a puxou ainda mais forte, usando a música para fazê-la corar. Ela sorriu, sem conseguir evitar.

— Onde você aprendeu a dançar?

A pergunta era inocente, mas ele pestanejou e quase perdeu o passo.
— Na marinha é que não foi.
Ela retirou a mão que descansava no peito dele e o olhou nos olhos.
— Bem, você é bom nisso — disse.
Feliz por ela não fazer mais perguntas, ele a conduziu, testando sua capacidade de se deixar guiar.
— Você não é nada mau, Utah.
A música já ia acabando, quando Rick falou:
— Sobre eu não ter ligado... Bom, vou ligar da próxima vez.
Alguns casais deixaram a pista.
— Não sei se...
Rick não estava gostando do rumo que as coisas estavam tomando, então a interrompeu pousando o dedo nos lábios dela, gesto que foi substituído por um beijo rápido. Ingênuo, comum, mas cheio de promessas.
Seu fone de ouvido zumbiu.
— Rick, precisamos de você aqui fora.
Ele se afastou, feliz por ver Judy sorrindo.
— Tenho que voltar ao trabalho, Utah. Mais tarde conversamos.
Ele lhe deu um beijo na testa e a deixou parada na pista de dança.

8

MEG CUTUCOU O COTOVELO DE Karen e chamou sua atenção para o beijo que acontecia na pista.
— Olha só para aquilo.
Karen olhou por cima do ombro e deu um leve assobio.
— Eu sabia que isso ia acontecer — disse.
— A Judy está louca por ele.
As duas ficaram olhando enquanto o beijo terminava e Rick dizia algo no ouvido de Judy.
— Louca no bom ou no mau sentido?
— Um pouco de cada.
Rick deixou Judy olhando para ele e se afastou, e, quando ela se voltou para as duas, Karen e Meg voltaram a atenção para a taça de vinho que tinham na mão. Não poderiam ter sido mais óbvias.
— Ele parece um cara legal, não é?
— Eu nunca notei nada que me chamasse atenção. Ele tem sido o braço direito do Neil há mais de dois anos — disse Karen por cima da borda da taça.
— Ele é muito namorador? — Meg perguntou.
— Eu nunca o vi com ninguém. Tenho certeza que sai por aí, mas não nos apresentou para nenhuma garota até hoje.
Zach se aproximou da esposa, colocando a mão em seu ombro.
— Era o Rick beijando a minha irmãzinha na pista? — perguntou.
Karen se inclinou para o marido e deu uma risadinha.
— Não tem nenhum outro homem por aqui que possa ser confundido com o Rick, exceto o Neil, e nós dois sabemos como ele e a Gwen estão felizes — ela respondeu.

Zach estreitou os olhos em direção à porta que Rick usara para escapar do salão.

— Humm...

Meg olhou ao redor e viu Mike conversando com Judy. Tanto Mike quanto Zach tinham a mesma expressão no rosto.

Zach se dirigiu à porta, mas Karen o pegou pelo braço.

— O que você vai fazer?

— Nada — ele disse, meio apressado.

— Não faça nenhuma bobagem. A Judy é uma mulher adulta — disse ela.

Zach deu um beijo na cabeça da mulher antes de sair.

Meg observava tudo com satisfação.

— Como filha única, eu nunca tive um irmão ou uma irmã que se preocupasse com os caras que eu namorava — disse.

— Nem eu — disse Karen. — É legal de ver.

Mike encontrou Zach na porta e ambos foram confrontar Rick.

— Devemos avisar? — Meg perguntou.

Karen sacudiu a cabeça.

— Não, mas eu quero ver — disse.

Meg gostava do bom humor dela.

— Tudo bem. Eu vou falar com a Judy.

~~~

Rick circulou pelo local onde dois convidados discutiam sobre qual deles pusera o nome por último na lista antes que o leilão se encerrasse. A segurança estava ao lado, observando, enquanto uma das leiloeiras tentava resolver a situação da maneira mais discreta possível. Infelizmente, os dois não davam bola às negociações da mulher.

— Eu preciso fechar com o último nome da lista, sr. Phifer. Talvez possamos entrar em contato com a organização que doou este item para ver se eles têm outro a oferecer.

O sr. Phifer estava insatisfeito com a possibilidade de não sair dali com o objeto. Olhou para o homem alto, parado do outro lado da voluntária.

— E se não tiverem? — perguntou.

— Só podemos tentar...

— Se quer algo daqui, precisa ficar em cima — rosnou o homem, acima da voz das outras pessoas ao redor.

Rick não tinha ideia por que os dois estavam brigando, mas o objeto não podia ser tão importante a ponto de dois homens barbados precisarem ir a um evento de caridade para obtê-lo.

O sr. Phifer avançou, quase espremendo a voluntária.

Rick se fez notar com um passo. Entre os dois, voltou-se com um sorriso.

— Cavalheiros, esqueceram por que estão aqui? — perguntou.

Os dois começaram a discutir. Era evidente que haviam bebido e não escutavam ninguém.

Rick se voltou e pegou a prancheta da mão da voluntária. Ofereceu o mais genuíno sorriso à mulher de uns cinquenta e poucos anos e leu o último nome e o lance ao pé da página.

— Você é o sr. Connors? — perguntou ao homem alto.

— Sim.

— Seu último lance foi de dois mil e quinhentos dólares.

— Isso mesmo.

— E você é o sr. Phifer?

Phifer balançou o dedo rechonchudo sobre seu nome na página.

— O meu lance é esse aqui. Eu fiz no último segundo.

Rick ergueu os olhos e viu Zach e Michael caminhando em sua direção. Eles pararam para observar.

— Bem, como parece que há um problema em relação ao prazo, vamos agir com diplomacia e fazer o leilão aqui mesmo. Sr. Phifer, o senhor pretende oferecer um lance superior a dois mil e quinhentos dólares?

Phifer estreitou os olhos.

— Dois mil e seiscentos — disse.

Rick olhou para Connors.

— Três mil.

Rick se voltou para Phifer.

— Isso é ridículo. Minha oferta foi a última, e a tempo.

Connors cruzou os braços com um sorriso idiota no rosto. A multidão de curiosos que observava ficou em silêncio.

Rick não fazia ideia de quem eram aqueles homens, nem qual a relação que tinham com Karen e Zach, mas estava ficando com uma séria dor de cabeça.

— Se é muito alto para você, cai fora — disse Connors.

Phifer tentou empurrar Rick.

O sorriso no rosto de Rick desapareceu e ele forçou a prancheta no peito do homem.

— Eu nem tentaria — disse.

Michael aproveitou o momento e ergueu a voz acima do burburinho.

— Seis mil — disse.

A multidão ofegou e todos os olhos se voltaram para a celebridade. Então, como se fosse um jogo, Zach acrescentou:

— Sete mil.

— Oito.

Quando chegaram aos dez mil, Zach deu um tapinha nas costas de Michael.

— É todo seu, irmão.

Connors e Phifer se entreolharam e pareceram perceber a cena que haviam feito. Quando saíram em direções opostas, ambos derrotados, a multidão se dispersou.

— Zach, você precisa escolher melhor seus convidados.

Ele deu de ombros.

A voluntária agradeceu a Rick e foi para a mesa seguinte. Rick se voltou e viu o olhar dos dois irmãos sobre ele, com uma expressão indecifrável. Então se lembrou da pequena demonstração pública de afeto com Judy.

— O que posso fazer por vocês, rapazes?

A conversa era inevitável. Melhor que fosse discreta.

— Só queremos conversar um pouco — disse Michael enquanto os conduzia para longe da multidão, na tenda de leilões.

Zach foi o primeiro a falar:

— Então, a Judy...

Só a menção do nome dela fez um sorriso brotar no rosto de Rick. Como ele não disse nada, Michael acrescentou:

— Nossa irmãzinha.

— Irmã, sim, mas não um bebê.

Nada em Judy era infantil.

Os dois irmãos se entreolharam.

— Devemos nos preocupar com você? — Zach perguntou.

Rick teria ficado ofendido se não soubesse que os dois estavam apenas tentando proteger a irmã.

— Acho que não é comigo que vocês precisam se preocupar. — Ele se voltou para Michael. — Não quer explicar ao Zach a conversa que você teve com a Judy quando estavam saindo para vir para cá?

Michael semicerrou os olhos e então se deu conta do que Rick estava falando.

— A Alliance...

— Isso mesmo. Acho que nenhum de nós quer que a Judy se candidate, não é?

Zach olhou para além dos dois, para a casa.

— Ela não faria isso.

— Não sei, Zach — disse Michael. — Ela andou falando sobre isso.

Zach apertou os punhos.

— Não. Não mesmo.

Rick soltou um suspiro.

— A Judy é uma garota sensível, Rick. Brincar com ela só para mantê-la longe da Alliance não vai dar certo — disse Michael.

— Quem disse que era isso que eu estava fazendo? — Rick perguntou, balançando a cabeça.

Explorar as possibilidades não era brincar com alguém, era? Ele questionou as próprias intenções por cerca de dez segundos. A caça era emocionante, a emoção valia a pena. Além do mais, ele havia esperado quase um ano para ir atrás de sua fadinha.

— Não a machuque — advertiu Zach.

— É difícil machucá-la se ela não aceita sair comigo.

— Você a beijou, mas não saiu com ela? — Michael perguntou, rindo.

Zach balançou a cabeça e jogou as mãos para o alto.

— Não quero saber dos detalhes — disse.

Os três voltavam para a casa, quando Michael perguntou:

— E então, o que eu ganhei no leilão?

Percebendo que ainda segurava a prancheta, Rick olhou para a descrição e caiu na gargalhada.

— Parece que você e quatro amiguinhos vão fazer um passeio pelo estúdio da Nickelodeon.

83

Judy vestiu propositalmente o que chamava de "terninho do poder". Não era um terninho, mas uma saia justa preta, que combinava com botas pretas e um blazer vermelho. Para alguém da Benson & Miller notá-la, ela precisava forçar alguns olhos em sua direção. Chegara trinta minutos mais cedo na segunda de manhã e terminara os detalhes da correspondência antes que a recepcionista atendesse a primeira ligação.

Como de costume, o sr. Archer tinha uma pilha de papéis em sua mesa, principalmente lixo, que precisavam ser classificados, arquivados ou devolvidos a ele minimamente organizados antes do meio-dia. Ela podia terminar o trabalho em duas horas, mas parava para olhar os projetos e contratos para projetos futuros.

Dois projetos eram reformas de prédios de escritórios, nada muito grande que exigisse algo além de uma repaginada no interior. O terceiro projeto era nada mais que uma tentativa, alguns esboços em um pedaço de papel. Um centro de artes cênicas estava sendo construído em Santa Barbara, e a Benson & Miller, aparentemente, era a responsável pela obra. O tamanho do local proposto abrigaria a área necessária para um salão de oito mil lugares. A oferta conservadora não se prestava muito a detalhes. Ela examinou atentamente as estimativas, as propostas do que o comitê de Santa Barbara queria, e começou a fazer um esboço. Os edifícios de estilo missionário da região ajudaram que o projeto tomasse forma em sua cabeça. A manhã passou rápido, e, quando olhou o relógio, eram onze e meia. Correu para a sala de cópias, fez a própria pasta do projeto para levar para casa e reuniu todos os arquivos para retornar ao escritório do sr. Archer.

Com as mãos ocupadas, o telefone de sua mesa tocou. Nunca tocava.

— Judy Gardner — atendeu.

— Humm, Judy?

Era a recepcionista, Nancy. Parecia sem fôlego.

— Estou correndo para o escritório do sr. Archer, Nancy. O que é?

— Você tem uma visita. Humm... você pode...

Judy revirou os olhos. Havia somente uma pessoa que causava esse tipo de frisson feminino.

"Se faça notar", ele dissera. "É fácil."

— Diz para ele vir aqui para o fundo.

— Mas é...

— Sim, eu sei.

Ela encontrou Mike no hall principal, a poucos metros da sala do sr. Archer. Rostos ansiosos se erguiam acima das baias, e mais de um executivo saiu da sala quando a notícia da presença de Michael Wolfe rodou por ali como um incêndio na Califórnia durante a passagem dos ventos de santa Ana.

— Oi, irmãzinha.

Seu sorriso hollywoodiano a fez balançar a cabeça ainda mais forte.

— Cheguei cedo para almoçar?

Judy deslocou o peso para a outra mão.

— Eu não sabia que tínhamos marcado.

— Eu não comentei? Ah, eu te ajudo com isso. — Mike tirou os papéis de suas mãos. — Onde quer deixar?

Ela deu um sorriso tímido, olhou para o gerente de design paisagístico, que enfiava a cabeça pela porta da sala, e baixou a voz para que só Mike a ouvisse:

— Eu devia estar brava com você.

— Eu não estaria fazendo meu trabalho de irmão mais velho se não te irritasse de algum jeito. Agora, onde quer pôr isto?

Ela deu meia-volta, virou a esquina e foi para a sala do sr. Archer.

— Pode deixar aqui — disse, apontando para o topo do gabinete.

O sr. Archer estava atrás da mesa, com o queixo tão caído que quase chegava à garagem do prédio.

— Desculpe trazer um estranho para sua sala, sr. Archer, mas o meu irmão chegou cedo para o almoço e a nossa mãe nunca deixa a gente carregar nada quando um dos nossos irmãos está por perto.

— Humm, é... Ah, tudo bem.

Talvez seu irmão não fosse o único da família com talento para atuar.

— Ah, desculpe, vocês ainda não se conhecem, não é? Onde estão as minhas boas maneiras? Sr. Archer, este é meu irmão, Michael.

Mike ergueu a sobrancelha, sabendo muito bem que ela nunca o chamava de Michael. Somente o pessoal do cinema o chamava assim. Ele deu um passo à frente e estendeu a mão.

— É um prazer. A Judy me falou muito de você — disse.

— É mesmo?

Nada bom.

— Sim. A verdade é que eu não fico muito na cidade, e quis chegar de fininho um pouco mais cedo hoje para ver onde ela trabalha. Espero que não se incomode.
— Não tem problema.
— Que bom. O lugar aqui é agradável.
Judy cutucou o braço de Mike.
— Preciso arquivar isto antes de sair. Se você quiser esperar...
— Você pode fazer isso quando voltar — o sr. Archer disse, percorrendo o olhar ansioso de Judy a Mike.
— Não vai demorar nem um minuto — ela respondeu.
O sr. Archer sempre lhe dava bronca se alguma coisa não fosse feita exatamente quando ele queria.
— Você chegou cedo, é justo que tenha alguns minutos a mais de almoço — ele justificou.
Uau, ele realmente a notara.
— Tudo bem então. Vou pegar minha bolsa — ela disse a Mike.
— Prazer em conhecê-lo, sr. Archer — disse Mike, indo atrás de Judy.
— Pode me chamar de Steve.
Pelo amor de Deus! Quem diria que o homem ficaria tão bobo por causa de um astro de cinema? "Pode me chamar de Steve..." Por favor!
Judy pegou a bolsa na gaveta da mesa e colocou a alça no ombro.
— Tem um café na esquina — disse.
— Vá na frente.
Ela arrastou a cadeira para baixo da mesa com um sorriso.
— Ah, para você — disse Mike, tirando uma revista do bolso de trás da calça e jogando-a na mesa dela. — Parece que ganhamos a primeira página.
Uma foto dos dois dançando no evento beneficente enfeitava a capa de uma revista de fofocas. O brilho de seu vestido dourado quase se igualava ao sorriso no rosto de Mike.
— Vou ler no intervalo do café. Vamos, se chegarmos até cinco minutos antes do meio-dia, podemos pegar uma mesa nos fundos e comer em paz.
Mike passou o braço nos ombros dela e saíram da sala.
Todos os olhos os seguiram.
Só quando estavam no elevador foi que Judy começou a rir. Mike se juntou a ela, mas ficou sério quando o elevador parou para outros passageiros entrarem.

Um homem o olhava fixamente, e uma mulher que entrou quase caiu de susto. Mike a segurou pelo cotovelo para evitar que ela caísse em cima dele.

— Ah, meu Deus! Você é... Sim, é você mesmo!

Mike apenas sorriu, completamente à vontade com o caos que sua simples presença criava.

— Você está bem? — ele perguntou à mulher enquanto ela se estabilizava antes de o elevador começar a descer.

— Sim. Puxa, que vergonha! Desculpe.

— Sem problemas.

Ele piscou para a pobre mulher e voltou a atenção para Judy.

— Então, Judy, o meu empresário, o Tony, vem amanhã pegar o meu carro. Ele quer impressionar a namorada, então eu disse que ele podia pegar emprestado.

— A Ferrari?

— Sim. Não queria que você ficasse preocupada achando que alguém a tinha roubado.

O elevador chegou ao térreo e todos deixaram o espaço apertado.

Mike jogou o braço nos ombros de Judy novamente e bateu o quadril no dela.

— Você está mesmo se certificando de que todos o vejam, não é?

— Não. Estou me certificando de que todos te vejam comigo. Depende de você aproveitar a onda — disse Mike, colocando os óculos escuros no instante em que saíram ao ar livre.

O café ficava apenas a um quarteirão de distância e eles conseguiram arrumar uma mesa nos fundos.

— Eu devia saber que você ia aparecer hoje — Judy disse, quando conseguiram fazer com que o garçom parasse de encarar Mike e começasse a anotar os pedidos.

Ele se recostou e esticou as longas pernas.

— Eu viajo hoje à noite e queria passar algum tempo com você.

A mulher na mesa ao lado não parava de encará-los.

— Quando você vai voltar? — Judy perguntou.

— A produção só vai acabar daqui a um mês e meio, mas vou viajar uns dias na primeira semana de setembro.

O garçom chegou com as bebidas, sorriu e foi embora.

— Você não estava brincando quando disse que nunca está em casa.
— Não mesmo. Fico feliz por você e a Meg ficarem lá.
Judy deu uma risadinha.
— Não é fácil. É um problemão morar na sua casa depois de morar em um apartamento de dois quartos com um banheiro.
— Não quero que você tenha pressa de se mudar.
— É difícil ter pressa, já que ainda não tenho dinheiro para me sustentar.
Ela aceitara o fato de que o irmão a sustentava e que era o salário de Meg que punha comida na mesa. Judy esticara seu dinheiro para as despesas durante o último semestre da faculdade para poder se aguentar nos primeiros meses em Los Angeles. Mas o dinheiro estava acabando rapidamente.
— Eu falei com a mamãe e o papai.
— É? Está tudo bem?
— Sim. Eles disseram que não sabem como você está pagando a gasolina.
— Eu economizei.
Mike olhou por cima dos óculos de sol, que ele não tirara dentro do café.
— Judy.
— Eu estou bem, Mike.
— É, deve estar. Pelo menos neste momento.
— De verdade, eu estou bem.
Ela não imaginava como seriam os próximos meses. Era difícil se sentir desfavorecido morando em Beverly Hills e frequentando festas com pessoas ricas e famosas.
Mike enfiou a mão no paletó esporte e tirou um envelope, deslizando-o em direção a Judy.
Ela não precisava olhar para saber o conteúdo.
— Mike, não. — E o deslizou de volta.
— Judy, sim. Eu dei a minha palavra para a mamãe e o papai que você estava bem. E, depois da nossa conversinha outro dia sobre a Alliance, sei que você deve estar sentindo a pressão.
— É uma pressão normal, Mike. Todo recém-formado precisa encontrar seu caminho e arrumar um emprego.
— Coisa que você vai fazer. Você está trabalhando de graça para ganhar experiência. É como se ainda estivesse na escola. Considere isso um empréstimo estudantil.

Ela sabia que argumentar não a levaria a nenhum lugar. E por que lutar contra, afinal? Ela não precisava gastar o dinheiro. Só o fato de aceitá-lo já daria a seu irmão e a seus pais um pouco de tranquilidade.

— Emprestar dinheiro para a família é um péssimo investimento.

— É um presente de formatura.

— Você já me deu a festa.

— Eu dei uma festa para a filha do meu jardineiro quando ela fez quinze anos. Posso dar mais para a minha irmã. — Ele deslizou o envelope de volta. — Aceita, Judy.

Ela deixou o orgulho de lado, pegou o grosso envelope e o guardou na bolsa. Em seguida se inclinou e deu um beijo no rosto do irmão.

— Eu te amo — disse.

— Eu também te amo.

O garçom apareceu com a comida, encerrando a conversa sobre dinheiro.

Quarenta e cinco minutos depois, caminhavam de volta ao edifício comercial.

— Quer que eu entre com você?

— Eu te amo, irmãozinho, mas vai ser difícil me livrar das meninas do escritório. Outra dose de Michael Wolfe pode ser demais para as fofocas no bebedouro. — Ela lhe deu um grande abraço. — Boa viagem.

— Vou mandar uma mensagem quando chegar, para você não ficar preocupada.

Ela gostava disso. Gostava de saber o que acontecia na vida de seu irmão. Durante muitos anos ele fora ausente. Seu casamento temporário com Karen aparentemente o fizera recordar sua família, e Mike estava fazendo hora extra para compensar parte do tempo perdido.

— Obrigada de novo.

— Disponha.

As pessoas ainda o encaravam quando ele entrou na garagem. Judy voltou ao escritório antes que a maioria voltasse do almoço. Aproveitou para ver quanto Mike lhe dera, dizendo ser um presente de formatura.

Parou de contar nos dez mil dólares, fechou o envelope e descansou a cabeça na mesa. *Não preciso gastar tudo isso.*

Mas era bom saber que tinha uma reserva para emergências. Abriu a gaveta para guardar a bolsa quando viu uma cópia da revista que Mike lhe dera.

Alguém devia ter visto a revista e a colocado em sua mesa. Mas quando? Não estava ali quando ela saíra para o almoço.

Pouco à vontade por alguém ter invadido sua privacidade, Judy guardou o envelope de dinheiro dentro da bota, fechou a bolsa na gaveta e foi para o banheiro.

9

A TERÇA-FEIRA COMEÇOU UM POUCO mais agitada que o normal. Parecia que todos haviam precisado de uma noite de sono para absorver a atividade do dia anterior.

Nancy a cumprimentou com mais que um aceno.

— Você não me disse que o Michael Wolfe era seu irmão.

— E eu nem sei se você tem irmão — disse Judy, rindo.

— Tenho, mas ele não é o Michael Wolfe.

— Provavelmente é só um irmão que te irritava e não abaixava a tampa do vaso sanitário.

— Acho que sim. Mas, uau!

Judy a dispensou com a mão, mas muitas conversas parecidas a seguiram ao longo do dia. Em sua mesa havia mais duas revistas nas quais estava seu irmão. Na maioria ela não saíra. Só Mike. Parecia que seus colegas haviam reagido ao fato de que seu irmão era uma celebridade e lidavam com isso deixando-lhe as revistas.

Um jovem arquiteto a encontrou na sala de correspondência e pegou uma pilha para ajudá-la.

— É José, certo?

— Sim.

Judy colocou um grande envelope na caixa do sr. Miller. José não era muito mais velho que ela, mas já tinha uma aliança no dedo, e ela sabia que ele tinha uma foto de seu filho de dois anos na mesa.

— Me diz uma coisa, José, quem cuidava da correspondência antes de eu entrar?

Ele organizou sua pilha de correspondência mais rápido que ela.

— Temos estagiários a cada seis meses.
— E todos eles cuidaram da correspondência enquanto trabalharam aqui?
— Depende do estagiário.

Ele lhe entregou um envelope onde se lia "gerente de design", sem especificar o nome da pessoa para quem se endereçava. Judy o colocou na caixa de Marlene.

José lhe entregou outra carta, dessa vez para o diretor de marketing. Judy a arquivou, mas José continuou lhe passando várias correspondências, todas elas sem nenhuma menção ao destinatário, só ao departamento correspondente. Quando ele parou, ela percebeu que haviam acabado.

— Obrigada pela ajuda — disse ela. — Acho que vou ver o que o sr. Archer precisa que eu arquive hoje.

— Na verdade, você vai passar a maior parte do dia comigo. Você sabe o nome de todo mundo e o departamento em que cada um trabalha. Agora é hora de conhecer todos eles.

José deu meia-volta e a chamou por cima do ombro.
— Você vem?

Ela correu para alcançá-lo.
— Espera, esse negócio de correspondência foi um teste?
— Não. Foi só uma etapa necessária. Todos no escritório vão trabalhar com uma ou outra pessoa a certa altura de cada projeto — ele disse enquanto seguia pelo corredor até seu cantinho no enorme centro do escritório. — Um bom arquiteto deve conhecer a sua equipe, saber quem é responsável por cada passo no processo. Assim, quando você vai até o chefe e deixa seus projetos na mesa dele, existe mais do que apenas a sua colaboração ali.

Pela primeira vez desde que entrara na Benson & Miller, alguém estava falando sobre arquitetura com ela. Seu coração pulava e um desejo verdadeiro de saber o que aconteceria em seguida a fez sorrir.

Viraram a esquina da sala de José e Judy notou uma montanha de papéis. Ele sentou atrás da mesa e apontou para a pilha.

— Vou apresentar isto ao chefe na próxima segunda. É um novo projeto para o Mall Valley Street. Não é o projeto mais emocionante, mas é o arroz com feijão da Benson & Miller.

Judy entendia. Um arquiteto iniciante precisava mostrar seu valor com projetos menores antes de avançar para uma equipe de projetos mais elaborados.

Antes que Judy comentasse algo, alguém enfiou a cabeça na sala.

— Desculpa interromper.

— Ah, oi, Mitch.

O entregador olhou para Judy e estendeu uma caixa para José, que assinou e acenou para ele.

Sozinhos novamente, Judy perguntou:

— O que você quer que eu faça?

O resto da manhã foi uma jornada para sapatilhas, não para o salto alto que usava. Ela se apresentou para quase todos os membros da pequena equipe de José, checou fatos, coletou material e fez perguntas. Quando se sentiu familiarizada com as pessoas, Judy substituiu a caminhada pelo telefone. Na hora do almoço, tinha uma pilha de trabalho que realmente queria fazer. Pensou em trabalhar durante a hora do almoço, mas não lhe deram a oportunidade de ficar no escritório. Parecia que muitas funcionárias dali queriam a companhia dela para o almoço. Judy não era tão ingênua a ponto de pensar que elas sentiam uma súbita necessidade de conhecer a nova funcionária. O que elas queriam era saber de seu irmão.

De qualquer maneira, com seu horário de almoço já programado, ela se sentiu mais bem-vinda que na semana anterior.

Enviou uma mensagem para Mike dizendo que lhe devia uma. Em troca, ele mandou uma carinha piscando.

No celular, ela viu que havia uma chamada perdida. A voz de Rick na caixa postal a fez sorrir.

— Oi, baby. Eu disse que ligaria. Então, sábado às cinco. Vista algo legal.

Ela só olhou para o telefone. O jeito mandão de Rick a teria irritado em um dia qualquer, mas nesse dia ela estava exultante e resolveu lhe dar uma dose de seu próprio remédio.

Escreveu para Dan, Lucas e Meg:

> Bilhar sábado à noite?

Dan respondeu primeiro:

> Eu e o Lucas estamos dentro. Às sete?

Meg foi a próxima:

> Não posso. A Sam vai me mandar para Nova York. Eu amo o meu trabalho! Detalhes mais tarde.

Nova York?, Judy pensou alto e respondeu:

> Que sortuda! Bom, Lucas e Dan, nos encontramos na espelunca às sete.

Então, já que os dedos estavam aquecidos, mandou uma mensagem para Rick:

> Sábado não posso, já tenho compromisso.

Teclou "enviar" e começou a mensagem seguinte:

> Sexta no Getty. Te encontro no bonde às sete e meia.

O Getty era um lugar público e urbano. Estava familiarizada com ele. Tinha todos os detalhes necessários para um primeiro encontro no qual ela não confiava em si para permanecer na vertical.

Com Rick, se manter na vertical era uma obrigação.

Ele respondeu em segundos:

> Sexta. Te pego na casa do seu irmão às sete e vamos ao Getty.

Era bom negociar.

Ela fez uma dancinha da vitória antes de guardar o celular e seguir com as atividades do dia.

—

— Você aceitou! — Meg gritou no instante em que Judy entrou na sala.

Judy jogou a bolsa e a pasta com seu querido projeto no balcão da cozinha.

— Eu fiz o quê?

— Concordou em sair com o Rick.

Judy pegou uma garrafa de água gelada, encostou no balcão e girou a tampa.

— Achei que você não via o Rick com muita frequência.

— E não vejo — disse Meg, com os pés pendurados no braço de uma cadeira estofada da imensa sala. — Ele apareceu depois do almoço me perguntando sobre o Getty. Se eu podia ajudar com alguma dica, para ele te impressionar.

O cara conseguia fazê-la sorrir mesmo quando não estava perto.

— E o que você disse?

— Eu disse para ele que o Getty é chato pra caramba. Que a única coisa que salva no lugar é o vinho que todos aqueles metidos a artista tomam.

Judy revirou os olhos. Não conseguia entender como Meg se misturaria aos milionários.

— E o que ele disse?

— Nada. Acho que rosnou. Eu não sabia que homens adultos rosnavam. Bem, fora do quarto, pelo menos.

Ótimo. Rick já achava que uma noite no museu Getty seria um saco. Talvez uma noite em um salão de bilhar fosse melhor, mas Judy sabia que um dia ia querer namorar alguém disposto a experimentar coisas novas, a aprender sobre cultura e arquitetura. Eles já sabiam que tinham o bilhar em comum.

Em vez de investigar mais, Judy perguntou:

— Então, que história é essa de Nova York?

Meg deu um pulo da cadeira.

— Eu amo o meu trabalho, já te falei isso, né?

— Já.

— A Sam vai me mandar para Nova York. E não só me mandar; vai me mandar em seu avião particular. Sabia que eles têm um avião particular?

— Acho que alguém já me disse isso.

Ela não conseguia lembrar quem tocara no assunto ou por quê. Talvez algo sobre a lua de mel falsa de Mike e Karen...

— Um jatinho. Vou a um seminário de mulheres. Sabia que a mulher do governador trabalhava para a Sam? Na verdade, acho que ela ainda tem algum interesse na Alliance.

Judy não interrompia Meg quando ela começava a divagar, como nesse momento.

— A Eliza e a Sam são assim — continuou Meg, esfregando os indicadores de cada mão um no outro. — A Eliza é a palestrante que vai abrir o evento, e vai me orientar sobre como me aproximar dos potenciais clientes da Alliance. Dá para acreditar nessa porra toda?

Quando Meg bebia muito ou ficava excessivamente animada, sua linguagem podia fazer um marinheiro corar de vergonha.

— Nesse mundo novo, sim. Eu acredito.

— Eu nunca pensei que um diploma de administração me arranjaria um emprego como esse. Roupas lindas, aviões particulares e viagens a Nova York. Como diabos eu consegui isso?

Judy sempre soube que Meg seria o máximo em qualquer posição que assumisse. Ela tinha mais motivação para ser bem-sucedida que qualquer pessoa que Judy conhecia. Essa era uma das coisas que elas tinham em comum.

— Quando você vai viajar?

— Sexta de manhã. Enquanto eu estiver bebendo martíni em Nova York, você vai estar bocejando no Getty.

— Eu gosto do Getty. Não vejo a hora de ver a vista da cidade e o brilho das luzes no museu.

Meg simulou um bocejo. Judy jogou a tampa de plástico da garrafa de água na amiga.

— Se o seu encontro com o Rick acabar bem, vocês vão poder vir para cá sem ser interrompidos — disse Meg, subindo e descendo as sobrancelhas.

— Eu não vou transar com ele.

Meg estremeceu.

— Meu Deus, por que não? O cara é um tesão com T maiúsculo!

— Eu concordei com um encontro, Meg. — E a essa altura, ela nem sabia por quê. — Algo me diz que ele não ia desistir enquanto eu não aceitasse — concluiu.

— Sim. E também pelo fato de que o beijo dele te deixou acordada até de madrugada tendo fantasias eróticas.

Judy desejou ter outra coisa para atirar na amiga.

— Não sei por que eu te conto essas coisas.

— Porque eu sou a sua melhor amiga. Se tivesse algum gostoso atrás de mim como o Rick está atrás de você, eu também te contaria todos os meus pensamentos sobre ele.

Foi a vez de Judy grunhir.

— Um encontro, e ele vai parar de me chamar de baby.

— Você gosta de baby. Sorri sempre que ele diz isso.

— Não sorrio — disse Judy, forçando o sorriso a desaparecer.

Meg inclinou a cabeça para o lado e esperou até que o sorriso de Judy voltasse.

— Às vezes eu realmente te odeio!

— Não odeia, não. Você me ama como se eu fosse da família. Espero um relatório completo na manhã de sábado.

— Uma boa amiga aceitaria uma ligação minha no meio da noite — disse Judy.

Meg sentou na cadeira e pegou o controle remoto da gigantesca tevê da sala de Mike.

— Só espero que você esteja superocupada para me ligar no meio da noite e me encher o saco.

— Não vou transar com ele, Meg.

A tevê ganhou vida; o volume estava muito alto.

— Sei, sei... Vou esperar você me ligar de manhã e dizer: "Meg, eu não estava planejando transar com ele!"

Judy terminou sua garrafa de água e a arremessou, mas ela caiu nos pés de Meg.

— Sua vadia!

10

RICK TINHA QUE ADMITIR QUE não dava tanta atenção aos detalhes de um encontro desde que saíra com Sally Richfield, a líder de torcida do colégio e a segunda garota com quem transara. Aprendera, na época, que não demorava muito para influenciar uma adolescente, mas planejou cada detalhe do encontro, desde o tipo de flores de que Sally gostava até a entrada que escolheria no restaurante. No final, Rick a levara para a cama, para onde ela fora por mais de um mês antes de o ex-namorado convencê-la a voltar com ele.

Não, Rick não se esforçava para impressionar uma garota desde Sally. Judy era completamente diferente. Ela não estava brincando para provocar ciúme em um ex. Ela não o rechaçava porque não estava a fim. Não, Judy estava nervosa porque se sentia atraída por ele e, por algum motivo que Rick desconhecia, tinha medo de se soltar. Talvez, depois de uma noite no Getty, Rick soubesse o motivo.

Estava acontecendo um evento especial naquela noite de verão; um tipo de festival grego com comida especial e piqueniques, em que os visitantes podiam curtir o pôr do sol. Ele tinha certeza de que Judy desconhecia o evento, ou ela saberia como seria difícil conseguir ingressos para aquela noite. Rick conhecia pessoas. E essas pessoas poderosas sempre tinham ingressos para eventos elegantes como o do Getty nas noites de sexta-feira.

Rick não sabia nada de arte. Ele podia desmontar um fuzil de olhos fechados, mas dizer a diferença entre um Monet e um Rembrandt não era sua praia. E não se envergonharia fingindo conhecer. Em vez disso, perguntaria a Judy. Deixaria que ela o ensinasse.

O telefone de sua mesa tocou, pegando-o desprevenido.

— Rick — atendeu.

— Oi, Smiley — disse Neil, tratando-o por seu apelido do serviço militar.
— Tudo bem?
— Você clicou no Michael hoje? — Neil perguntou.

Clicar no Michael se referia aos vídeos e áudios. E como esse era um dos dias em que ele não estava exclusivamente monitorando, não havia clicado. Estava ocupado pesquisando sobre o Getty e tentando adquirir os ingressos necessários.

— Não — respondeu Rick, indo com o telefone sem fio para onde estavam os monitores. — Algum problema?

— Não sei bem. Eu vi um carro estacionado na frente dos portões duas vezes. Podem ser os paparazzi. Ele parece ter algo que aponta para o portão quando uma das meninas sai.

O vídeo do lado de fora do portão de Michael não mostrou carros quando Rick ligou o monitor.

— Você tem a gravação?

— Tenho. Já enviei. Provavelmente não é nada. Acho que é só uma tentativa de ganhar dinheiro quando o Michael estava na cidade. É estranho que não saibam que ele viajou há alguns dias.

Rick clicou nas imagens que Neil mandara. Havia mesmo um carro estacionado na frente do portão, e alguém tirara fotos de Meg e Judy quando elas saíram. Aparentemente, ele não esperara muito para ir embora, mas aparecera mais uma vez e fez a mesma coisa de novo.

— Tem alguma imagem boa do rosto desse cara? — Rick perguntou.
— Nenhuma.
— Humm. Acha que devemos alertar a Judy e a Meg?
Neil meio que bufou.
— Você precisa de uma desculpa para passar por lá?
— Não. Na verdade, vou estar lá amanhã à noite para pegar a Judy.
Neil ficou em silêncio, mas logo perguntou:
— Guarda-costas pessoal?
— Não. Só pessoal.
Neil riu, o incitou a assistir às filmagens e desligou.

Muitos da equipe deixaram o escritório cedo na sexta-feira. Aproveitando a tranquilidade do lugar, Judy estendeu os croquis que estava desenhando na mesa de um projetista e dedicou algum tempo aos detalhes de sua ideia para o centro de artes cênicas.

Às cinco, o escritório ficou completamente vazio. Judy tirou os sapatos de salto e sintonizou uma estação de rádio no celular. O trânsito às cinco era sempre caótico, de modo que ficar meia hora a mais lhe garantiria um trajeto menos estressante para casa. Ir para seu encontro com Rick sem estresse seria uma bênção. E o fato de Rick ir buscá-la lhe daria mais alguns minutos para se arrumar.

Ela estava cantando, desafinada, uma de suas canções favoritas, observando detalhes de um teto acústico que teria que abrigar várias passarelas e fileiras de luzes, quando ouviu alguém limpando a garganta atrás dela.

Um pouco assustada, se voltou e encontrou Debra Miller, a "Miller" da Benson & Miller, parada atrás dela, com um sorriso no rosto.

— Espero que você desenhe melhor do que canta — disse Debra, erguendo levemente as sobrancelhas.

Judy se atrapalhou com o celular para diminuir o volume, sentindo as bochechas se aquecerem.

— Ah, desculpa. Achei que não tivesse mais ninguém aqui.

Que vergonha! Até então, ela apenas acenara para Debra Miller de passagem; sabia quem ela era, mas ainda não precisara conversar com a mulher. Ela estava na casa dos quarenta, vestia-se como uma empresária de sucesso e era esbelta o suficiente para atrair homens com metade da sua idade, se quisesse. O cabelo escuro dava forma ao rosto. Bem-feita, de bom gosto e bastante natural, a maquiagem parecia recém-aplicada.

Debra Miller deu uma risadinha e olhou por cima do ombro de Judy, para o croqui na mesa de luz.

— Acho que sou a última, exceto você. Em que está trabalhando?

Judy pulou de verdade na frente da mesa, bloqueando a visão de Debra.

— É, ah... É só...

Debra olhou ao redor e seu sorriso desapareceu.

— É o Centro de Artes Cênicas de Santa Barbara?

Meu Deus. Ela não devia estar trabalhando nisso. Na verdade, ninguém sabia que ela tinha as especificações do lugar. Teria ultrapassando seus limites de estagiária?

— Estou só brincando. Não é nada que tenham me solicitado a fazer, sra. Miller.

— É senhorita — corrigiu a mulher, indo para o lado de Judy e olhando o projeto.

Se fosse outra pessoa que não Debra Miller, Judy a teria empurrado e impedido de ver um projeto inacabado.

— Ah, desculpa, srta. Miller.

Aturdida, Judy começou a ficar inquieta.

— Não se preocupe. Meu ex era um idiota.

Judy seu uma risada nervosa.

— O que é isso? — perguntou Debra, apontando para um desenho saliente no lugar das barreiras de som que muitas vezes pairam sobre o auditório em centros de arte cênica.

— Painéis acústicos que caem do teto.

A srta. Miller apontou para o desenho principal, onde o teto não apresentava os painéis, mas uma abóbada que se via em muitos trabalhos por toda a Califórnia.

— Por que não estão aqui?

— São portáteis.

Judy levantou o desenho para mostrar o uso dos painéis.

— O meu irmão...

— Michael Wolfe? O homem que parou o escritório na segunda-feira?

— Humm, sim. Desculpe. Ele não fica muito na cidade.

— Tudo bem, Judy. Só lamento não estar aqui para conhecê-lo.

Ufa! Por que seu coração batia tão rápido?

— Então, o seu irmão...

— Ah, sim. — A sala parecia dez graus mais quente. — O Mike sempre se queixa de auditórios projetados para teatro que apresentam shows, ou de salas de concertos que apresentam peças de teatro, mas não têm a acústica certa.

— O que quer dizer?

Judy apontou para o palco.

— Durante um show, a banda sempre tem pilhas de alto-falantes para amplificar a voz dos artistas. É verdade que um bom engenheiro de som pode trabalhar com o que o auditório tiver para oferecer, mas a maioria está acostumada a grandes espaços vazios, sem a ajuda de qualquer tipo de teto abobadado ou painéis acústicos. Existem vários locais para shows ao ar livre em

Santa Barbara, mas não muitos fechados. Acho que um centro de artes cênicas que abrigue de cinco a oito mil pessoas seria ideal para shows. — Entusiasmada com seu projeto, Judy se esqueceu de ficar nervosa e continuou: — Um centro de artes cênicas deve sempre ter em mente o equilíbrio perfeito para os artistas no palco. Sim, eles usam microfone agora, mas a maioria dos atores de teatro sabe projetar a voz, e, se um auditório puder segurar o som de uma única voz no palco, nada captaria mais a atenção de uma plateia. É mágico. — Então voltou para o croqui inicial. — Acho que pôr os painéis quando forem necessários e tirá-los quando não for a melhor opção para um tipo de entretenimento é bem interessante. Os próprios painéis podem ser emendados para criar o ambiente. E a iluminação pode ser usada para dar efeito.

A srta. Miller examinou o projeto mais uma vez.

— Há quanto tempo você está trabalhando nisso?

— Cerca de uma semana. A maior parte do tempo em casa, por diversão.

— Por diversão?

— É. Ajuda a manter algumas habilidades que aprendi na faculdade e que ainda não usei aqui. É emocionante, não é?

A srta. Miller fitou Judy por um longo minuto.

— Estou tentando lembrar se já fui tão apaixonada por arquitetura quanto você parece ser.

— Eu amo isso. Acho que um artista deve sentir o mesmo quando pinta uma tela. — Ela olhou para o projeto. — Mesmo que o resultado final não seja bonito para ninguém além do artista, vale a pena o esforço.

A srta. Miller deu um meio sorriso.

— Bem, Judy que faz um projeto inteiro só por diversão. Quero ver este aqui quando você terminar.

O ar parou.

— Q-quer?

— Sim. Vou te dar liberdade para projetar. Acho que alguns projetos são apenas isso, juvenis. Mas sua visão geral para o edifício é instigante e digna de atenção.

— É mesmo?

A srta. Miller abriu um largo sorriso dessa vez.

— Sim.

— Uau. Obrigada.

— Não me agradeça ainda, Judy. Isso tem que continuar sendo um projeto paralelo para você. Não pegaria bem dar a um estagiário algo como isso quando tive arquitetos juniores que trabalharam para mim meia dúzia de anos sem nunca sair dos shoppings.

Judy assentiu com entusiasmo.

— Entendi. Obrigada. — E estendeu a mão para apertar a da chefe.

A srta. Miller a deixou ali parada, com uma animação vertiginosa subindo pela coluna.

Judy se voltou para a pilha de papéis e fez uma dancinha alegre. Deu um giro e os olhos caíram no relógio. Seis e vinte.

— Ah, merda!

Enrolou os projetos, enfiou-os no tubo usado para transportar os desenhos grandes e saiu apressada do prédio deserto. A meio caminho dos elevadores, percebeu que não estava com sua bolsa. Correu de volta para pegá-la.

O estacionamento estava praticamente vazio. O teto baixo e a iluminação fraca nunca a incomodavam quando ela ia para o carro durante o dia. Mas agora, abandonado, parecia isolado.

Judy procurou na bolsa e tirou o celular para ver a hora. Estava muito atrasada. Rick teria que esperar.

Atrás dela, algo que parecia uma moeda batendo no chão de concreto a fez dar um pulo. Dois carros, vários metros separados um do outro, estavam do outro lado do estacionamento, mais perto do elevador. Ela sabia que provavelmente estava sendo paranoica, mas a sensação de que alguém a observava a fez recuar antes de se voltar.

O corpo rígido de um homem a deteve. Antes que ela pudesse erguer os olhos, ele estava com o braço ao redor de sua garganta e a puxava para as sombras profundas do estacionamento. O tubo com os projetos caiu no chão e rolou para longe.

O terror a surpreendeu, impedindo-a de pensar.

Ela se debateu e abriu a boca para gritar, mas dedos carnudos se fecharam sobre sua boca.

— Calada, vadia!

Isso não está acontecendo! Ah, meu Deus!

— Você não é tão durona agora, é?

Ela sentiu a respiração dele, que cheirava a algo mentolado.

Processando as palavras do homem, um misto de confusão e horror se apoderou dela quando ele a encurralou contra a parede. Em seguida deslizou algo sobre sua cabeça, o que lhe deu uma chance de gritar.

Sua mão apertou a boca de Judy novamente enquanto ele a puxava para longe da parede, o suficiente para fazê-la se chocar contra ela. Ela bateu a parte de trás da cabeça com força, o que a impediu de ver seu agressor.

Ele ia matá-la. Ela sentia isso profundamente.

Algo afiado arranhou seu braço, deixando uma dor ardente no caminho.

— Seria tão fácil... Tão fácil, porra...

Bastou que a mão dele rastejasse por sua coxa para fazê-la lutar com cada grama de força que possuía. Agora ele precisava de ambas as mãos para controlar as dela. Ela tentou chutá-lo, mas não conseguiu atingi-lo. Por fim, caiu sobre a bolsa, e os dois foram parar no chão. Judy ainda apertava o celular. Por que o segurava, não sabia dizer. Acertou uma joelhada nele, e seu agressor bateu a cabeça de Judy na parede uma segunda vez. Um fio quente de sangue começou a escorrer por seu pescoço. Náuseas subiram pela garganta.

— Não parece uma lutadora agora, hein?

Ela balançou a cabeça e tentou gritar por trás da mão que apertava sua boca.

O homem que a segurava se afastou, e lágrimas começaram a rolar pelas faces de Judy. A única coisa que ela podia ver através do pano era a luz fraca da garagem. A sombra dele pairava sobre ela. *Por favor, Deus. Não.*

— Da próxima vez... — o agressor sussurrou em seu ouvido bem quando algo bateu na lateral de sua cabeça e o mundo escureceu.

◈

Levei um bolo.

Rick andava impacientemente pela casa de Michael, à espera de Judy. Ele não a via como essas mulheres que costumam fazer esse tipo de jogo. Um telefonema, uma mensagem, qualquer coisa era melhor que isso.

Realmente algo dentro dele lhe dizia que Judy não era esse tipo de mulher. Ela tinha sido sincera quando dissera que não queria sair com ele e não hesitara em dizer na sua cara que havia mudado de ideia.

Ele estava quase desistindo e voltando para casa humilhado quando o celular zumbiu em seu bolso.

O nome de Judy encheu a tela.

Ele hesitou, se perguntando qual seria a desculpa ou se simplesmente ela o rechaçaria de novo.

Clicou para atender e levou o telefone ao ouvido. Forçou um sorriso.

— Oi, baby.

No início, não ouviu nada. Então cada célula do seu corpo gelou.

— Rick? — Sua voz era suave e assustada. Sufocou um grito. — Rick?

Ele sentiu o braço arrepiar.

— Judy? O que aconteceu? Onde você está?

— Rick? — Ela estava chorando copiosamente.

— Judy? — Ele queria entrar pelo telefone. — Baby, o que foi...

Então ele ouviu a voz de uma mulher e o barulho do telefone chacoalhando.

— Deixe-me ajudá-la. Rick Evans?

— Sim. Qual é o problema? O que aconteceu?

O som de uma sirene fez aumentar o alarme dentro de sua cabeça. Rick correu para a porta da frente e pulou para dentro da Ferrari de Michael, que já estava pronta para o encontro dos dois.

— Sr. Evans, a Judy está a caminho do pronto-socorro da UCLA. Ela pede que o senhor a encontre lá.

Com o destino em mente, Rick saiu arrancando os pneus, com o celular no ouvido.

— Ela está bem?

Que tipo de pergunta imbecil era essa? *É claro que ela não está bem.*

— O que aconteceu? Acidente de carro?

— Não. Ela vai lhe explicar. Vou pedir aos médicos que o esperem.

A ligação foi encerrada, liberando as duas mãos de Rick para que ele dirigisse feito um louco até o hospital.

11

ÀS VEZES SÃO NECESSÁRIOS MOMENTOS decisivos na vida para explicar de onde vêm os clichês. O termo "os quinze minutos mais longos da minha vida" nunca teve um significado real, até que Rick se viu andando de um lado para o outro no pronto-socorro esperando que Judy voltasse de uma tomografia computadorizada. Porra, ninguém nem sequer havia lhe dito que ela precisava de uma tomografia computadorizada. Ninguém falava com ele. Sim, Judy Gardner estava lá e ele poderia vê-la quando ela voltasse, mas, não, eles não podiam lhe dizer mais nada.

A única coisa que o impedia de não enlouquecer era saber que ela não tinha sido levada às pressas para uma cirurgia e que estava pelo menos em condições de dizer aos médicos que queria vê-lo.

— Sr. Evans?

Ele saiu voando de seu cantinho no saguão e passou a mão pelo queixo.

— Sou eu. Eu sou Rick Evans.

A enfermeira indicou com a cabeça as portas atrás das quais ela se encontrava e Rick a seguiu até o pronto-socorro. Ela o conduziu alguns passos, encontrou um canto tranquilo e parou.

— Eu sou a Kim — se apresentou.

Frustrado por não ter sido conduzido diretamente até onde Judy estava, ele começou a remexer os pés.

— Onde a Judy está?

— No final do corredor — disse ela, indicando a direção oposta.

Rick foi se afastando da enfermeira, mas teve que parar diante da severa advertência.

— Sr. Evans! Preciso falar com o senhor primeiro.

Rick hesitou, sabendo que no fundo não queria ouvir o que a enfermeira tinha a dizer.

— Ela está muito machucada.

— O que aconteceu?

Kim fitou o piso de cerâmica, bastante gasto pelo tempo.

— Ela foi atacada.

Rick prendeu a respiração. O nariz queimava e os punhos estavam posicionados na lateral do corpo, prontos para a batalha.

— Atacada?

— A Judy vai lhe explicar, mas ela queria que o senhor tivesse alguma ideia do motivo de ela estar aqui. Ela está transtornada, claro. Estamos aguardando os resultados da tomografia e o médico vai precisar fazer algumas suturas.

Rick mal a ouvia. Alguém a atacara. Quem? Por quê? Como?

— Me diga que a polícia já prendeu alguém.

— Acho que não. Acho que eles nem têm uma descrição ainda.

Rick olhou nos olhos de Kim.

— Me leve até ela.

O pequeno vão do hall era um labirinto de pessoas e funcionários atarefados. No fim do labirinto havia uma única porta. Dois policiais uniformizados conversavam com a equipe médica. Rick percebeu que olharam para ele quando atravessou a porta.

Uma olhada. Bastou uma olhada para entender o que podia levar um homem a matar alguém.

Sua inocente fadinha estava deitada em uma maca, com monitores e medicamentos intravenosos. Sangue seco cobria a lateral de seu rosto, e as contusões eram evidentes em sua têmpora. Um braço e a cabeça estavam cobertos por gaze. Marcas de dedos feriam suas bochechas. Judy estava de olhos fechados quando Rick entrou, e ele caminhou lentamente em sua direção.

Kim o segurou pelo braço e limpou a garganta. O barulho chamou a atenção de Judy.

— O Rick está aqui — disse a enfermeira.

Judy não podia abrir muito bem o olho direito.

— Oi, Utah.

Duas palavras suaves e instantaneamente ela estava em lágrimas, esticando os braços para ele.

Ele se aproximou, atrapalhou-se com a proteção lateral da cama e a puxou suavemente para seus braços.

— Shhh... Eu estou aqui. Você está bem.

— Eu não o vi.

Judy se agarrava às costas de Rick como se ele fosse um salva-vidas e ela estivesse afundando em um abismo.

— Shhh...

Ele a balançou lentamente, desejando livrá-la da dor.

— Eu fiquei até tarde. O estacionamento estava vazio.

Rick não estava gostando da imagem que as palavras de Judy desenhavam dentro dele.

Suas palavras enfraqueceram.

— Eu já estava quase no carro quando o ouvi. Pensei que ele ia me matar. Meu Deus, Rick, nunca fiquei tão assustada!

Rick sabia que era um homem forte, que precisava controlar a força dos músculos enquanto a abraçava e a ouvia falar sobre o sujeito que a atacara.

— Você sabe quem foi?

— Não. Eu não o vi.

Ela se afastou dele para olhá-lo nos olhos.

— Eu não o vi. Quando acordei, ele não estava mais lá.

— Quando você acordou?

Sua história era fragmentada, seus olhos, desfocados.

— Ele me deixou na garagem. Um dos funcionários do prédio me encontrou.

Rick apertou as duas mãos dela.

— Você ligou para o Zach e a Karen? — perguntou.

Ela balançou a cabeça, os olhos transbordando de lágrimas novamente.

— Não vai querer que eles saibam pelos noticiários, não é?

Judy chorou nos braços dele por mais dez minutos antes de deixá-lo sair do quarto para avisar sua família.

Rick falou com Karen primeiro, convencendo-a a dirigir, sabendo que Zach provavelmente causaria um acidente a caminho do hospital. Ele mesmo quase batera de tão nervoso. A ligação seguinte foi para Neil. Sem humor na voz, algo que Neil raramente ouvia, Rick relatou apenas os fatos de que tinha conhecimento. Fez o que qualquer fuzileiro naval faria.

— A Judy foi atacada na garagem do prédio onde trabalha.
— Não!
— Sim. Estamos no pronto-socorro da UCLA. As autoridades locais estão aqui, mas ela não está em condições de falar com eles. Alguém a encontrou inconsciente na garagem.
— Que merda! Ela está bem?
— Estamos esperando os exames de imagem. Não falei com os médicos. Ele deu uma surra nela, Neil. Ela está péssima. Quero uma equipe naquela garagem. Não quero que a polícia local estrague tudo. A Judy não sabe quem fez isso, não viu o sujeito. Te dou mais detalhes quando souber.
— Deixa comigo — Neil disse e desligou.
O cérebro calculista de Rick fez suas deduções e avançou para conclusões indesejadas.
— Kim? — ele chamou a enfermeira que cuidava de Judy antes que ela entrasse. — Eu liguei para o irmão da Judy e a mulher dele. Eles estão a caminho. Um colega meu, Neil MacBain, pode aparecer também.
— Vou pedir à recepcionista que nos avise quando chegarem.
Ele a deteve antes que ela pudesse dar meia-volta.
— Mais uma coisa.
— Sim?
A necessidade de saber até que ponto Judy fora agredida o impeliu a perguntar:
— Vocês... — Teve dificuldade de terminar a frase. — Ela foi...
Kim ergueu as sobrancelhas.
— Se ela foi estuprada? — perguntou.
A náusea subiu pela garganta de Rick.
— Isso.
— Aparentemente não. Ela foi nocauteada em algum momento, de modo que fizemos um exame preliminar. Os médicos fazem o possível para evitar exames de estupro, porque são muito difíceis para a paciente quando não são necessários.
Certo alívio encheu o coração de Rick.
— Faria alguma diferença se tivesse sido? — perguntou Kim.
— Para mim?
Ela assentiu com a cabeça.

— Não. Preciso ser sensível, por ela.

A enfermeira pareceu aprovar sua resposta com um aceno de cabeça.

— Trate-a com extremo cuidado, de qualquer maneira. Nós realmente não sabemos o que aconteceu enquanto ela esteve desmaiada.

Rick anuiu e respirou profundamente antes de entrar no quarto de Judy pela segunda vez.

∽∾∽

Rick estava sentado na beirada do leito, segurando a mão de Judy, quando o médico entrou.

— Parece que a tomografia foi negativa — disse ele.

— Isso é bom?

— É. Mas queremos te manter em observação durante a noite. Às vezes o inchaço não é visível no primeiro exame. Vamos repeti-lo de manhã, já que você apagou por tanto tempo.

Judy olhou para Rick, que anuiu.

— Está bem.

— Ótimo. A polícia está esperando para falar com você — disse o médico e sorriu.

O coração de Judy deu um pulo ao saber que ela teria que contar a eles tudo que lembrava.

Rick apertou a mão dela.

— Posso ficar, se você quiser.

— Por favor — disse ela.

Judy não sabia bem por que pensara em chamar Rick antes de seu irmão. Talvez fosse porque Rick estava mais perto ou a estava esperando. Ou talvez se sentisse segura com ele a seu lado.

— Vou deixá-los entrar agora. Eles vão querer tirar fotos antes de eu fazer as suturas necessárias.

Ela tentou se endireitar na cama, mas estremeceu quando a dor correu da cabeça aos braços.

— Deixa eu te ajudar — disse Rick, gentilmente segurando-a pela cintura e puxando-a para cima.

Com a proximidade dele, ela sentiu lágrimas nos olhos novamente.

Ela odiava se sentir enfraquecida e ansiava pelas risadas e pelas brincadeiras que os dois haviam trocado alguns dias antes.

— Obrigada por ter vindo — sussurrou ela.

Rick a olhou carinhosamente, se inclinou e lhe deu um beijo na testa.

— Não precisa me agradecer, Judy.

— A Meg não está em casa e eu não pensei no Zach e na Karen antes de...

— Você pode contar comigo sempre — ele afirmou.

Ela ia responder quando dois policiais uniformizados entraram no quarto; um homem e uma mulher.

As armas e rádios que pendiam do cinto faziam barulho a cada passo.

— Srta. Gardner? — perguntou a mulher.

Judy assentiu com a cabeça.

— Sabemos que é um momento difícil, mas precisamos tomar seu depoimento para avançar com a investigação.

— Compreendo.

— Sou a oficial Greenwood, e este é o meu parceiro, oficial Spear.

Spear olhou para Rick, que se levantou e ofereceu a mão, apresentando-se:

— Sou Rick Evans. Um amigo.

Era justo, disse Judy a si mesma.

— Também sou responsável pela segurança na residência atual dela e lidero uma equipe de guarda-costas que acompanha seu irmão quando ele está na cidade.

Os dois policiais trocaram olhares interrogativos.

— Meu irmão é o Michael Wolfe.

— O ator?

Judy assentiu com a cabeça.

— Ele está fora do país agora.

Greenwood escreveu algo no bloco de papel que tirara do bolso.

— Vamos ter que reforçar a segurança na cena do crime — disse.

— Eu já tenho uma equipe a caminho — disse Rick.

— Segurança privada não tem jurisdição.

Rick acenou para Spear, displicente.

— Não vamos nos preocupar com isso agora. Tenho certeza que a Judy quer acabar com isso o mais rápido possível.

Greenwood puxou uma cadeira e tirou o gravador do bolso. Rick mexeu no celular e o colocou em cima da mesa.

— Sr. Evans!

Em vez de olhar para a policial, Rick olhava diretamente para Judy.
— Você se importa se eu gravar? — perguntou.
— Claro que não.
Rick inclinou a cabeça em direção à oficial Greenwood.
— Tudo bem — disse ela. — Comece pelo início, Judy. Qualquer detalhe, por menor que seja, pode ser importante para nos ajudar a pegar a pessoa que fez isso com você.

As mãos de Judy transpiravam; ela levou quase um minuto para começar.
— Eu fiquei no escritório até mais tarde. — Explicou o cargo que ocupava na Benson & Miller e como perdera a hora conversando com a srta. Miller sobre um projeto. — Eu estava tão animada com a oportunidade de trabalhar em algo importante que perdi a noção do tempo. Quando olhei no relógio, eram mais de seis.
— Você se lembra da hora exata?
— Seis e quinze, seis e vinte. Eu e o Rick tínhamos um encontro às sete horas — ela respondeu, oferecendo-lhe um meio sorriso. Ficou aliviada ao ver que ele também sorria um pouco, coisa que não via desde que ele entrara no quarto. — Eu teria que me apressar, e mesmo assim chegaria atrasada.
— Então você estava indo para o seu carro às seis e vinte?
— Não. Eu juntei minhas coisas e ia sair, quando percebi que não tinha pegado minha bolsa, então corri de volta para a minha baia. Era mais perto das seis e meia. A garagem estava quase vazia. — Ela fechou os olhos e imaginou a estrutura cavernosa. — Eu peguei meu celular para ver a hora e ouvi algo atrás de mim. Olhei para trás, mas não vi nada. Eu estava tentando ficar calma, mas senti alguém me observando. — Ela estremeceu, e Rick pegou a mão dela outra vez. Fitou as pernas sob o cobertor, tentando se lembrar.
— Ele me agarrou pelo pescoço, com o braço inteiro. — Ela levantou o seu para demonstrar.
— Como um estrangulamento?
— Sim. Eu não vi o rosto dele. Fiquei em choque, nem reagi no começo. Quando gritei, ele cobriu a minha boca e me empurrou contra a parede. — Ela estremeceu; podia ouvir novamente o barulho da cabeça batendo quando lhes contou que naquele momento tinha o rosto coberto. — Lembro que caí em cima da minha bolsa e ele caiu em cima de mim. — Judy pestanejou algumas vezes, tentando se livrar da sensação do agressor a agarrando. — Eu

lutei, mas ele era muito mais forte e continuou batendo a minha cabeça. A próxima coisa que lembro é de alguém me chamando e do barulho de sirenes.

Rick entrelaçou os dedos nos dela. Ela os apertava como se fossem uma corda salva-vidas.

Se ele estivesse lá, nada disso teria acontecido.

— Ele disse alguma coisa? — perguntou o oficial Spear.

— Humm, sim. Ele me chamou de "vadia". Disse como seria fácil...

— Fácil fazer o quê?

— Não sei. Eu estava confusa.

— Ele era alto? — perguntou Greenwood.

Judy fechou os olhos, tentando se lembrar.

— Mais alto que eu. Tinha dedos grossos.

— Grossos?

— Carnudos. Quase macios.

— Gordo? — perguntou Spear.

— Acho que sim. Eu só os senti quando ele tampou a minha boca.

— Tinha algum sotaque?

— Não. Espera, não. Acho que não.

— Você não viu a cor da pele dele?

Judy estava revoltada por não saber nada sobre o homem que a atacara.

— Ele cobriu a minha cabeça com alguma coisa. Eu só via sombras através do pano.

— De acordo com a testemunha que te encontrou, sua cabeça estava coberta com uma fronha.

Judy assentiu com a cabeça.

— Faz sentido. Era grande o bastante para escorregar facilmente pela minha cabeça.

— Consegue pensar em outra coisa?

Judy engoliu em seco.

— Judy, você foi achada inconsciente depois das sete. Quem fez isso já estava longe. Pelas suas contas, você estava na garagem às seis e meia.

— Sim.

— Quanto tempo durou o ataque?

— Eu não sei. Alguns minutos, talvez menos, antes de ele me nocautear.

— Então você ficou desmaiada na garagem durante uns vinte minutos, mais ou menos?

Tempo suficiente para que o homem a matasse, se quisesse.

— Acho que sim.

Greenwood ergueu a sobrancelha para seu parceiro.

— Só mais uma coisa, srta. Gardner — disse Spear quando sua colega se levantou.

— Sim?

— Tem alguma ideia de quem pode ter feito isso com você? Um inimigo? Um antigo namorado?

A pergunta não deveria tê-la chocado, mas chocou.

— Estou na cidade há apenas um mês. Tudo que fiz foi trabalhar. Não tenho inimigos.

— Todo mundo tem inimigos — respondeu Spear.

Judy apertou a mão de Rick.

— Não posso imaginar que algum conhecido meu fosse capaz de fazer isso — disse.

A oficial Greenwood tirou um cartão e o entregou a Judy.

— Se lembrar de mais alguma coisa, me ligue.

— Certo.

Rick levantou a mão de Judy aos lábios e beijou-lhe a ponta dos dedos.

— Eu tenho uma pergunta — disse ele, impedindo a polícia de sair da sala.

Por que as palavras dele pareciam muito mais suaves e menos ameaçadoras que as da polícia?

— Sim?

— Você sabe onde está a sua bolsa?

— Eu... eu não sei. Consegui segurar o meu celular durante o ataque. Não sei bem por quê. Os paramédicos a trouxeram comigo?

Rick olhou pelo quarto. Havia uma sacola com suas roupas e seus pertences dentro de um saco. Ele levantou e o entregou.

Ela olhou dentro do saco e viu sua roupa encharcada de sangue. A bolsa não estava entre seus pertences.

Judy olhou para os policiais.

— Sabe se encontraram a minha bolsa na garagem?

— Foi encontrado um tubo com alguns croquis a poucos metros de distância, mas ninguém disse nada sobre sua bolsa.

Judy deu de ombros.
— Eu não tinha muito dinheiro nela, de qualquer forma.
A enfermeira recuou um passo e parou à porta.
— Já terminaram? O médico quer limpá-la.
— Sim. Vou buscar a câmera.
— Seu irmão e sua cunhada estão no saguão.
— Não quero que o Zach me veja assim. Ele vai ficar maluco.
— Está tudo bem, Judy, vamos mantê-lo ali fora até que você esteja pronta — disse Kim.
— Vou até lá dizer para eles que você está bem — disse Rick.
Ele saiu da sala e o oficial Spear o seguiu.
A oficial Greenwood se aproximou da cama e baixou a voz:
— Agora que seu namorado saiu, tenho mais uma pergunta.
— Tudo bem.
— Judy, não há provas de que esse homem foi embora quando você desmaiou. Você esteve à mercê dele por um longo tempo, completamente alheia às suas ações. Eu sei que o exame inicial não mostrou evidências de agressão sexual, mas tem certeza que ele não...
Judy começou a tremer.
— Acho que não. Meu corpo inteiro dói.
— Mas você não tem certeza.
Judy olhou para a enfermeira e encontrou compaixão em seu olhar.
Kim se sentou ao lado da cama.
— O exame de estupro consiste em um exame pélvico, muito parecido com o papanicolau, um pouco mais agressivo, com a coleta de algumas amostras de pelos. Qualquer coisa que possa conter uma amostra de DNA. Se você quiser que o seu namorado...
— Nós íamos ter o primeiro encontro. Nós não...
— Tudo bem. Podemos mantê-lo ali fora. A decisão é sua, Judy. Se o fato de não saber se esse homem te atacou sexualmente vai te tirar o sono, seria melhor investigar. Mas, se você teve relações sexuais nos últimos dois dias, pode ser difícil dizer.
— Eu não faço sexo há quase um ano.
Kim suspirou e acrescentou:
— Então vai ser mais fácil saber se algo aconteceu enquanto você estava apagada. Você decide.

A oficial Greenwood ofereceu um tipo diferente de sugestão:

— A evidência do DNA é o que coloca a maioria desses predadores atrás das grades.

Judy se arrepiou. A ideia de alguém raspá-la em busca de respostas a congelou. Mas como poderia superar com essa dúvida horrível na cabeça? A lembrança da mão do homem em sua coxa recordou-lhe o medo de que ele fizesse exatamente o que essas mulheres temiam.

— Minha cunhada, Karen, está no saguão. Pode pedir a ela para ficar comigo durante o exame?

— Claro. Vou comunicar sua decisão ao médico.

Sozinha no quarto, Judy percebeu que suas lágrimas haviam secado completamente.

ELE ESTAVA ERRADO. OS PRIMEIROS quinze minutos no saguão não haviam sido nada perto dos últimos quarenta e cinco. Rick mal conseguira entrar na sala de espera lotada para conversar com Zach e Karen antes que a enfermeira saísse atrás dele para buscar Karen. Baixinho, Kim lhe dissera que Judy havia concordado em fazer um exame de estupro, por causa do tempo que passara inconsciente.

Quando Neil chegou ao pronto-socorro, Zach e Rick pareciam animais enjaulados. Acabaram saindo, para onde não podiam assustar as crianças pequenas.

— Acho que a mídia não sabe disso ainda — disse Neil. — A garagem está cheia de policiais. Quando souberam de quem a Judy é irmã, a equipe dobrou.

— Tem alguma câmera na garagem?

— Só na saída e nos elevadores.

— Vamos poder ver as imagens?

Neil se aprumou.

— Lembra do Dean Brown? Ele trabalhou no caso da Eliza.

Dean era um detetive conhecido de Gwen, Eliza e Samantha. Se havia alguém que podia mexer os pauzinhos, esse alguém era ele.

— Ele está trabalhando com a polícia local. Ser quase um pai para a primeira-dama do estado tem suas vantagens. Devemos ter algo para olhar nas próximas horas.

Zach pegou o telefone.

— É melhor eu ligar para o Mike e para os meus pais.

— Ei!

Todos se voltaram e encontraram Karen, pálida e firme, parada diante das portas automáticas, no saguão do pronto-socorro.

Rick se aproximou primeiro.

Karen sacudiu a cabeça.

— Ela não foi...

Rick se segurou na parede para não cair. *Graças a Deus.*

Zach pôs a mão em volta da cintura da esposa para abraçá-la.

— Podemos entrar? — perguntou.

— Sim, mas só por alguns minutos. A sutura demorou mais do que o médico pensava. Aquele canalha rasgou fundo o braço dela.

Rick se lembrou do curativo no braço de Judy, mas pensou que fossem arranhões produzidos pelo chão da garagem.

— O quê? — perguntou.

Karen virou o pulso para cima e fez um X no braço.

— Pode ser uma letra ou só um corte. Um corte profundo, e começou a sangrar muito quando o médico começou a limpar.

Rick se voltou para Neil.

— Eu quero esse canalha — rosnou.

Neil apertou seu ombro.

— Vamos pegá-lo — assegurou.

Era uma promessa que Rick cumpriria com seu amigo.

~~~

Pesadelos assolavam seu sono. Lembranças, imagens e a sensação das mãos de um estranho sobre seu corpo ameaçavam roubar sua sanidade. Da primeira vez em que acordou, Karen estava a seu lado; da próxima, sua mãe estava ali, segurando seus cabelos enquanto ela vomitava em uma bacia a comida que haviam lhe dado na noite anterior.

Bem mais tarde, uma película pastosa na boca fez seus lábios grudarem quando ela pronunciou a palavra "água". Em algum momento durante a noite ela havia sido transferida para um quarto maior, com mais monitores e mais medicamentos intravenosos.

Meg se levantou apressada quando Judy acordou.

— Oi. Estou aqui.

Sua melhor amiga parecia ter dormido em uma cadeira.

Meg lhe ofereceu um copo de suco de laranja pálido, com um canudinho.
— Só um gole.
Só um gole foi necessário para fazer seu estômago rejeitar o líquido. O passar do tempo era evidente, mas ela não se lembrava das coisas.
— Você não está em Nova York — disse Judy.
Meg inclinou a cabeça.
— Você sabe quem eu sou? — perguntou.
O olho direito inchado de Judy a fez estremecer quando ela sorriu.
— Claro. Que pergunta idiota!
— Ontem você não sabia. Ah, Judy, ficamos tão preocupados!
— O quê? Eu lembro de sair do pronto-socorro e depois adormeci.
Meg segurou uma das mãos de Judy entre as suas.
— Você adormeceu e não queria acordar. Eles fizeram outra tomografia e encontraram um pouco de inchaço — disse, dando batidinhas na lateral da própria cabeça. — Os médicos te trouxeram aqui para cima e nos disseram para esperar.
— Aqui para cima? — perguntou Judy, olhando ao redor do quarto.
— Para a UTI.
Isso explicava a quantidade de equipamentos médicos e as portas de vidro.
— Minha mãe está aqui? Eu lembro dela aqui.
— Está. Todo mundo está — disse Meg, sufocando. — Eu liguei para você no sábado. Quando o Rick atendeu, eu ri, feliz por vocês estarem juntos. Então ele me contou o que tinha acontecido. Meu Deus, Judy, eu lamento tanto!
Embora sua amiga chorasse, Judy não podia sentir as lágrimas. Ela sabia que, se começasse, nunca mais pararia de chorar.
— Eu estou bem, Meg.
Meg enxugou as lágrimas e deu um sorriso patético.
— Eu disse para a enfermeira que a avisaria quando você acordasse.
Judy a deteve antes que saísse do quarto.
— Meg, que dia é hoje?
— Segunda-feira. Quase quatro da tarde.
O canalha tirou mais de vinte minutos de mim. Ele tirou três dias da minha vida.

Um fluxo lento e constante de pessoas começou a visitá-la assim que a enfermeira tomou algumas providências. Os pais de Judy foram os primeiros.

Ambos estavam compungidos, de olhos inchados. Ela lhes assegurou que ia ficar bem.

Seu pai nunca quisera que ela fosse para Los Angeles; queria que ficasse em casa, em Utah, onde poderia encontrar o homem certo, sossegar e criar seus filhos.

Ela não podia oferecer a seu pai nada além da repetida afirmação:

— Eu estou bem.

A mentira brotava de seus lábios livremente.

Quando Mike entrou pela porta, ela franziu o cenho.

— O quê? Você não devia estar fazendo todas as mulheres felizes em outro país?

Mike lhe deu um sorriso, mas seus olhos diziam que ele não tinha vontade de sorrir.

— Você é a única mulher em quem estou pensando agora.

Ela aceitou seu abraço.

— Eu estou bem, Mike.

— Mesmo? Ontem você estava fazendo um remake de *O exorcista*. Eu teria feito um vídeo e postado no YouTube se precisasse de dinheiro — disse ele, e seus olhos sorriram um pouco.

Quando Judy riu, a pele se esticou sobre o rosto inchado.

— Rir dói. Para!

— Eu nasci para fazer as pessoas sorrirem, maninha. Não posso evitar.

Ela inspirou fundo e expirou lentamente.

— Eu precisava disso.

— Do quê? Do comentário irônico sobre *O exorcista*? Estou falando sério. Você ficava me mandando abaixar a tampa da privada. Eu caguei de susto. E, para isso, a tampa estava abaixada.

Ela riu, e a dor fez seu corpo inteiro se sacudir.

— Para...

— Como está se sentindo?

A mentira estava pronta.

— Estou bem. Só dói quando eu rio.

Zach e Karen entraram com a irmã mais nova de Judy, Hannah, atrás deles. Estavam felizes por vê-la acordada e conversando.

A certa altura, o médico apareceu e pediu a todos que saíssem. A falta de apetite de Judy indicava que ainda não estava pronta para deixar a observação na UTI. Ela podia estar consciente, mas eles queriam mantê-la ali mais uma noite, com cuidados mais intensivos, até que tivessem uma tomografia computadorizada clara e ela recuperasse o apetite.

Karen e Meg voltaram para o quarto depois que o médico saiu.

— Vocês não precisam ficar — disse Judy.

Meg se aconchegou na cadeira e ligou a tevê.

— Eu disse para o Rick que ficaria aqui até ele voltar.

— E eu vou dar carona para a Meg — disse Karen.

— Onde está o Rick? — Judy perguntou.

Karen e Meg trocaram olhares.

— Ele e o Neil estão investigando para encontrar o sujeito que fez isso com você.

Ninguém havia sequer mencionado o ataque desde que ela acordara. Era como se um ato divino a houvesse colocado no hospital.

— Já pegaram alguém?

Karen sacudiu a cabeça.

— Não. Os vídeos não mostraram nada.

— Que vídeos? — Judy perguntou.

— A garagem tinha algumas câmeras de vigilância. Não muitas, mas algumas. O homem que encontrou você não viu ninguém fugindo — disse Meg.

— Mas eles vão encontrar o desgraçado — Karen garantiu. — A Gwen me disse que eles mobilizaram uma pequena força-tarefa. Eles vão encontrá-lo.

Ela não podia pensar em nada disso agora. O corpo doía demais, a cabeça parecia que ia explodir de tanto pensar no homem que havia feito aquilo com ela.

— Imagino que alguém disse para o meu chefe onde eu estou.

— Está de brincadeira? A polícia conversou com quase todo mundo do edifício que podia estar ali na sexta à noite — disse Meg.

— Ninguém estava no escritório quando eu saí.

— Bem, a polícia interditou o estacionamento durante o fim de semana e interrogou todo mundo, desde os seguranças do saguão até o seu chefe.

— Não estou reclamando — disse Judy —, mas imagino que mulheres são abusadas todos os dias em uma cidade deste tamanho. Por que eles estão trabalhando duro no meu caso?

Karen girou as persianas para controlar a luz direta do sol poente.

— Pelo fator Neil e Rick.

— Que fator é esse?

— Fuzileiros navais. Esses dois não vão descansar até que o homem que fez isso esteja atrás das grades.

Mesmo com dor, Judy sentiu se aquecer por dentro ao saber que Rick se preocupava tanto a ponto de trabalhar duro para encontrar o homem que havia lhe causado tanto sofrimento.

— E pelo fator Eliza também.

— Eu mal conheço a Eliza — disse Judy.

Elas tinham se visto apenas duas vezes. Sim, fora impressionante conhecer o governador e sua mulher. O fato de Karen e Eliza serem boas amigas era um grande benefício.

— Mas *eu* conheço a Eliza — disse Karen. — Quando alguém do círculo deles se machuca, ela e o Carter tomam a coisa para o lado pessoal.

— Eu não sou do círculo deles.

Karen deu um sorrisinho.

— É sim, querida. Às vezes, a família não se limita só ao seu núcleo de nascimento, mas àqueles que gostam de nós para nos dar apoio ou cobrar alguns favores e ajudar a corrigir um erro para alguém que conhecemos. O que aconteceu com você foi mais que um erro. Tirar esse canalha das ruas é uma preocupação de segurança pública para todos. E o fato de o governador ter uma linha direta com você torna isso uma prioridade.

— Não questione mais nada — disse Meg. — Você só precisa melhorar para nós duas voltarmos para a casa do Michael.

— Espera. Você não está lá? Onde está ficando?

Meg mordeu o lábio inferior.

— Bem... Com a Karen e o Zach, às vezes na casa de Tarzana. Todo mundo achou que era melhor assim — explicou.

— Por quê?

— Eles não encontraram a sua bolsa. Nós trocamos os códigos e as fechaduras, mas achamos que era melhor ninguém ficar lá sozinho enquanto esse sujeito não for pego. Tem dois quartos sobrando na casa de Tarzana.

— Mas você não precisa pensar nisso — disse Karen. — Vai ficar com a gente quando te deixarem sair daqui.

— Isso é loucura. Eu levaria horas para chegar ao trabalho.
Karen e Meg só a fitaram.
— Que foi?
— Você está pensando em trabalho?
Judy se mexeu na cama e fez uma careta.
— Bem, talvez não hoje — disse.
— Não precisa pensar nisso agora — disse Karen.
Meg mudou de assunto. Disse que Lucas e Dan haviam passado por ali na noite anterior, mas foram parados na entrada. A mídia ficara sabendo do ataque. E, agora que Mike andava pelos corredores do hospital, a imprensa estava acampada para conseguir uma ou duas declarações dele.

⁓⚭⁓

Rick estava exausto. As horas de sono que conseguira acumular nos últimos três dias rivalizavam com as de algumas de suas missões no exterior. Mas isso não o impediu de abandonar a investigação por algumas horas para dormir em uma cadeira desconfortável à cabeceira de Judy, uma tarefa que ele só cedera à mãe de Judy por algumas horas na segunda noite.

Por Zach, ele soubera que Judy estava acordada e lúcida. Rick havia visto muitos soldados abilolados para entender de concussões. Como o inchaço era mínimo, ele sabia que era só uma questão de tempo até que Judy voltasse para eles. Mas ele nunca ficava a mais de uma hora de distância.

A investigação era um exercício de frustração. Tinham pouco para seguir em frente. Nenhuma testemunha ocular e nenhuma câmera vira sequer uma sombra.

Depois de parar no estacionamento agora familiar, Rick enfiou as chaves no bolso e olhou ao redor. Até o hospital tinha câmeras. Ajudava o fato de o estacionamento ser caro, o que muitas vezes dava ao motorista uma falsa sensação de segurança. Mas, no caso do estacionamento do hospital, havia seguranças uniformizados circulando em carrinhos de golfe. Não era uma segurança armada, mas pelo menos alguém de uniforme para quem pedir ajuda.

Rick estacionou no terceiro andar, pois os dois inferiores estavam tomados de vagas para médicos e visitantes especiais. A partir das cinco, a maioria dos andares superiores ficava vazia. Eram quase sete e o estacionamento estava tranquilo. Como quando Rick percorrera a garagem onde Judy fora atacada, ele olhou para as câmeras e fez questão de ir pela escada, onde não encontrou nenhuma câmera. Assim como na garagem da Benson & Miller.

Em algum momento do dia anterior, um dos investigadores da polícia local sugerira que havia sido um ato aleatório ou um simples caso de furto.

Neil e Rick o ignoraram. Quem quer que tivesse feito aquilo sabia como entrar e sair do estacionamento sem ser visto e atacara Judy. Ele a espancara, mas não a matara.

Por quê? Essa era a pergunta de um milhão de dólares.

Por quê?

A enfermeira o deixou entrar na UTI, e ele passou pelo longo conjunto de mesas que abrigava a equipe.

Antes de entrar no quarto, notou que Judy dormia na cama e que Karen e Meg assistiam baixinho à tevê. Ele acenou para que saíssem, para conversar com elas sem acordar Judy.

— Como ela está?

— Melhor — disse Karen. — Não está nem gaguejando hoje.

— Ela já está comendo? — ele perguntou.

— Não muito. O médico acha que amanhã o apetite dela deve voltar.

— Ótimo. Isso é bom. Vou ficar aqui a noite toda. Vão para casa dormir.

Karen pousou a mão no braço de Rick.

— Você precisa dormir um pouco também.

— Vou dormir. Aquela poltrona abre.

Meg exalou um suspiro.

— Eu mal caibo ali — disse. — E você é mais alto do que eu.

Rick olhou para a amiga pequenininha de Judy e deu uma piscadinha.

— Eu vou ficar bem.

As duas estavam cansadas demais para discutir.

Ele entrou devagar no quarto, se sentou ao lado de Judy e a fitou. O hematoma no rosto dela estava ficando roxo com bordas amarelas. Felizmente, as marcas dos dedos do homem que a agarrara não estavam mais visíveis.

Havia uma medicação intravenosa a menos pendurada ao lado da cama, mas o monitor mantinha vigilância constante dos sinais vitais de Judy.

Ela ficaria boa. O corpo estava bem, mas o psicológico... Ela poderia demorar um pouco mais para se sentir bem no mundo. Ele sabia, por experiência própria, de muitas coisas que podiam ferrar o psicológico de uma pessoa e tornar o mundo um lugar inseguro.

Ele não fazia ideia de como uma mulher tão frágil e inocente como Judy lidaria com as consequências dos últimos acontecimentos.

Rick reclinou a poltrona e colocou gentilmente a mão sob a dela. Ela se mexeu, mas não acordou. Ele não estava preocupado que o mandassem sair. A equipe fora avisada, a partir do momento em que Judy fora internada, de que, se não fosse Rick ou a família de Judy em sua cabeceira, seria a polícia. Os médicos concordaram que um rosto familiar seria melhor para a paciente.

Rick fechou os olhos, afastando seus demônios pessoais. Em outro momento da vida, ele se sentara ao lado de alguém que amava e lhe segurara a mão.

Mas isso tinha acontecido há muito tempo, e era melhor que ficasse enterrado.

13

DEIXAR A UTI E O hospital deveria ser motivo de tranquilidade, já que a vida de todos voltaria ao normal. Mas não foi isso que aconteceu com a vida de Judy. Ela não se recusou a ficar na casa de Zach e Karen. Era melhor assim para sua recuperação. Seus músculos haviam enfraquecido enquanto ela estivera acamada no hospital, e o fato de ela não seguir uma rotina de exercícios desde que se mudara para Beverly Hills não ajudava. Além do mais, Meg passava muito tempo na casa de Tarzana, e Judy ficava sozinha. Mas ficar sozinha agora era parecido com descer até o porão numa noite de tempestade, quando acaba a luz. Ela não podia deixar de pensar se andar por qualquer garagem não lhe daria a mesma sensação desconfortável.

Aquele aquário no hospital não se comparava a ter a família em volta. Seu pai, que nunca ficava muito tempo longe da loja de ferragens em Hilton, havia quase uma semana que estava na Califórnia. Sua mãe não deixara de se preocupar com ela, preparando sopas caseiras e jantares para todos. Mike também ficara por ali, até que Judy por fim convenceu Karen a ligar para o assistente pessoal dele para fazê-lo voltar ao trabalho.

Rick sempre passava na casa de Zach antes que Judy fosse para a cama, mas havia um lugar para ele na mesa essa noite, caso chegasse mais cedo.

Exatamente uma semana após o ataque, durante uma grande refeição em família, Judy se viu revirando o assado que sua mãe passara quase o dia inteiro fazendo. Os olhos pousaram no curativo que cobria o braço direito enquanto a conversa em torno da mesa girava ao redor de tudo, desde o clima até as fofocas de Hilton e Hollywood.

Ele me marcou. Mesmo depois de ficar boa, vou me lembrar. Por quê?

Ela deixou cair o garfo no prato e puxou o curativo. O esparadrapo machucou os pelos do braço, mas ela o puxou mesmo assim. Ela havia evitado olhar para o ferimento. Os pontos seriam retirados no dia seguinte; ela sabia que não precisaria mais da gaze para esconder o que o homem havia feito com ela.

— O que você está fazendo? — ouviu alguém perguntar.

Em vez de responder, ela embolou a gaze e passou o polegar sobre os grossos pedaços de fio sintético que costuravam sua pele.

Marcas de cortes. Marcas espaçadas de cortes desciam por uma estreita margem de seu braço. Ela sabia que estavam perto de artérias por causa dos problemas que o médico havia tido para suturá-los.

— Judy?

Seria tão fácil... Tão fácil, porra...

Ela pegou um fiapo de gaze que ficara preso em um dos pontos, frustrada com o desejo do tecido de ficar ali.

— Judy?

Puxou mais forte. *Isso devia sair fácil. Muito fácil.*

— Judy!

— O quê? — disse ela, alto demais para uma sala totalmente silenciosa.

Rick se ajoelhou a seu lado e colocou um guardanapo sobre seu braço, que sangrava.

Todos a fitavam.

Os olhos de Karen estavam úmidos de lágrimas. Zach e seu pai olharam para o braço de Judy. Sua mãe e Hannah deixaram as lágrimas fluírem, e o maxilar apertado de Meg não demonstrava nada além de raiva. Até Devon e Dina olhavam para Judy como se ela fosse um ET. Tantos olhos... Havia sangue sob as unhas da mão esquerda. Seu braço queimava sob a mão de Rick, e ela percebeu que havia feito mais que retirar um fiapo de pano.

Quando Judy começou a tremer, Rick a abraçou e a ajudou a se levantar.

— Vamos, Utah. Vamos limpar isso.

Quando ela ficou de pé, a cabeça girou e as pernas amoleceram.

Rick a arrastou pela sala de jantar. Subiu a escada em silêncio, abriu a porta da suíte de Judy e foi direto para o banheiro. Quando a água atingiu a temperatura ideal, Rick tirou o guardanapo do braço dela e colocou o machucado debaixo da torneira.

— Eu fiz isso? — O ferimento que estava quase cicatrizado agora sangrava, tingindo a água com um tom rosado.

— Sim — disse Rick.

Os suprimentos que ela usara para cobrir a ferida estavam na ponta do balcão. Rick puxou a caixa, encontrou o que queria e cobriu a pele de Judy com um curativo apertado.

— O que aconteceu? — ela perguntou, como se ele soubesse a resposta.

Ele soltou um longo suspiro e continuou enfaixando o braço dela.

— Te deu um branco.

— É mesmo?

— Sim. Acontece.

Ele usou os dentes para cortar um pedaço de esparadrapo. Quando o curativo estava bem preso, ele se levantou e segurou seu braço.

— No que você estava pensando? — perguntou.

Ela pestanejou. Todos evitavam o assunto, redirecionavam a conversa, paravam de falar quando ela chegava. Menos Rick.

— Por quê? Por que ele me marcou tão profundamente e me deixou viva?

Rick engoliu em seco, sem saber o que responder.

— Talvez ele tenha ouvido algum barulho e fugiu antes de conseguir fazer algo mais.

Judy sacudiu a cabeça.

— Não. *Seria tão fácil... Tão fácil, porra...* Ele podia ter me matado, ele sabia que estava em vantagem. — Ela fitou os olhos verdes de Rick; sabia que ele já tinha chegado à mesma conclusão. — Você sabe disso.

— Eu não sei de nada, Judy.

Ela bateu a mão livre no peito dele, pegando-o de surpresa.

— Não minta para mim — disse.

Ele ergueu o queixo.

— Tudo bem. Ele podia ter te matado, abusado de você mais do que fez — respondeu.

Ótimo, ele não estava mentindo; ele viu nos olhos dela a mesma dedução de quando eles se conheceram pela primeira vez, quando tentavam desesperadamente encontrar Becky, que havia sido sequestrada por seus pais abusivos.

— Em vez disso, ele me marcou. Para eu ficar para sempre com uma cicatriz e nunca esquecer.

— O que torna a coisa pessoal — concluiu Rick.

— Não conheço ninguém tão odioso.

— Alguém do seu escritório, que poderia saber sobre o seu projeto?
Judy apertou os olhos.
— A srta. Miller falou comigo minutos antes do ataque. Ninguém mais sabia disso.
Rick levou o braço enfaixado para o seu colo e o segurou gentilmente enquanto falavam.
— Você desafiou alguém no bilhar desde que chegou aqui?
— Isso é absurdo. Eu não desafio ninguém. Eu jogo, e a Meg está sempre ali para dizer para as pessoas que eu sou boa. Fora aquela vez com você, eu sempre jogo vinte paus de cada vez.
— Alguém em Seattle?
— Já pensei nisso. Eu sei que parece pedante, mas eu não tenho inimigos. Eu nunca roubei o namorado de ninguém e nunca dedurei ninguém por trapacear. Eu e a Meg ficamos sozinhas durante quase todo o último ano. A gente saía, jogava bilhar, dava umas festinhas, mas nunca prejudicamos ninguém.
— Você acha que isso poderia acontecer com qualquer um?
Ela negou com a cabeça.
— Eu também não.
A cabeça de Judy doía. Ela odiava ter sentido tanta dor durante a última semana.
— É melhor eu comer alguma coisa. — Ela mal tocara no prato naquele jantar de família.
— Quer voltar lá para baixo?
— Não. Por favor, não aguento mais ver as pessoas me olhando com dó, prestes a chorar.
Rick deu um meio sorriso.
— Vou trazer algo para comermos. Assim que me liberarem.
Ela estava bem melhor quando ele a levou para o quarto e a ajeitou na cama.
Rick voltou menos de dez minutos depois com uma bandeja cheia de comida para os dois. Ele não deixou ninguém mais entrar, mesmo tendo que lutar com a bandeja cheia, quase derrubando tudo no chão.
— O cheiro está incrível — ele disse.
— Minha mãe é ótima cozinheira. Pega-se prática quando a cidade onde você mora não tem muitos restaurantes.

Rick colocou a comida no meio da cama e tirou os sapatos.

Judy sentou sobre os pés, em estilo indiano, e pegou o garfo. O estômago roncou de felicidade à primeira mordida.

— Estava com saudades disto.

— Humm — ele murmurou, satisfeito.

Judy deu outra garfada.

— Eles querem que eu volte para Utah.

A mão de Rick hesitou antes de ele levar o garfo à boca.

— É o que você quer?

— Não. Eu sei que vai ser difícil. Só de pensar em voltar a pisar naquela garagem me deixa doente. Mas voltar para Utah agora seria me esconder. E quem pode afirmar que esse cara não está atrás de mim e não me seguiria em qualquer lugar?

Rick engoliu em seco. Empurrou a comida com um copo d'água.

— É uma distância muito grande para um criminoso ir atrás de uma vítima — disse.

Ela continuou comendo, tentando arduamente tirar seu nome como vítima da conversa.

— Além do mais, um raio nunca cai duas vezes no mesmo lugar.

— Você é uma mulher forte, baby. Soube disso da primeira vez que te vi.

Havia um sorriso verdadeiro no rosto dela.

— Voltamos com esse negócio de baby?

— Sim. Bem, eu adiei o Getty por um tempo. Nós ainda não tivemos um encontro — ele disse.

— Jantar na cama não conta? — ela perguntou, apontando para a comida.

Ele balançou a cabeça.

— Nem o café da manhã no hospital — ele retrucou, saboreando a comida com apetite. — Um encontro exige um banho, um jantar com vinho ou, no mínimo, uma boa bebida. E sapatos.

Ele se inclinou e fez cócegas nos pés dela. Ela riu. Riu de verdade pela primeira vez em mais de uma semana.

Rick parecia tão satisfeito quanto Judy com o som que saía dos lábios dela.

Eles acabaram a refeição e conversaram sobre amenidades tranquilamente. Rick colocou a bandeja de lado com os pratos e se apoiou no pé da cama, de frente para ela.

— Eu preciso que todos voltem para casa — ela disse, com um suspiro pesado.

— Eu também?

Ela sorriu e tocou a perna dele, para provar que ele não estava incluído na parte do "todos".

— Você não. Os meus pais, a Hannah... O Zach precisa voltar ao trabalho. A Karen nem aparece na associação desde a semana passada. Graças a Deus, o Mike me ouviu e foi embora. Se eu pudesse fazer que todos os outros seguissem o exemplo dele... É como se todos tivessem parado com a vida deles.

— Família faz essas coisas.

— Eu sei. E valorizo isso, mas parece que todo mundo fica olhando para mim, esperando que eu desabe.

Rick acariciou suavemente o pé dela.

— Como hoje no jantar?

— Eu que fiz isso, não é?

— Sim. Se você estiver sozinha quando acontecer isso de novo, pode precisar de mais que curativos.

Ela sabia o bastante sobre síndrome de estresse pós-traumático para entender que não estava isenta de abrigar emoções perniciosas. Havia se passado uma semana, e a verdade era que ela não andava dormindo bem. Parecia sem apetite. Bem, exceto quando Rick estava por perto.

— Eu não quero ficar sozinha — disse ela, estremecendo. — Só não quero que todos parem de viver por minha causa.

Ele pegou o outro pé dela e o acariciou.

— Fico feliz de ouvir que não quer ficar sozinha — disse.

A carícia quase a fez esquecer o que ia falar.

— Quando você estiver pronta para voltar ao trabalho, eu ou alguém da nossa equipe vai te levar e buscar. Um de nós vai ficar na casa do Michael vinte e quatro horas por dia, sete dias por semana.

Vinte e quatro horas...

— O quê? — ela disse, arregalando os olhos e pestanejando.

— Enquanto esse sujeito não for pego, você não vai ficar sozinha.

— Eu disse que estava cansada de viver em um aquário.

— Não é um aquário. A segurança é para te manter a salvo, não para te fazer comida.

— Mas...

— Olha nos meus olhos e diz que acredita, do fundo do coração, que esse homem não vai voltar. Ele pegou a sua bolsa, não te matou quando poderia, se esforçou para entrar e sair da garagem para poder te encurralar. Olha nos meus olhos, Judy, e diz que ele não vai voltar.

As palavras de Rick a assustaram. Principalmente porque ele estava certo.

Ela se recostou na cama novamente e puxou o pé dele para perto, para acariciá-lo. Judy não sabia por que ele estava se esforçando tanto para protegê-la. Ele não lhe devia nada. Que inferno! Tecnicamente, eles não estavam namorando. O relacionamento deles se resumia a alguns flertes e alguns beijos roubados. Mesmo assim, de seus lábios não sairiam reclamações.

— Quando eu voltar para o escritório, no primeiro dia, você pode me levar?

As covinhas do rosto de Rick se formaram, mesmo que seus lábios não sorrissem.

— Eu não deixaria que outra pessoa fizesse isso.

RICK ACORDOU ALGUMAS HORAS DEPOIS, se dando conta de que adormecera com os pés de Judy no colo. Ela também dormia profundamente. Ele se afastou da cama e afofou os cobertores ao redor dela. Talvez ela acordasse no meio da noite incomodada com a quantidade de roupa que vestia, mas de jeito nenhum ele tomaria a liberdade de despi-la. Talvez em um momento diferente da vida deles isso fosse aceitável. Mas não nesse. E não depois de tudo que ela havia passado.

Após diminuir a intensidade das luzes, saiu silenciosamente, com os sapatos pendurados na ponta dos dedos.

No fim do corredor, notou o cintilar de um aparelho de televisão e assomou a cabeça dentro.

Sawyer, pai de Judy, e Zach estavam sentados em poltronas assistindo às últimas notícias. Parecia que todos os outros haviam ido para a cama.

— Oi — Rick se anunciou.

Sawyer se endireitou. Seu rosto era uma máscara de preocupação.

Rick jogou os sapatos no chão e sentou no sofá, entre os dois.

— Como ela está? — Zach perguntou.

— Dormindo.

Mas não era essa a verdadeira pergunta.

— Sua irmã é uma mulher forte, Zach.

— Não parecia forte hoje à noite, no jantar — Sawyer retrucou.

— Não, não parecia mesmo. Essas coisas são esperadas, sr. Gardner. Ela vai superar, não vai se deixar derrotar.

— Ela devia voltar para casa com a gente. É mais seguro em Hilton.

Rick podia não ser pai, mas compreendia a necessidade de proteger Judy.

— Se ela se esconder em Utah agora, isso pode enfraquecê-la para sempre. O mundo não é mais inseguro hoje do que era ontem ou será amanhã. Quanto mais cedo ela voltar a encarar a realidade, mais forte vai ficar — disse.

Sawyer o fitou.

— Eu não posso cuidar dela lá em casa se ela não estiver lá.

— Está sugerindo que vai ficar ao lado da sua filha vinte e quatro horas por dia? Acho que a época de fazer isso já passou há muito tempo.

Rick estava cansado demais para entrar em uma discussão com o pai de Judy sobre o que era certo ou errado, mas o homem, teimoso, não ouvia a voz da razão.

— Isso não teria acontecido em Utah.

— Ora, Utah também tem problemas, pai — disse Zach. — A Judy tem a gente aqui.

Rick ficou feliz ao ver Zach acenar em sua direção, incluindo-o no "a gente".

— Eu odeio isso, Zach. Não queria que ela estivesse aqui.

— Todos nós odiamos. Todos nós a queremos segura.

Rick se inclinou para a frente e olhou nos olhos de Sawyer.

— A Judy vai ter proteção vinte e quatro horas, não só de um guarda-costas para levá-la ao trabalho. Isso também vai acontecer nos fins de semana e durante a noite. O Michael já aprovou mais monitoramento de áudio e vídeo na casa dele. Vamos encontrar quem fez isso com a Judy, e ela vai estar sob proteção enquanto o procuramos. Quero pôr as mãos nesse canalha mais do que imagina, sr. Gardner. Vou proteger a sua filha.

Sawyer apontou o dedo em sua direção.

— Você está me dando a sua palavra.

O pai de Judy resmungou algo enquanto levantava o corpo cansado da poltrona e se retirava.

Zach e Rick ficaram em silêncio por alguns minutos. O noticiário exibia imagens de todas as coisas terríveis que aconteciam em toda a cidade de Los Angeles. A mídia havia se cansado das notícias policiais em torno de uma das celebridades de Hollywood, o que era ótimo para Rick. A foto de Michael e Judy dançando era a principal imagem veiculada por ela. A mesma imagem da garagem cheia de policiais cercada com o cordão de isolamento era um lembrete constante cada vez que Rick ligava a tevê.

— Talvez ela devesse voltar para casa por um tempo — disse Zach.

Rick sentiu os braços gelarem.

— Eu tenho mais recursos para proteger a Judy — respondeu.

— Ninguém está atrás dela em Utah.

Era hora de mostrar a Zach uma verdade detectada pelas autoridades.

— Esse homem está atrás dela. Ele a atacou, e não há nenhuma garantia de que não a seguiria até Utah ou a qualquer outro lugar para machucá-la de novo.

— Tem certeza? — Zach perguntou.

Quase cem por cento.

— Na marinha, seguir a intuição muitas vezes salva a sua vida.

— Então, manter a Judy aqui é seguir a intuição? — disse Zach, não parecendo concordar.

— A Judy não quer saber de voltar para casa. Na verdade, ela quer que cada um retome a própria vida. Ela vai voltar para a casa do Michael na segunda-feira, onde vou ter alguém a vigiando a cada momento que ela não estiver em sua mesa no trabalho.

— E se esse canalha trabalhar com ela?

Rick também já tinha pensado nisso. Ele e Neil haviam colocado um temporário no prédio, que a vigiaria ali também. Entre a espionagem secreta e o monitoramento de todos que cercavam Judy, eles saberiam de qualquer coisa fora do comum.

— Ela vai estar protegida lá também. Só que não de maneira óbvia.

Zach suspirou e disse:

— Acho que é tudo que podemos fazer. Creio que nenhum de nós vai dormir em paz enquanto esse sujeito não for pego.

Dormir em paz. Que inferno! O único sono repousante que ele tivera fora nas últimas duas horas, ao lado de Judy. A menção ao sono o fez cobrir um bocejo com a mão.

— Você pode dormir aqui — ofereceu Zach.

Estar perto dela, mesmo a alguns quartos de distância, daria a Rick um pouco de paz por algumas horas. Ele sabia que precisava reiniciar seu cérebro. As únicas coisas que o esperavam em Tarzana eram monitores em branco e uma casa vazia.

— Acho que vou aceitar a oferta.

Zach se levantou e desligou a tevê.

— Vamos lá. A vantagem de ter uma casa deste tamanho é acomodar uma família numerosa.

―∞―

— Nós não estaríamos fazendo o nosso trabalho se não o interrogássemos, sr. Evans.

O detetive Raskin havia assumido a investigação. Ele e seu parceiro, detetive Perozo, estavam sentados em lados opostos da mesa. Pela postura defensiva de Perozo, ele bancava o policial malvado, enquanto Raskin mantinha um sorriso no rosto.

— Sem dúvida que é o seu trabalho — Rick disse. — Deviam ter me interrogado nas primeiras vinte e quatro horas.

Os detetives se entreolharam e o encararam.

Rick sabia que o atraso tinha mais a ver com seu círculo pessoal de amigos. Mas, na sua opinião, essas coisas não deviam ter precedência sobre alguns protocolos. Interrogar um namorado, ou no caso dele e de Judy, um pretendente, deveria ter sido prioridade.

Rick deixou que eles fizessem as perguntas. Começaram com as habituais: quando ele conhecera Judy, qual a natureza do relacionamento entre eles, onde ele estava quando Judy fora atacada, se havia alguém com ele.

— Eu cheguei à casa do Wolfe, em Beverly Hills, dez minutos antes das sete. Nosso encontro estava marcado para as sete.

— Onde você estava antes dessa hora?

— Vivendo as alegrias do trânsito. Antes disso, eu estava na minha residência, em Tarzana. A minha casa e a do sr. Wolfe têm vigilância por vídeo vinte e quatro horas por dia, que pode me mostrar saindo e chegando.

O detetive Perozo se inclinou para a frente.

— Mas às seis e meia você não foi capturado por nenhuma câmera.

— Nenhuma das que a nossa equipe monitora. Calculei quarenta minutos para chegar à casa de Judy. Saí de casa às seis e vinte, mais ou menos.

— O que você dirige? — o detetive Raskin perguntou.

— Uma Ducati.

— Uma moto?

— Sim.

— Então você pode costurar o trânsito, mas saiu quarenta minutos mais cedo para seu encontro por um trajeto que deveria levar apenas... o quê? Vinte minutos, talvez menos?

— Eu comprei flores.

— Onde?

Rick respondeu, e ambos ficaram em silêncio. Ele sabia o que estava por vir, antes mesmo que a próxima frase fosse dita. Perozo afastou uma cadeira da mesa, a girou e montou nela.

— Então, você saiu de casa às seis e vinte. Com uma Ducati, é possível fazer um bom tempo e chegar perto de Beverly Hills, ou seja, de Westwood, às seis e meia.

Rick apertou o punho no colo. Ele não havia traçado o próprio cronograma e agora percebia como isso poderia parecer ruim.

— Desviar a atenção para a pessoa errada só vai atrasar para pegar o homem certo.

— Você disse que não estaríamos fazendo o nosso trabalho se não nos atentássemos a todas as possibilidades.

Eles fizeram perguntas pela próxima meia hora; Rick respondeu a todas elas, mas com as mínimas informações que podia oferecer.

Então deixou a delegacia com o revólver preso à cintura, como de costume, e digitou o número de Neil.

— Preciso que você puxe todas as fitas de vigilância da casa de Tarzana e do Michael na noite do ataque.

— Quer me dizer por quê? — Neil perguntou.

Rick montou na moto e deu um pontapé no cavalete que a apoiava.

— Porque acabei de me tornar o suspeito número um. Encontro você na sua casa em quinze minutos.

Uma hora mais tarde, Rick estaria arrancando os cabelos, se não estivessem tão curtos.

Neil ficou em silêncio, estudando as fitas.

— Não tem como eles te culparem por isso.

Ele voltou o vídeo de Tarzana; observou Rick andando pela casa e acionando o alarme. A próxima imagem mostrava Rick entrando na propriedade de Beverly Hills. Ele tirara uma única rosa do bolso traseiro da moto. Estava judiada pela viagem, mas estava ali. Eram 6h52.

— Estamos vendo isso sabendo que eu não fiz nada. Mas eles vão olhar pensando que eu fiz. Saio de casa às seis e vinte, vou voando para Westwood, escondo a moto em algum lugar perto e espero Judy sair do trabalho.

Neil o deteve.

— Como você sabia que ela estava no trabalho? Você ligou para ela?

Rick se encheu de esperanças, que logo desapareceram.

— Eu pus um rastreador no carro dela.

— Você fez isso?

— Pouco depois que ela se mudou para cá. Ela pensava que segurança era uma brincadeira.

Neil continuava fitando Rick.

— Está me dizendo que o carro da Gwen não tinha rastreador?

Neil quebrou o contato visual.

— Exatamente — Rick prosseguiu. — Então, eu sabia que ela estava no trabalho. Uma ordem judicial vai encontrar o rastreador, e tirá-lo agora ou negar que o coloquei me faz parecer culpado.

— E você entende sobre a localização de câmeras em estacionamentos. Já esteve no trabalho dela?

— Passei em frente uma vez, antes de ela se mudar para cá. Mas nunca entrei, nem na garagem.

— Mas um advogado pode distorcer isso.

Advogados faziam essas coisas.

— Eles vão presumir que eu conheço a garagem, que conheço a rotina dela.

— A rotina dela mudou naquela noite. Ela ficou até mais tarde, ficou conversando com a chefe. Como você poderia saber disso?

Verdade.

— Eu não poderia. Acontece que saí da minha casa para a dela porque tínhamos um encontro.

Pela primeira vez desde que saíra da delegacia, Rick respirou mais aliviado.

— Nós nos especializamos em vigilância. Temos passado militar. Eles vão presumir que você sabia que ela ainda estava no escritório ou que a vigiava.

— Eles não vão encontrar nada.

— Mas vão procurar.

— Tudo bem. Qual é o meu motivo? Eu gosto dessa garota. Por fim ela concordou em sair comigo. Por que eu a atacaria vinte minutos antes?

Neil deu de ombros.

— Você está chateado por ela não ter se arrumado para você antes? Magoado por ela não ter levado o encontro a sério o bastante para chegar cedo? Sua masculinidade não foi forte o suficiente para suportar tanta rejeição e você encheu a cara para ir ao encontro.

Rick revirou os olhos.

— Fraco.

— Cada motivo vai ter que se provar errado. E isso vai impedi-los de te prender.

Rick passou a mão pelo rosto, como se limpá-lo apagasse toda essa baboseira.

— Eles também vão concluir, por causa da natureza do seu emprego atual, da gravação que você fez do depoimento inicial da Judy e do nosso envolvimento desde o início, que você está se certificando de não deixar rastros.

— Jesus, Mac, você não está ajudando.

— Ah, e eu deveria estar ajudando, Smiley? Achei que deveria pensar logicamente. Quer moleza, senta no colo da sua avó. — O uso dos nomes da época do serviço ativo o deixou esperto. — Deixando tudo isso de lado, ir para Westwood em dez minutos pela 405, mesmo de moto, seria muito arriscado. Entrar e sair de Beverly Hills não é exatamente fácil.

— Eu comprei as flores — reiterou Rick.

— A maioria das floriculturas não atrai crimes. Provavelmente não vai ter nenhuma câmera lá. E, mesmo se tiver, a probabilidade de que guardem as imagens depois de uma semana é mínima. O melhor que podemos esperar é que uma testemunha ocular possa te identificar.

— Que possa me identificar e dê a hora em que eu estava na loja.

— Exatamente.

Não importava de que ponto de vista se olhasse, as perspectivas não eram boas.

— Estamos fazendo exatamente o mesmo que os policiais. Focando em mim, e não em quem fez aquilo.

Neil assentiu com a cabeça.

— Se não nos concentramos em você e esclarecermos seu envolvimento, eles nunca vão procurar mais ninguém.

15

RICK E NEIL CHEGARAM JUNTOS à casa de Zach. Tinham uma expressão inabalada no rosto e nenhum dos dois disse nada antes de Rick levar Judy para fora.

O vento fazia o cabelo de Judy voar em todas as direções. O jeito como Rick a olhara enquanto se afastavam de todos da casa a deixara nervosa.

— Como foi o seu dia? — ele repetiu a mesma pergunta que fizera ao chegar.

Como ela não respondeu, ele a mirou nos olhos.

— Você já perguntou isso. Aconteceu alguma coisa.

Aproximaram-se de um banco com vista para o mar e ele pediu que ela sentasse. Sentar antes de falar nunca era um bom sinal.

— Você descobriu algo sobre ele?

Ele balançou a cabeça, soltando um suspiro pesado.

— Não — disse.

Não era comum que Rick não tivesse um sorriso prestes a brotar.

Ela estendeu a mão e, pela primeira vez desde o ataque, tentou animar outra pessoa.

— Não pode ser tão ruim.

Os lindos olhos verdes de Rick sustentaram o olhar dela.

— A polícia me interrogou hoje.

Demorou um instante para ela processar suas palavras.

— Você?

— É um procedimento normal. Na verdade, já deviam ter feito isso.

— Por que você? Não entendo.

Ele apertou a mão dela.

— É normal obter álibis de maridos, namorados, pessoas com quem a vítima está saindo...

Ela já havia assistido a programas de ficção criminal suficientes para entender isso.

— E, como você não viu o sujeito, eles precisam checar onde estava cada homem que faz parte da sua vida.

Judy não gostou, mas entendeu.

— Acho que entendi. Não tenho muitos homens na minha vida, então a lista não é tão longa.

Rick ainda não estava sorrindo. Ter sido interrogado realmente o incomodava.

— Se você sabia que o interrogariam, por que está tão chateado?

O olhar de Rick correu para as ondas abaixo deles.

— Na noite do ataque, eu saí de casa para te buscar às seis e vinte, comprei flores no caminho e cheguei às dez para as sete.

Judy jogou para trás o cabelo soprado pelo vento.

— Fora a parte em que não ganhei as flores, não vejo nenhum problema.

Ele nem sequer riu da piadinha sobre as flores.

— Eu estava de moto. A polícia acredita que eu podia ter chegado no seu escritório em dez minutos, mais ou menos... E então voltado para a casa do seu irmão, depois de...

Ela pestanejou, atordoada demais para falar.

— Eu e o Neil temos certeza que eles estão trabalhando duro agora para provar que eu posso ter te atacado.

— Isso é absurdo!

Rick, o *seu Rick*, que fora seu protetor desde o momento em que ela chegara a Los Angeles, não era o vilão nessa história.

— Eles estão perdendo tempo.

— Eu sei disso. Você sabe disso. Mas eles não — disse Rick.

Judy soltou a mão dele e se levantou.

— Bem, eu vou dizer isso a eles.

Ela se voltou em direção à casa, determinada a ligar para um dos detetives. Rick estendeu a mão e a segurou pelo braço.

— Vai dizer o que a eles, Judy?

— Que não era você.

O temperamento de Judy era como seus cabelos indomáveis, que tremulavam ao vento.

Ele pousou ambas as mãos em seus ombros, tentando acalmá-la.

— Eles não vão te ouvir.

— Vou fazer com que me escutem. Só eu estava lá. Eu sei que não foi você. Se eles se concentrarem em você, não vão procurar o verdadeiro idiota que fez aquilo.

A frustração a fazia tremer. A polícia devia ser suficientemente inteligente para não ir atrás do sujeito errado. E Rick era o sujeito errado.

Rick levantou o queixo, desafiador.

— Me diz até que ponto você conhece o Rick.

— O quê?

— Agora eu sou o detetive. Me diz até que ponto você conhece o Rick.

Ah, agora ela entendia. Ele queria representar. Tudo bem, ela podia fazer isso!

— Eu conheci o Rick no ano passado, quando ele ajudou uma pobre e inocente garota a escapar de seus pais abusivos.

— Você está saindo com o Rick desde o ano passado?

As perguntas dele saíam rápido.

— Não. Eu terminei a faculdade, e nos encontramos quando me mudei para cá.

— Ele trabalha para o seu irmão?

— Sim. Como especialista em segurança e às vezes como guarda-costas.

Ela suspirou, feliz por saber todas as respostas a essas perguntas, e nenhuma delas deixava Rick em uma situação ruim.

— Há quanto tempo vocês estão namorando?

Ela sabia que ele estava tentando pressioná-la com essa pergunta. Em vez de ser vaga, aproveitou a oportunidade para desviá-lo um pouco de sua obsessão.

— Na verdade estivemos flertando. Nosso primeiro encontro oficial estava marcado para a noite do ataque.

— Por que vocês não começaram a sair antes?

Ela apertou os olhos.

— Está tentando arrancar respostas de mim, Rick?

— Mesmo querendo a resposta a essa pergunta por minhas próprias razões, eu sei que os detetives vão perguntar. Mas não precisa me responder.

Judy levantou o queixo para igualar a atitude dele. Ela não tinha nada a esconder, e, em vista de tudo que estavam passando, fazer joguinhos não era necessário.

— Bem, *detetive*, se realmente precisa saber... Eu cresci em uma cidade do interior, onde parecia que todas as garotas iam para a faculdade, conheciam um cara e depois nunca mais faziam outra coisa da vida além de ter bebês e ir a reuniões de pais e mestres. Eu quero mais do que isso, então escolhi outra saída, um plano B, digamos assim. Eu me apaixonei por arquitetura na minha primeira viagem a Los Angeles, durante uma pré-estreia do meu irmão. Eu quero uma carreira. Algo que me defina, mais que um sobrenome de casada.

Sua confissão foi sendo assimilada lentamente. Rick ficou pensativo e ela apertou as mãos.

— Sinto que o Rick pode me fazer desviar dos meus planos. Concordar com um encontro foi como aceitar avançar com o plano A. — Talvez seu quase encontro com a morte na semana anterior tivesse lhe dado confiança, ou talvez ela tivesse percebido, depois disso, como era importante ter alguém em sua vida para compartilhar os bons e os maus momentos.

Ficaram em silêncio por alguns segundos. Quaisquer perguntas que Rick pudesse pensar em fazer agora certamente seriam em vão. O vento agitava os cabelos em torno do rosto de Judy, mas ela encontrou os olhos verdes de Rick, à espera de um beijo.

Com uma mão ele percorreu seu braço e acariciou seu rosto. Então se aproximou e se apossou de seus lábios, em um beijo desesperado. Lágrimas corriam pelo rosto de Judy quando ela fechou os olhos e absorveu a essência que Rick lhe entregava. Podia se candidatar para presidente da associação de pais e mestres agora mesmo e projetar uma barraca de jogos para o evento beneficente da escola.

Ele continuou beijando-a. Beijos inocentes e incessantes, que não se destinavam a uma completa rendição.

Quando por fim a soltou, acariciou com cuidado seu olho ferido. Ele também tinha os olhos úmidos, e isso a aqueceu mais que qualquer beijo.

Ele encostou a testa na dela e fechou os olhos. A dor em seu rosto a atropelou quando ele começou novamente:

— O Rick sabia disso antes do ataque?

— Não.

Eles ficaram à beira do penhasco, abraçados, continuando com as perguntas ridículas. Cada vez que Rick falava, sua voz ficava mais distante. Ao contrário de seus sentimentos.

— Então, o Rick poderia pensar que você estava jogando com ele?

— Você acha isso?

Ele balançou a cabeça.

— É o que eles vão pensar.

— Se eu estivesse só jogando, não teria concordado com um encontro.

— Talvez o Rick não soubesse disso. Talvez o Rick seja um psicopata mulherengo que não aceita a palavra "não". Talvez ele tenha problemas com relacionamentos e medo de te namorar. Medo da rejeição.

— Isso é ridículo. Nunca conheci um cara mais confiante que você. Se você engarrafar confiança e vender, vai ficar rico.

Rick sorriu pela primeira vez durante a conversa.

— Obrigado pela confiança, Utah. Mas os detetives vão criar suas próprias respostas a essas perguntas e encaixá-las em suas teorias.

Ela não gostou da ideia. Aliás, de nada daquilo.

— Eu sei onde você mora, que carro você tem. Sabia que você ainda estava no trabalho, e, se pilotasse feito um louco, poderia ter chegado ao seu trabalho no momento em que você estava sendo atacada.

Ela cravava as unhas nos braços grossos dele a cada palavra. No fundo, ela sabia que ele não seria capaz de machucá-la. Como alguém podia pensar diferente?

Ela começou a falar, mas ele cobriu seus lábios com um dedo.

— Eu poderia ter feito isso e chegado em Beverly Hills para ser visto pelas câmeras que sei que estão lá.

— Eles não podem pensar isso.

— Podem. E, a menos que encontremos outra direção, eles vão pensar.

Judy o abraçou, absorveu seu calor e sua força. Por que ela passara tanto tempo longe desse homem?

Os dois entraram novamente em casa. Rick mantinha os braços nos ombros de Judy, tentando protegê-la dos fortes ventos que sopravam do oceano.

Uma avalanche de emoções o dominou durante a curta caminhada. Ele sabia que, com o tempo, o relacionamento que ele e Judy estavam iniciando podia ser a coisa mais incrível que já teriam experimentado.

Ela não queria namorá-lo, não por qualquer coisa que ele fizesse, mas por medo de se perder no processo. Será que ela não sabia que eram exatamente aquela motivação e aquela coragem que o atraíam?

Rick a deteve diante da porta e entrou na frente dela. As palavras saíram de sua boca, concluindo o que ele acabar de pensar.

— Eu jamais te impediria de realizar os seus sonhos, Judy.

Não havia hesitação em sua resposta.

— Há uma semana, alguém tentou roubar a minha vida. Namorar você não é tão assustador. Vamos superar isso.

Ele estendeu a mão e a puxou contra si enquanto entravam.

— Temos que tentar um encontro de verdade. Até agora, nosso histórico é péssimo. — Riu enquanto abria a porta.

Olhares preocupados os receberam quando eles entraram na sala de estar. Neil olhou para Rick, enquanto todos os demais olhavam para Judy.

Nem Rick nem Neil queriam que ninguém da família, principalmente Judy, soubesse das conclusões dos detetives antes que os dois as expressassem. Rick ficara com a parte mais fácil: falar com Judy. Neil tivera que enfrentar toda a família.

— Você está bem? — Meg perguntou primeiro, dirigindo-se a Judy.

Ela ergueu o queixo.

— Sim. Pronta para ir para casa. — Olhou para seus pais. — Para a casa que tenho aqui na Califórnia e seguir com a minha vida.

Sawyer deu um passo à frente, mas Janice o deteve. Era difícil para um pai deixar que um filho tomasse as próprias decisões.

Rick recuou e a deixou falar.

— Pai, mãe. Eu amo vocês. Sei que querem me proteger, assim como todos aqui. Mas voltar para Utah significa que eu perdi a batalha. Sim, eu não morri, mas seria como se todos os meus sonhos morressem, a minha vida inteira morresse. Eu não posso me deixar enfraquecer. Meu lugar é aqui, e não vou deixar que essa tragédia me impeça de realizar os meus sonhos.

Rick apertou levemente o ombro dela, em um apoio silencioso.

Janice deu um passo à frente e abraçou a filha.

— Você sempre vai poder contar com a gente.
— Eu sei disso, mãe.
Sawyer olhou para Rick.
— Você precisa proteger a minha menina.
Rick respirou fundo, enchendo o peito.
— Eu vou protegê-la — ele disse.
Enquanto Judy se despedia de sua família, Rick apertou a mão de Neil e puxou Zach de lado.
— Estamos prontos para fazer a vigilância vinte e quatro horas por dia — disse Neil. — Em vista da nova situação, vamos ter mais patrulhas na casa, mesmo que o Rick esteja lá.
— Ninguém pensa que você fez isso — Zach disse a Rick.
A confiança de Zach fez Rick se aprumar.
— A vigilância não é para limpar o meu nome, mas para flagrar quem estiver desprevenido. Para pegar esse canalha, é preciso pensar como ele. Se ele pensar que toda a proteção está do lado de dentro, poderá vagar pelo lado de fora.
Zach soltou o ar pelos lábios comprimidos.
— Entendi. É por isso que eu gosto de construir casas e não de toda essa merda de estratégia. Não consigo entender como essas coisas funcionam.
— Resquícios de uma vida na marinha, receio — disse Neil.
Rick apertou a mão de Zach.
— Vou proteger a sua irmã enquanto puder.
Zach interrompeu o aperto de mão e o sorriso de Rick desapareceu.
— A polícia vai me pegar, é só uma questão de tempo.
— Está falando sério?
— Mesmo que seja só para um longo interrogatório. Vou ser pego, a menos que esse sujeito ataque de novo em um curto espaço de tempo.
Zach fechou os olhos e sacudiu a cabeça.
— Eu nunca entendi essa história de "inocente até prova em contrário", até o ano passado, com a Karen. Parecia que todas as notícias explicavam um crime e diziam quem era o culpado. Só que não é assim, e os culpados ficam livres para fazer o que quiserem.
— Se eu for preso, a Judy vai ficar vulnerável. E vai precisar de todos. Esse sujeito fareja fraqueza, ou não a teria atacado naquela ocasião. Ele não

a matou porque a perseguição, a emoção... — Rick engoliu a náusea que lhe subiu à garganta — a emoção de machucá-la lhe deu mais prazer, e ele vai querer fazer isso de novo.

Neil deu um tapinha nas costas de Rick.

— O problema é que esse sujeito pode machucá-la tanto a ponto de acabar com o próprio prazer.

Zach empalideceu.

— E se a deixássemos direto aqui em casa? — sugeriu.

— A sua irmã vai concordar com isso?

Ele olhou para o outro lado da sala. Todos seguiram seus olhos e viram Judy levantar o olhar para eles e dar de ombros.

— Não. A Judy não vai dar esse tipo de poder para esse cara.

16

O EDIFÍCIO PODIA ESTAR EXATAMENTE no mesmo lugar e não ter sido pintado ou reformado no pouco tempo em que ela tinha se ausentado. Mas *estava* diferente.

Judy olhou pela janela do carro, do lado do passageiro. Rick parou no meio-fio e desligou o motor.

— Vamos dar um passo de cada vez.

A resposta dela foi um aceno de cabeça.

— Hoje você entra pela porta, como de costume, e vai ter que aguentar alguns olhaes e perguntas. Vou estar no seu andar antes das cinco para levar para casa.

— Eu posso encontrar você aqui embaixo.

— Por favor, faz o que estou dizendo.

Ok. Tudo bem fazer o que Rick dizia até ela se sentir forte de novo.

— Vamos lá — disse Judy enquanto descia do carro com a bolsa na mão.

Ele foi pela frente do carro e colocou a mão nas costas de Judy.

— Pronta?

Ela havia penteado o cabelo para esconder a cicatriz da sutura. Mangas compridas eram úteis para esconder o braço e os cortes que o açougueiro havia deixado nela. Um pouco de base, muito corretivo, e nem parecia que ela tinha passado muitas noites sem dormir.

Entraram juntos no edifício. O ar-condicionado funcionava a mil.

A antessala contava com uma mesa para o segurança, que observava todos que entravam. Ele cumprimentava as pessoas e se dirigia a muitas delas pelo nome. Não havia uma entrada específica só para funcionários do prédio, e ela e Rick passaram pelo guarda, sem dizer nada.

Judy não notou os olhares fixos até que pararam diante dos elevadores.

— É ela? — alguém sussurrou atrás deles.

Rick também devia ter ouvido a pergunta. Pressionou a mão em sua lombar e se aproximou.

Dentro do elevador foi pior. Além de Judy e Rick, havia mais sete pessoas comprimidas ali. Todos continuavam olhando para ela. Exceto uma.

A subida lenta e constante, com várias paradas pelo caminho, levou muito tempo.

Rick a conduziu do elevador ao andar que pertencia ao escritório Benson & Miller.

Nancy levantou a cabeça da mesa da recepção e levou um susto. Tirou o fone de ouvido e contornou a mesa.

— Meu Deus...

Rick recuou quando a mulher abraçou Judy como se fossem grandes amigas.

— Nós soubemos... Todos nós soubemos. — Nancy recuou um passo. — Você está bem?

— Melhor agora, obrigada.

— Meu ex adorava usar os punhos. Sei que não é a mesma coisa, mas se precisar conversar...

— Obrigada, Nancy.

A mulher olhou para Rick pela primeira vez.

— Uau! Namorado ou guarda-costas?

Rick olhou para Judy e começou a responder, mas ela respondeu por ele:

— Um pouco das duas coisas.

As covinhas apareceram e ele deu uma piscadinha.

— Você tem irmão? — Nancy perguntou.

Judy riu por dentro.

— Não, sou filho único — respondeu Rick.

Nancy se abanou e se voltou para que só Judy visse seu rosto. "Que delícia", ela balbuciou sem emitir som algum.

Judy foi para sua baia, rindo.

Seu pequeno compartimento não mudara muito em sua ausência. Estava mais arrumado do que ela tinha deixado, e no canto estava o tubo que continha os projetos que ela ia levar para casa na noite do ataque. Fixou o olhar no tubo.

— Esta é a sua mesa? — perguntou Rick.

— Sim.

O tubo atingiu o chão primeiro. Acima da respiração agora suspensa, ela o ouviu rolar.

— Baby?
Calada, vadia.
— Judy?
Ele respirava em seu ouvido, exalando em seu cabelo.
Você não é tão durona agora, é?

Ela apertou os olhos, e, quando os abriu, Rick estava ali, inclinando-se para forçá-la a vê-lo.

— Tudo bem? — perguntou.

Ela assentiu com a cabeça.

— Eu lembrei uma coisa.

— O quê?

— Ele disse "Você não é tão durona agora, é?". Lembro que fiquei confusa. Suas palavras não combinavam com o que ele estava fazendo.

— "Você não é tão durona?" Tem certeza que foi isso que ele disse?

— Absoluta.

— Você lembra mais alguma coisa?

Havia mais alguma coisa fazendo cócegas em sua mente, atiçando sua memória. Mas foi embora.

— Só isso.

Ao passar pela baia, o sr. Archer parou.

— Judy?

Era estranho ouvir seu primeiro nome dos lábios daquele homem.

— Sr. Archer. Olá.

— Que bom te ver de volta.

— Obrigada.

O homem até sorriu.

— Se precisar de qualquer coisa ou precisar ir embora, basta avisar alguém.

— É muita gentileza da sua parte, sr. Archer, mas eu vou ficar bem.

Archer olhou para Rick e para ela de novo.

— Bem, se mudar de ideia... Sei que o José está se empenhando para te pôr a par das novidades. Tem uma pessoa nova na sala de correspondência, portanto não se preocupe.

— Que bom — disse ela.

Rick se levantou e ofereceu a mão, apresentando-se.
— Rick Evans.
— Ah, desculpe. Steve Archer.
Eles se cumprimentaram.
— Se importa se eu der uma olhada por aí, Steve?
— De modo algum. A polícia já olhou. Acho que não encontraram nada.
Rick jogou o peso do corpo sobre os calcanhares.
— Não vou demorar muito — disse.
O sr. Archer se afastou, deixando os dois sozinhos.
— Você não vai passar despercebido se ficar andando pelo escritório.
— Eu não quero passar despercebido. Quero que todos aqui conheçam o meu rosto. — Ele se inclinou e roçou os lábios nos dela. — Quero que todos saibam que sou seu namorado. — E a beijou de novo. — Quero que saibam que, se mexerem com você, vão mexer comigo.

Ela impediu o próximo beijo.
— Possessivo, hein?
— Muito — disse ele, beijando-a de novo.
Alguém limpou a garganta e Judy deu um pulo para trás.
Debra Miller estava junto à parede da baia.
— Aqui é a barraca dos beijos? Onde compro a ficha?
— Srta. Miller... — disse Judy, sentindo as bochechas corarem enquanto o sorriso da mulher se alargava.
— É bom tê-la de volta, Judy.
— Obrigada.
Judy olhou para Rick, que se inclinou contra sua mesa como se o lugar dele fosse ali.
— E desculpe. O Rick só queria ter certeza de que eu chegaria aqui em segurança.
— Eu entendo.
Judy fez as apresentações.
— Então, guarda-costas e namorado? Não é um conflito de interesses?
— Não para nós.
A srta. Miller parou de questionar.
— A segurança tem escolhado todas as mulheres que entram e saem da garagem fora do horário de expediente, e a maioria de nós sai em grupos. Ficamos todas muito preocupadas.

Judy não havia pensado nisso. Ela queria dizer a sua chefe que o ataque havia sido pessoal, que achava que mais ninguém precisava se preocupar. Mas guardou isso para si; podia estar enganada. Odiaria se algo acontecesse com alguém e se culparia por fazê-los baixar a guarda se a situação realmente representasse perigo não só para ela.

— O Rick quer dar uma olhada no escritório. Falamos com o sr. Archer, mas tudo bem para você?

— Fique à vontade. Por que você não mostra o lugar para ele?

— Um tour rápido, e já começo a trabalhar — disse Judy.

— Ótimo. Estou ansiosa para conversar a respeito daquele projeto.

Quando a srta. Miller se afastou, Judy se sentiu melhor por ter voltado.

⸙

Meg tirou os olhos da tela do computador e se afastou da mesa.

— Acho que vamos ter que transferir temporariamente a empresa de lugar — disse a sua chefe, que levava o filho para o quintal e equilibrava a filha de menos de dois anos em um lado do quadril.

— Eu esperava que não fosse preciso — Samantha respondeu, apoiando Delanie do outro lado.

Meg clicou em alguns links e abriu o banco de dados.

— Se o Rick e o Neil estiverem certos e a polícia conseguir um mandado de busca, toda esta informação estaria nas mãos deles. — Não que a Alliance tivesse algo a esconder, mas os seus clientes, por outro lado, se preocupavam que a história toda se tornasse pública. — Vai ser uma mudança temporária. Depois que o Rick limpar o nome dele, podemos trazer tudo de volta.

— Eu sei que você está certa, mas parece loucura ter a Alliance em qualquer outro lugar que não seja aqui. Pensamos em montar um escritório mais de uma vez, mas ficamos inseguras.

— Esquece algo muito bandeiroso. Vamos desviar as chamadas para o celular. Mantenha o número daqui. Como sou eu que fico mais no computador, vou levar este bebê para casa e montar um escritório. Vai ser melhor para todos nós por um tempo.

Delanie rejeitou os braços da mãe. Samantha a colocou no chão, mas ficou em seu encalço enquanto conversavam.

— Quanto mais pessoas entrarem e saírem da casa do Michael agora, melhor. A segurança lá foi intensificada — Meg continuou, defendendo sua opinião.

— Tudo bem. Não posso dizer que estou apaixonada pela ideia, mas sei que você está certa — disse Sam.

Eddie entrou correndo do quintal com um punhado de flores e muitas raízes cobertas de terra.

— Olha o que encontrei para você — disse à mãe.

Meg riu da trilha de terra que o menino estava deixando pela casa. Samantha se ajoelhou, pegou as flores e abraçou o filho.

— Muito obrigada. São lindas — disse.

— O papai disse que meninos dão flores para meninas.

— É verdade.

Os grandes olhos de Eddie registraram a presença de Meg; ele deu meia-volta e correu novamente para o quintal.

Samantha acionou uma empresa de mudanças para que fosse até ali e, sob a supervisão de Meg, retirasse os arquivos e tudo que fosse da Alliance e os transportasse para Beverly Hills.

Com um punhado de flores cheias de terra nas mãos, Meg acenou em despedida para sua chefe e ficou esperando a chegada da transportadora.

Passava do meio-dia quando Rick entrou. Parou na porta do escritório e franziu a testa.

— O que está acontecendo? — perguntou.

Meg continuou guardando algumas coisas, selando as caixas com fita adesiva.

— Quais as chances deste lugar ser revistado? — perguntou.

Com um suspiro, Rick largou as chaves e o celular em cima da mesa e a ajudou a encaixotar o que restava.

༺❧༻

— Oi, baby — disse Rick quando Judy chegou ao hall de entrada da empresa no fim do dia.

Na mão dele, três rosas cor-de-rosa.

— Ah, não precisava — disse ela, admitindo que ficara feliz com sua atitude.

— Eu disse que viria te buscar.

Ela cheirou as flores e sorriu.

— As flores... não precisava — esclareceu.

— Isso não as torna mais especiais? — ele perguntou, entregando-as e tirando o tubo da mão dela.

— Obrigada.

Ele se voltou para Nancy, que arrumava suas coisas.

— Você está saindo? — perguntou.

— V-vou para a garagem. Só estou esperando o grupo para ir junto.

Durante o dia todo o escritório fervilhara de comentários abafados sobre o ataque. Judy sabia que sua presença levaria as pessoas a falar, mas, na maioria das vezes, ninguém a tratou diferente.

Como quando a deixara ali, ele estacionou em frente ao prédio, espaço normalmente reservado para carga e descarga. O segurança de fora do edifício acenou e sorriu para Rick quando ele passou.

— Vejo que fez novos amigos — disse Judy.

Ele abriu a porta para ela e enfiou o tubo no banco de trás.

— Prefiro não ser responsável por seu carro ser guinchado.

Rick entrou em meio ao trânsito e dirigiu na direção oposta à casa de Judy.

— Como foi o seu dia? — ela perguntou.

Ele olhou por cima dos óculos escuros.

— Estou muito mais interessado no seu.

Ela refletiu enquanto observava os carros em volta.

— Bem. Foi bom voltar a trabalhar; ficar fazendo coisas sem sentido a maior parte do dia manteve minha cabeça... bom, longe.

— Você foi almoçar com alguém do escritório, como eu sugeri?

— Com a Nancy. Ela queria saber tudo sobre você.

Ele deu um sorriso, mas não comentou nada.

— Aonde estamos indo? — ela perguntou.

Eles avançavam lentamente.

— Não ao Getty. É só um jantar para comemorar a sua volta ao trabalho.

— Antes você perguntava, e agora já vai decidindo, hein?

— É isso mesmo — ele respondeu, sorrindo.

Ela realmente amava o sorriso dele.

Acolhedor, escondido da rua principal, o Carino's provocou seu paladar no momento em que ela saiu do carro.

— Eu amo comida italiana.

— Eu adoraria que você pensasse que sou um gênio, mas perguntei para a Meg. Ela disse que você e as massas são assim — ele falou, levantando as mãos e esfregando os indicadores um no outro.

Caminharam de mãos dadas até o restaurante, onde o aroma se infiltrava em seus poros.

A hostess lhes mostrou a mesa quando Rick se apresentou. Já havia vinho à espera deles.

— Uau! Impressionante!

— Esse sou eu, o sr. Impressionante.

Enquanto ela se sentava, Rick serviu o vinho e levantou a taça.

— Ao adeus à palavra "baby".

Judy ergueu o copo, mas não brindou.

— Aos primeiros encontros.

Ela não era uma grande apreciadora de vinhos, mas aquele tinto era leve e a deixou tentada a tomar outro gole logo após o primeiro.

— Não sei o que mais me impressionou: o fato de você ter perguntado para a Meg sobre o que eu gostava ou você ter confessado que pediu essa informação para ela.

— É útil ter sua amiga trabalhando à distância de um grito. Vai ser estranho ela não estar mais lá.

Judy abriu o menu.

— Para onde ela vai?

— Ela e a Samantha mudaram o escritório hoje.

— Por quê?

O garçom chegou, disse quais eram os especiais do dia e desapareceu. A falta de resposta de Rick à sua pergunta fez Judy pensar que ele havia esquecido.

— Por que elas se mudaram?

Ele tomou um gole e olhou dentro do copo.

— Não é tão ruim — comentou.

Agora ela sabia que ele estava se esquivando.

— Rick!

Ele ficou brincando com a taça.

— O mais importante para a Alliance é a privacidade. Elas estão um pouco preocupadas que a polícia dê uma busca na casa.

Ah, não acredito!
— Você está mesmo preocupado que eles tentem te incriminar?
— Não. Quer dizer, não estou preocupado comigo. — Ele pegou a mão dela e a apertou. — Vamos falar de coisas agradáveis. Coisas que estão sob o nosso controle.
— Tem que ter um jeito de podermos controlar isso — disse ela.
— Se descobrir um, me avise. Agora me fale do projeto que você está levando para casa.
Grata pela distração, ela começou a falar de suas ideias, amando como Rick ouvia e fazia perguntas.
— Eu sei que a srta. Miller não vai escolher o meu projeto, mas o fato de algo atrair sua atenção a ponto de ela me pedir para trabalhar nisso já é uma grande coisa.
— Não se menospreze, Utah. O Zach e o Michael me disseram que você tem muito talento. Isso pode te levar longe.
Ela empurrou o prato para o lado, surpresa como havia conseguido comer bem. Rick olhou as sobras dela, e ela empurrou o prato para ele. O cara comia demais e não tinha um grama de gordura.
— Para onde vai tudo isso?
Ele ergueu a sobrancelha.
— Eu treino — ele respondeu.
Ela sabia que ele dedicava algumas horas para se manter em forma, mas nunca o vira fazer nada, além de levá-la para cima e para baixo.
— Como é a sua rotina?
— O meu treino?
O vinho a deixara levemente embriagada, o que acabara com a dor de cabeça que parecia afligi-la diariamente desde o ataque.
— Sim.
— Um pouco de cardio, um pouco de pesos, um monte de voltas na pista de treinamento militar no parque.
— Pista de treinamento militar? Onde?
— Tenho certeza que não é esse o nome. Existe um percurso na colina perto de casa, com paradas a cada quatrocentos metros, com atividades diferentes. Levantamento de peso, flexões, coisas assim.
O olhar de Judy correu pelos ombros fortes dele, e uma sensação agradável ao ver como ele enchia bem a camisa fez um calor se espalhar por todo

o seu corpo. Saindo de uma das mangas de Rick, parecia um gráfico impresso em sua pele. Incapaz de se controlar, ela estendeu a mão e levantou a manga curta para ver uma tatuagem enrolada em torno do bíceps.

— Dos seus dias de militar?

Ele olhou para o próprio braço.

— Esta é uma.

— Você tem mais de uma?

Ela nunca quis uma tatuagem, mas ficava intrigada com o desenho daqueles que a tinham.

— Duas.

O desejo de levantar a camisa dele para vê-las era grande.

— Não vai me dizer onde e o que é?

Ele pegou mais comida e engoliu.

— Se quer me ver nu, Utah, basta pedir.

Ela deu um tapa de brincadeira no ombro dele.

— Estou falando sério — disse Judy.

— Tenho certeza que está.

Atrás dos olhos risonhos de Rick havia uma fina camada de calor, que, se soprada, provavelmente floresceria em uma bola de fogo.

— Posso treinar com você? Eu e a Meg fazíamos um treino bem puxado em Seattle. Existem academias aqui, mas são muito caras.

— Você está pronta para malhar de novo? — ele perguntou, com um olhar suave.

As contusões de Judy haviam desaparecido; toda a dor do ataque não era nada mais que um pesadelo.

— Sim.

— Você pode treinar comigo com uma condição.

— Ah, agora tenho que obedecer a condições, é? Tudo bem, sr. Negociador. Qual é a condição?

— Você traz a Meg e me deixa ensinar alguns movimentos de defesa pessoal para vocês.

A exigência dele a fez retroceder e apagou um pouco seu sorriso.

— Eu quero te proteger, mas não posso estar ao seu lado vinte e quatro horas por dia.

Mas era mais do que isso. Ele estava preocupado com que a polícia atribuísse os crimes de outro homem a ele. Sim, Judy conhecera Russell e Dennis, ambos colegas que a protegiam quando Rick não estava presente. Mas Rick era muito dedicado.

— Acho uma ótima ideia — disse Judy por fim.

— Eu malho cedo — alertou Rick.

Ela estreitou o olhar.

— Está tentando me fazer desistir? — perguntou.

— Pareço um sargento.

— Olá, sr. Fuzileiro Naval. Eu não esperaria nada menos do que isso. Se eu for te chamar de meu namorado, não posso ficar toda mole.

As covinhas dele a fizeram sentir um frio na barriga.

De repente, o restaurante estava lotado e sua casa parecia longe demais.

A CONVERSA NO CAMINHO DE volta a Beverly Hills foi tão platônica quando na ida, mas Rick estava com dificuldade de se concentrar em outra coisa além da imagem de Judy de top e short esportivo. O encontro fora tudo que ele queria. Conversa fácil, sem segredos, calor e promessas. Mas era uma tortura não saber quando o mundo desabaria. Era uma tortura não saber quanto tempo eles teriam antes que os detetives o levassem ou plantassem a dúvida na cabeça de Judy.

Não parecia haver mais nenhuma dúvida. Não nos pequenos olhares que ela lhe oferecia quando achava que ele não estava olhando. Não na maneira como ela se abanava em um carro resfriado a dezenove graus. Não no suspiro decepcionado quando ela mencionou que Meg devia estar em casa.

Um cavalheiro agradeceria com um beijo o encontro perfeito e prometeria ligar. Mas Rick nunca se considerara suave o suficiente para ser rotulado de cavalheiro. Ele carregou os projetos de Judy para dentro da casa e ligou o alarme ao fechar a porta.

— Como estava a massa? — Meg perguntou.

— Estou mais do que satisfeita — disse Judy, enquanto Meg baixava o volume da tevê.

— O quê? Não trouxeram as sobras? Vocês deviam estar com fome mesmo.

Judy assentiu com a cabeça.

— Impossível ter sobras com esse aí — disse.

— Não é nenhuma novidade para mim — disse Meg, rindo.

As duas conversaram brevemente sobre como Judy se sentia em seu primeiro dia de volta ao trabalho, e Rick aproveitou a oportunidade para fazer uma varredura nos aposentos.

Com tudo limpo, ele olhou o relógio. Em duas horas, Dennis começaria seu turno na vigilância da casa. Mesmo se Rick permanecesse ali dentro, as novas regras eram claras. Se Rick deixasse a casa às nove, a patrulha noturna entraria pelos portões e vigiaria de dentro. Se Rick ficasse, o que ele sinceramente esperava, mesmo que fosse do outro lado do corredor, a equipe noturna observaria de longe. Pelo menos durante um tempo.

Ele desligou a luz e foi para a sala de estar principal da enorme casa. Com a presença de Rick, Meg terminou abruptamente sua conversa com Judy e pulou do sofá.

— Nossa, vejam só a hora!

Judy rosnou para a amiga e Rick disfarçou um sorriso. Era cedo, muito cedo.

— Estou no meio de um livro muito bom...

— Meg!

— Que seja! Vocês dois, divirtam-se.

Ela não pegou uma, mas duas cervejas na geladeira, e atravessou o corredor até seu quarto. Justo quando parecia que Judy recuperaria a compostura, Meg gritou:

— As paredes desta casa são muito grossas!

— Margaret Catherine! — gritou Judy.

Meg riu, até que Rick ouviu uma porta se fechar.

— Margaret Catherine? Sério?

Judy escondeu o rosto nas mãos. As bochechas rosadas eram um testemunho de seu constrangimento.

— Desculpa por isso — disse.

— Os únicos colegas de quarto que eu já tive eram os fuzileiros navais. Acho que a Meg daria um bom fuzileiro.

— Combina com ela, não é?

— Provavelmente.

Rick reduziu o espaço entre eles e passou as costas dos dedos no rosto de Judy.

— Você pediu para ela ir embora?

Ela ficou olhando para os botões da camisa dele.

— E-eu... sim.

Ele nem tentou esconder o sorriso.

— Foi a tatuagem, não é?

— Me pegou! — ela disse com uma risadinha.

Ele apoiou a mão na cabeça dela, com cuidado com as partes sensíveis do ferimento. Quando ela o olhou nos olhos, o sorriso dele se tornou mais sério.

— Não está mais preocupada com o seu plano A? — perguntou.

As manchas douradas nos olhos castanhos de Judy brilharam na luz fraca da sala.

— Muitos caras ficariam putos se uma garota com quem ainda nem tivessem começado a namorar dissesse o que eu te disse. Mas você ainda está aqui.

— Bem, agora estamos oficialmente namorando, e o plano A não me assusta — ele disse.

Ele nem sabia bem por quê.

— Você me diria se te assustasse?

— Não vejo nenhuma razão para não sermos completamente sinceros um com o outro.

Ela colocou a mão no peito dele e levantou mais os lábios.

— Sinceridade é uma coisa boa — disse.

Ele encaixou o corpo no dela e, com um sorriso, perguntou:

— O que quer fazer o resto da noite, Judy?

Ela respirou fundo, tomando coragem — ou talvez achasse o ar mais leve que o normal.

— Eu quero te ver inteiro — disse ela.

O membro de Rick endureceu ao ouvir aquelas palavras. Ele segurou mais firme a nuca de Judy.

— Tem certeza? — sussurrou.

A resposta dela foi um beijo tímido, e Rick respondeu com uma voracidade que nem ele mesmo reconheceu. Ela passou os lábios sobre os dele como uma pena de anjo, provocando-o, e ele ameaçou engoli-la.

Então se deu conta e suavizou o aperto, puxando-a mais para perto. A língua de Judy encontrou a dele, procurando, provando. Um leve toque do vinho que haviam bebido dava aroma ao hálito dos dois.

Judy dobrou a perna e tirou os sapatos. Ele era uns trinta centímetros mais alto que ela e precisava se inclinar para beijá-la. Pôs a mão em suas costas e a deixou escorregar.

Ela respondeu com um gemido de aprovação, ameaçando a capacidade de Rick de avançar mais lentamente.

Ele a levantou e ela trançou as pernas ao redor dele. O labirinto de sapatos e móveis na sala de estar não o deteve enquanto a levava pelo corredor até o quarto. Ele ouviu os sons graves da tevê de Meg. Mas, quando se fecharam no quarto, os sons se reduziram a um tambor suave. *Paredes grossas.*

Depois de fechar a porta com o pé, foi para a enorme cama no meio do quarto. Sem esforço, soltou Judy no colchão macio e quase caiu quando ela ergueu os quadris para tocá-lo mais. Ela apertou o traseiro dele e puxou sua camisa, tentando sufocá-lo com os lábios.

Interromperam o beijo, ambos ofegantes.

Inchados pelos beijos, os lábios de Judy estavam tão redondos quanto seus olhos quando ela falou:

— Ainda não vi a tatuagem, baby.

Ela poderia chamá-lo de "baby" para sempre. Ele tirou a camisa dos ombros e a jogou para fora da cama.

Judy se sentou, passou os dedos sobre o símbolo no ombro direito dele e os lábios sobre a tatuagem.

— Você é tão forte — disse ela.

Ele aproveitou que ela se sentara e puxou a blusa dela pela cabeça. Os seios pálidos espiavam sob o sutiã cinza-claro, e foi a vez dele de beijar o que queria provar. Mergulhou a língua por baixo do sutiã.

— Você é perfeita — disse.

Pequenos mamilos rosados tocaram a língua de Rick quando ele jogou seu sutiã no chão.

— Eu poderia brincar com eles a noite toda.

— As outras partes ficariam com ciúme — disse ela, rindo.

— Podemos fazer uma noite de degustação — ele murmurou, enquanto mordiscava os mamilos dela e sentia as unhas de Judy se cravando em suas costas.

— Ou não — disse ela.

Ela arranhou o traseiro dele, e ele se aproximou mais.

— Ou não — repetiu.

Ele nunca faria uma noite inteira de preliminares, não com Judy.

Rick puxou os quadris dela mais para cima e centralizou os dois na cama. Memorizava as curvas de Judy com os dedos lentos, traçando as linhas de sua pele exposta.

— Você estava sentada naquela delegacia — disse ele, relembrando a primeira vez que a vira. — Tão deslocada, tentando não olhar para mim.

Ele se inclinou sobre ela, beijando a trilha entre seus seios.

— E você ficou me encarando. Atrevido.

Ele a ergueu como se ela não pesasse nada e a fez virar de bruços.

— Eu já te queria na época.

O zíper da saia dela começou a descer, até parar no traseiro firme. Ele a abaixou um pouco e levou os lábios a seus quadris. O corpo magro de muitas mulheres não o atraía. Mas as curvas cheias de Judy o deixavam com água na boca. Ela provocava algo misterioso nele.

A saia teve o mesmo destino, e Rick passou as mãos lentamente pelos quadris generosos de Judy, por sua minúscula calcinha, descendo pelas coxas macias. Por mais que Rick quisesse tirar proveito dessa posição, não queria correr o risco de assustá-la. Ele a girou de lado e se deitou ao seu lado. Sem hesitar, ela levantou a perna e a descansou sobre o quadril dele.

— Você era arrogante, corajoso e um tesão. Quando te vi de novo na formatura, sabia que íamos acabar aqui.

Ele a beijou novamente, trêmulo, quando ela levou a mão ao zíper da calça dele.

— Aqui é um ótimo lugar — disse ele.

Judy o deixou nu.

— Zona livre de esteroides! — disse ela, passando a mão pelo quadril dele e o tocando.

Seu toque não era tímido ou inocente; era ousado, impelindo-o a se empurrar para dentro dela. Ele estendeu a mão e a deslizou por baixo da calcinha. Tocou seu sexo. Seu desejo de rasgar as roupas dela, de livrá-la de qualquer barreira, precisava ser domesticado. Ela tirou a calcinha balançando as pernas e voltou para um beijo. Sem nenhuma roupa, ela levou o beijo à tatuagem que ele exibia no peito. Com a língua, contornou as bordas, deixando nelas a sensação de seu toque.

Ele sabia, de alguma forma, que ela era exatamente assim, fogo e paixão, despreocupada com o mundo ao redor na hora do sexo.

Judy rolou para cima dele, mal lhe dando tempo de pegar a carteira.

— Espera — ele disse.

Pegou as calças do chão e tirou um preservativo da carteira. Atrapalhou-se com a embalagem duas vezes, até que ela a tirou de seus dedos, rindo.

— Está sem prática, querido?

Ele abriu o pacotinho com as mãos, cobrindo as dela. Ela o olhou fundo nos olhos.

— Desde que te conheci — ele disse —, não tive mais ninguém.

Ela pestanejou várias vezes, absorvendo a informação, e o beijou.

— Ah, Rick. Eu não parava de pensar em você. Não conseguia sair com ninguém, não conseguia dormir.

Por mais narcisista que isso fosse, ele estava adorando ouvir aquilo.

Juntos, colocaram o preservativo no membro dele. Ela deslizou as mãos para baixo e o segurou com força.

Uma vez protegido, ela se sentou sobre ele e o guiou. Seu sexo molhado era tão apertado, tão urgente, que ela já o estava ordenhando antes que ele pudesse recuperar o fôlego.

— Devagar, baby — sussurrou.

— Não consigo. Você é tão gostoso.

Ele diminuiu o ritmo dela à força; não que fosse fácil.

Ele já havia transado o suficiente para saber que o primeiro orgasmo dela estava próximo. Então se controlou para deixá-la ter o que necessitava. Ele a beijou, a abraçou e apreciou seu gemido quando ela explodiu por dentro. Quando ela desabou sobre seu corpo, ele a colocou por baixo para lhe mostrar como fazia amor.

Ele diminuiu o ritmo, encontrou os pontos dela, mostrou-lhe os seus, antes de soltar um sorriso convencido e deixá-la frouxa. Quando gozou, falou o nome dela e a reivindicou para si.

Judy era dele. Agora. Para sempre.

Os braços de Rick apagaram a dor do mundo ao redor dela. O corpo de Judy vibrava e sua mente estava entorpecida de tanto prazer. Com a cabeça apoiada no peito de Rick, passou a mão em seu abdome, seguindo uma veia grossa que percorria todo o braço.

— Eu sei que é totalmente superficial falar isso, mas você tem um corpo lindo — ela disse, acariciando seu quadril.

— E você é muito gostosa.

Judy não era dessas mulheres que diziam ao namorado que precisavam emagrecer. Essas palavras sempre pareciam precisar do aval de um homem, dizendo que elas estavam erradas. A verdade era que ela estava satisfeita com o próprio corpo. E Rick parecia gostar dele. Completamente.

A tatuagem do braço de Rick circundava seu bíceps com linhas em forma de X, pretas e vermelhas.

— Então, qual é a história por trás disto?

Ele ergueu o braço, flexionando o bíceps. *Nossa, como ele é gostoso.*

— Fuzileiros navais mais álcool. Todos da nossa equipe saíram com alguma coisa.

— Você sente falta do serviço militar?

Ele suspirou e o zumbido do peito dele acariciou a orelha dela.

— Às vezes. Mas não vou voltar.

— Acabou mal?

— Sim.

Ele se inclinou de lado e ela viu uma cicatriz branca em seu flanco.

— Nossa última missão — ele explicou. — Eu fui um dos sortudos. Eu e o Mac saímos vivos.

— Mac?

— O Neil. Nós o chamávamos de Mac.

— E como eles te chamavam?

— Smiley.

Ela riu, adorando o que sentia.

— Já ouvi o Neil te chamando assim. É um apelido que faz sentido. É fácil saber quando você está falando sério. Suas covinhas desaparecem.

— Minha avó ainda aperta minhas bochechas quando me vê.

— Família é uma coisa engraçada. Minha tia Belle tem certeza que minha irmã Rena casou grávida. Vive repetindo isso.

— O casamento foi forçado? — ele perguntou.

— Não conheço nenhuma mulher que precisou de onze meses para dar à luz. Não que isso importe. A Rena e o Joe são muito felizes. — Ela levantou a cabeça e beijou a tatuagem do ombro dele. — E essa aqui?

Olhando com atenção, parecia uma estrela sangrando. Era linda, de um jeito estranho.

O silêncio de Rick a fez olhá-lo nos olhos. A falta de covinhas a fez parar.

— Essa foi para a Roxy.

— Uma mulher?

Agora ela estava arrependida de ter perguntado.

— Minha irmã.

Ah. Judy não esperava por isso.

— Imagino que vocês são próximos.

— Éramos. Ela morreu quando tinha dezessete anos.

— Ah, Rick. Desculpa por ter perguntado!

Ele lhe deu um beijou no alto da cabeça e a incitou a se deitar de novo em seu peito, acariciando seu cabelo.

— Já faz muito tempo.

Ela ia perguntar se ele queria contar a história, quando ele começou a falar:

— A Roxy teve uma discussão feia com o namorado do colégio, e, quando ele foi embora de carro, entrou muito rápido em uma curva. Garoto imbecil. Não sobreviveu, e a Roxy se sentiu culpada.

Ela fechou os olhos e viu a imagem de um adolescente morto e de uma jovem arrasada.

— Mas não foi culpa dela.

— É difícil para uma jovem aceitar isso. Ela ficou tão deprimida que teve que ser internada. Eu ficava sentado com ela, conversando sobre a vida, qualquer coisa para fazer ela sorrir. Achei que ela estava saindo da depressão no final do segundo ano do colégio. Fizemos aula de dança juntos, e eu a levei ao baile.

Ele se calou de novo.

— O que aconteceu? — ela perguntou.

Ele inspirou profundamente.

— Não precisa me dizer.

— Não, tudo bem. Ela... ela cortou os pulsos, e, quando parecia que não estava adiantando nada, tomou um monte de comprimidos e apagou na banheira.

— Ah, Rick... Você a encontrou?

Ele balançou a cabeça.

— Não. Minha mãe tem que viver com essa lembrança.

Judy olhou para ele e viu a sombra da morte da irmã em seus olhos.

— Que horrível.

— Eu entrei para os fuzileiros navais no dia seguinte ao enterro dela.

— Deve ter sido muito difícil para você, para os seus pais...

— Eu processei meu luto no treinamento. Passava todos os dias tentando continuar vivo, fazer a diferença. Agora, quando penso nela, recordo os bons momentos, a risada dela. Esta estrela me lembra de seguir em frente, por mais dura que a vida seja.

Ela beijou a estrela de novo.

— E você vem bancando o herói para o mundo desde então.

— Ah, Utah — ele disse, acariciando o rosto de Judy e puxando-a para si. — Eu não me importo de bancar o herói para você. O resto do mundo que se dane.

Seu beijo foi doce, como seu jeito de fazer amor.

Ela se afastou um pouco e mergulhou em seus lindos olhos.

— O mundo precisa de mais heróis assim — disse.

— As pessoas que cercam o herói são o combustível dele. No meu caso, essa pessoa é você — ele disse.

As palavras tomaram um pedaço do coração de Judy, e ela o entregou com um grande laço vermelho.

— Eu gosto de ser o seu combustível.

Ele colocou uma mecha de cabelo atrás da orelha dela.

— Não tem mais medo de mim? — perguntou.

Só duas coisas a assustavam a essa altura: a ameaça de que a polícia levasse Rick para longe dela e de que seu agressor a atacasse novamente.

— Não de você. Não disto — respondeu, apontando para o próprio peito e para o dele.

Ele fez amor com ela novamente, devagar, com palavras suaves e risos ocasionais. Sonhos alegres com dias preguiçosos na praia a ajudaram a dormir a noite inteira.

~~~

— São quatro e meia, mulher! Metade do dia já passou.

Uma mão bateu em seu traseiro nu, desmoronando todos os seus sonhos.

— O quê?

Rick se deitou sobre ela, totalmente vestido, de short e camiseta justa, e a beijou rapidamente.

— Eu malho cedo, baby. Temos que ir, suar e voltar para cá, para você tomar banho e se vestir para trabalhar.

Judy o encarou através das pálpebras semicerradas.

— Está escuro lá fora — disse.

— Não vai estar quando começarmos a correr. Vamos lá. Vou acordar a Meg.

— Espera! Eu nem falei do treino com ela ainda.

— Eu a encontrei ontem à noite na cozinha quando fui buscar água. Disse que ficasse pronta e radiante bem cedo.

Judy indicou a janela escura com a cabeça.

— Não está nada radiante, amigo.

Rick puxou os cobertores quentes, deixando-a nua e com frio.

Ela gritou e ele lambeu os lábios.

— Tentador... Tão tentador... — Deu um tapa no traseiro dela.

Mal o sol surgia e Rick já estava fazendo Judy e Meg subirem e descerem uma longa trilha para se aquecerem. Na segunda volta, pararam em uma estação, onde Rick as fez fazer flexões. Cada vez que ela desabava, ele estava lá para forçá-la a fazer mais cinco. Ficava alternando entre flexões com uma mão ou com uma perna, qualquer coisa para dificultar para si mesmo. Meg xingou como um marinheiro no meio do circuito e jurou se vingar.

— Eu preciso de café para fazer essa merda.

— O café é a sua recompensa, Margaret Catherine — provocou Rick. — Agora, erga o queixo acima daquela barra.

Meg olhou para Judy, resmungando:

— Você tinha que dizer o meu nome inteiro, não é?

Judy lutava para levantar seu peso com os braços e não tinha forças para ser irônica com sua amiga. Rick a segurou pelo quadril e a ajudou com os últimos três levantamentos. Ela caiu no chão, lutando para respirar.

— Você está me matando — disse Judy.

Rick pegou a barra e fez vinte e cinco repetições.

— Mais cinco, Utah.

Ela conseguiu três e duas com ajuda.

— Você só quer mexer na bunda dela — Meg debochou, tentando controlar a respiração durante a pausa.

— É uma bunda bonita — disse Rick.

E saiu correndo pela colina até a próxima estação.

Quando terminaram, escolheram um trecho de grama para alongar.

— Meia hora, e estou acabada! — Meg disse, caindo na grama com os braços esticados.

— Vamos começar com defesa pessoal amanhã. Fazer seus músculos acordarem.

Judy se inclinou sobre as pernas.

— Meus músculos estão bem acordados e te xingando.

Rick pestanejou.

— Mas é legal — disse Meg. — E muito mais barato que as aulas que fizemos em Seattle. Pense em todo o dinheiro que vamos economizar nesse ritmo.

Acabaram de fazer os alongamentos e voltaram para o carro. Alguns veículos estavam estacionados perto do deles. Nos fundos do estacionamento, havia um carro com um homem de terno encostado na porta, de braços cruzados.

Judy olhou mais de perto e deu uma cotovelada em Rick, que estava abrindo a porta do passageiro para que ela e Meg entrassem.

— Ele me parece familiar.

Rick seguiu seu olhar e seu sorriso desapareceu.

— Detetive Raskin.

Ela parou.

— Por que ele está aqui? — Judy perguntou.

O detetive entrou no carro, ligou o motor e esperou.

— Está me observando.

Ela não gostou nada daquilo.

— Isso não está certo.

— Ele está fazendo o trabalho dele, Judy.

— Não está não. Ele está trabalhando para pegar o cara errado. — Ela queria gritar.

Rick a fez entrar no carro. Seguiram em silêncio, até que Meg interrompeu seus pensamentos:

— Que tal se treinarmos defesa pessoal à noite? Começando hoje — disse.
Rick olhou pelo espelho retrovisor.
— Acha que vocês duas estão prontas para isso tão cedo?
Judy observou sua amiga; sabia que ela tinha mais a dizer.
— Eu estou. E você, Judy?
A incerteza acerca de quanto tempo duraria a liberdade de Rick era o motivo da pressa.
— Eu também — disse Judy.
Rick pegou sua mão e a beijou.

18

— O RUSSELL NÃO CONSEGUIU encontrar ninguém na floricultura que se lembrasse de você.

Não era isso que Rick queria ouvir de Neil.

— Presumo que a polícia já tem essa informação — disse.

— Sim. E a floricultura grava por cima das imagens de vigilância a cada três dias.

Rick bateu a mão na mesa da sala de controle de Neil.

— Merda.

— Eles não vão te pegar por isso — afirmou Neil.

— A dor de cabeça de ser preso, o fato de a Judy ficar vulnerável quando isso acontecer, saber que eles não estão procurando o cara certo... É isso que me irrita. — Rick apontou para o monitor que mostrava sua casa, a vários quilômetros de distância. A câmera da frente da casa apontava para a rua. Estacionado no lado oposto havia um sedã de vigilância do governo, discreto como um ataque cardíaco. — Para todo lado que eu olho, vejo esses caras. Estou tentando ensinar a Judy a confiar em seus instintos quando achar que alguém a está observando, só que sempre existem olhos sobre ela ou sobre mim, quando estou com ela.

Neil se recostou na cadeira e esfregou o queixo com barba por fazer.

— Como estão as coisas entre vocês? O Dennis disse que você dormiu lá a semana passada inteira.

Rick sorriu ao recordar Judy tentando distraí-lo do treino matinal. Fora um suborno sexual, mas um suborno, mesmo assim.

— Eu gosto dela, Neil. Só de pensar em ficar preso e não poder estar com ela me deixa doente.

— Você não ficaria preso por muito tempo. Temos um advogado a postos se isso acontecer. Se eles o pegarem, fique de boca fechada e me ligue.

Rick fingiu bater continência.

Neil clicou nos monitores e levantou as imagens da casa de Beverly Hills.

— Amanhã vai fazer três semanas.

— Sim. Difícil de acreditar que faz tanto tempo — disse Rick.

— Nosso sujeito está quieto.

Rick passou a mão pelos cabelos curtos.

— Estava quieto antes também.

— Mas foi pessoal, e, quando é pessoal, o criminoso não desaparece. Estive pensando sobre o que você disse que ela lembrou: "Você não é tão durona agora"...

— Isso está me incomodando — disse Rick. — Se estivéssemos em Seattle, eu ia querer conhecer todos os lugares onde ela jogou bilhar, de quem ela ganhou. Ela é durona com um taco de bilhar.

— Vocês dois podiam ir até o salão de bilhar que ela e a Meg conheceram quando chegaram aqui — sugeriu Neil.

— Estou um passo à sua frente. Pedi a Meg para falar com seus novos amigos para nos encontrarem lá amanhã à noite.

— Ótimo. Vou procurar nas redes sociais dela. Ela não anda entrando muito desde o incidente, mas antes atualizava pelo menos uma vez por dia.

— Você quer dizer o Facebook?

— Sim. — Neil abriu o perfil dela e rolou a página. Duas matérias sobre o ataque foram marcadas e postadas na página de Judy por seus amigos. Parecia que Meg havia mantido sua página atualizada para garantir a todos que Judy estava se recuperando. — Estou checando os amigos dela, vendo se alguma coisa faz sentido. Quase metade das pessoas nesse negócio não faz a configuração de privacidade, o que me dá acesso a quase tudo. É loucura como as pessoas pensam que estão seguras nessas coisas.

— Encontrou alguma coisa interessante? — perguntou Rick.

Neil rolou a página. Uma foto de Judy em sua formatura abraçando Michael tinha dezenas de comentários.

— A maioria das coisas não faz sentido para mim. Pessoas fazendo perguntas, coisas sobre a faculdade, novos amigos do trabalho. Não sei por que, mas sinto que tem uma pista aqui, em algum lugar.

— Algum jogador de bilhar descontente?

— Tem dois comentários do tipo "Te vejo no Bergies hoje à noite". Nada mais. Ela tem mais de duzentos amigos aqui. Fico imaginando se ela conhece cada um pessoalmente ou se alguns compartilham um interesse comum.

— Posso perguntar para ela.

— Faça isso. Veja se podemos acessar completamente essa conta para podermos ir mais a fundo — disse Neil, desligando o monitor.

— Está tudo calmo demais — comentou Rick.

— Pode ter algo a ver com a segurança reforçada. A Judy não ficou sozinha desde que aquilo aconteceu.

— Eu não vou expor a Judy só para atrair esse sujeito.

Neil pareceu ofendido.

— Eu não sugeri isso — disse. — Mas, se ele precisar passar algum recado, pode ir atrás de alguém próximo a ela. Ou descobrir uma maneira de abordá-la no trabalho.

— A Meg está esperta. Está aprendendo rápido como se defender. E no trabalho a Judy nunca fica sozinha.

Ele olhou o relógio, advertindo a si mesmo para não perder a hora de buscar Judy.

Se algo acontecesse a Meg, Judy ficaria arrasada.

— Seria melhor ficar mais de olho na Meg — sugeriu Rick.

— Estamos meio sobrecarregados. Mas o Dennis tem um velho amigo que estou checando para nos ajudar — disse Neil. — Ainda bem que o Michael está fora do país.

Rick não podia nem imaginar como seria difícil tentar proteger o astro de cinema e sua irmã.

— Ainda acho que precisamos proteger com mais cuidado a melhor amiga da Judy — insistiu.

Neil pegou o telefone em sua mesa.

— Dennis? Sim... Preciso de você na residência Wolfe.

Rick concordou com a cabeça.

— Não, a Meg. O Rick está com a Judy.

O monitor na propriedade de Beverly Hills alternava as imagens automaticamente, rastreando os movimentos.

— Os jardineiros vão às quintas-feiras — disse Neil. — E, sim, já os checamos.

— Estou indo — disse Rick. — Tenho que buscar a minha garota.
— Tome cuidado — disse Neil.
Rick deu um tapinha no braço dele.
— Eu sempre tomo.

⁓∘⁓

As mãos de Judy estavam úmidas de ansiedade. Havia chegado o temido dia: o dia em que ela voltaria àquela garagem, entraria em um carro como qualquer outro funcionário e iria para casa. Bem, Rick dirigiria, mas os resultados seriam os mesmos.

— Preparada? — Rick perguntou enquanto estavam em frente ao elevador, no hall de entrada da Benson & Miller.

— Não. Mas não posso evitar isso para sempre. Quanto mais cedo, melhor.

Ele pegou a mão dela e chamou o elevador. Dentro, havia várias pessoas do edifício, a maioria conversando, completamente alheia ao seu desconforto. Rick apertou o P3, o mesmo andar onde havia ocorrido o ataque, e recuou.

Foram subindo para a garagem. Judy se forçava a respirar lenta e profundamente, como Meg fazia quando seus pulmões se fechavam.

As portas para o P3 se abriram e Rick a incentivou a dar o primeiro passo para fora. As demais pessoas no elevador passaram por eles, uma vez que ela e Rick não se mexeram rápido o suficiente. Judy notou funcionários desconhecidos andando em direções diferentes.

— As pessoas esquecem rápido — disse.

Rick franziu o cenho. Judy indicou com a cabeça a mulher sozinha que caminhava em direção a seu carro.

— A natureza humana é assim. As pessoas nunca pensam que algo vai acontecer, até que acontece com elas. A verdade é que você entrou em garagens a vida inteira e nunca pensou duas vezes. Agora, vai pensar toda vez que entrar em uma.

Judy procurou seu carro. A garagem ainda estava movimentada, mesmo para uma tarde de sexta-feira, quando muitos funcionários iam embora cedo.

Rick foi afastando-a do elevador, com a mão em suas costas. Com ele a seu lado, nada daquilo não a sufocava. Até que ela virou a esquina e seus olhos correram para o canto escuro onde seu agressor se escondera.

— Ah, Deus.

— Eu estou aqui. Respira fundo.

Ela puxou o ar duas vezes.

— Tudo bem.

O elevador atrás deles tiniu e som de vozes correu até eles. Rick continuou caminhando em direção ao carro de Judy. Ela evitou olhar para o canto e correu para dentro do carro.

Rick fechou a porta e foi até o lado do motorista. Uma vez dentro, trancou as portas. Quando saíram do estacionamento, perguntou como ela estava.

Enquanto o edifício desaparecia lentamente no espelho retrovisor, os batimentos cardíacos de Judy desaceleravam.

— Não foi tão ruim assim.

— Sua mentirosa.

Ela enxugou a palma das mãos na saia e confessou:

— Tudo bem, foi uma merda.

— Sim, uma merda, mas cada vez vai ser mais fácil.

Ele se inclinou e abriu o porta-luvas. Dentro havia algo que parecia um celular. Olhando mais atentamente, parecia um celular de brinquedo.

— O que é isto? — Judy perguntou.

— É uma arma de choque que parece um celular.

Quando treinavam defesa pessoal, eles haviam falado sobre ela carregar uma arma de choque.

— Tenho uma para a Meg também.

Ela abriu a caixa e retirou o dispositivo.

— Ponha a correia no pulso e segure.

Judy colocou a correia ao lado de sua pulseira e posicionou o polegar sobre o botão na lateral.

— Faz muito...

Ela apertou o botão e o carro foi tomado por um zumbido elétrico que a fez pular. No falso celular, formou-se um arco de eletricidade entre os dois pontos no topo.

— ... barulho — concluiu Rick, dando risada. — Se encostar isso em um agressor, ele vai cair, eu garanto.

— E se ele pegar e usar contra mim?

Eles pararam no semáforo e Rick pegou o dispositivo da mão dela. A correia ficou no braço de Judy. Ele apertou o botão e nada aconteceu.

— A corrente é cortada quando este pino está desconectado.

O semáforo ficou verde. Ela conectou o dispositivo de novo e apertou o botão. Sem dúvida, funcionava perfeitamente.

— Que esperto.

— E eficaz. Não esqueça de colocar esse dispositivo no pulso quando sair do trabalho ou quando estiver sozinha, malhando. Faça isso todas as vezes.

Ela o enfiou na bolsa e o deixou lá. Não precisaria dele enquanto estivesse com Rick a seu lado.

~∞~

Lucas e Dan encontraram os três no Penthouse Pool.

— Este lugar é uma espelunca! — disse Rick.

— Completamente — disse Meg com um enorme sorriso. — Faz parte do charme.

Mas Rick não via charme nenhum. Via um bar sujo, de padrão suspeito.

— Cerveja barata — acrescentou Lucas.

— Bilhar barato — disse Dan.

— Pessoas baratas que não querem se separar de vinte paus perdidos em um jogo? — Rick perguntou.

Judy deu de ombros.

— Acho que você está procurando debaixo do tapete errado, baby. Eu joguei com alguma pessoa que desistiu depois de um jogo, Meg?

— Acho que um só.

— E o sujeito que abordou vocês e a Meg disse que vocês eram lésbicas? — Lucas perguntou.

Rick olhou para sua fadinha com surpresa e admiração.

— É uma ótima desculpa — disse ela. — Mas, de novo... não acho. Ele nem olhou mais pra gente.

— Vamos pegar uma mesa, jogar umas rodadas e ver se você lembra de mais alguma coisa — disse Rick.

A cerveja era barata, mas, por segurança, Rick ficou longe do barril e pegou uma rodada de garrafas para seu grupinho.

Dan e Judy jogavam enquanto Rick assistia ao lado de Meg e Lucas. Enquanto conversavam, Rick estudava o bar. Os cinco se destacavam pela sobriedade. Era cedo, e já havia homens bêbados encostados no balcão para não cair.

— Parece que ela está voltando — disse Lucas.
— Sim — disse Meg com um suspiro. — Mas...
— Mas o quê? — perguntou Rick.
— Ela não está inteira de volta. Não sei dizer bem o que é. Ela reclamava do trabalho o tempo todo antes. Agora, quase nada.
— O trabalho está melhorando.
— Sim, eu sei — Meg olhou para Judy, que derrubava uma bola listrada. — São pequenas coisas. A Judy não passa mais tempo relaxando com aqueles jogos idiotas que ela jogava. Às vezes, fica olhando para o vazio.

Rick tomou um gole de cerveja.

— Ela joga no computador dela? — perguntou.
— No tablet, principalmente. Ela estava obcecada com um jogo de guerra, mas agora não joga mais nada. É bobagem, eu sei, mas era o passatempo favorito dela para deixar de fazer alguma coisa.

Lucas cutucou Meg e olhou para Rick.

— Talvez agora ela tenha um novo passatempo favorito.
— Acho que é mesmo. Ela não passou muito tempo sozinha desde que tudo aconteceu — disse Meg, sem parecer convencida.

Se havia alguém que conhecia Judy de verdade, era sua melhor amiga.

Algo na porta da frente chamou a atenção de Rick.

Vestindo terno, sem sequer tentar disfarçar, os detetives Raskin e Perozo entraram. *Droga*. Ele estava esperando que isso acontecesse, e parecia que estava prestes a acontecer.

— Aquele é...?
— Sim.

Raskin os viu e caminhou na direção deles.

Rick não sabia se a sala tinha ficado em silêncio ou se a ansiedade fazia seu coração bater no ouvido.

— Ei, Utah!

Judy ergueu o olhar e seguiu o de Rick. A expressão de sorriso que ela conseguira manter no rosto desde que haviam entrado no salão desapareceu. Jogou o taco na mesa e foi para o lado dele.

— Você não acha que...
— Acho. Ligue para o Neil — disse Rick.
— O que está acontecendo? — Dan perguntou.

Rick olhou para os amigos de Meg e Judy.

— Fiquem aqui com as meninas até que o Neil ou alguém da equipe dele substitua vocês.

— Aonde você vai? — Lucas perguntou.

Raskin parou na frente deles. Judy passou o braço nos ombros de Rick.

— Olá, Judy — disse Raskin, dirigindo-se a ela primeiro.

— Detetive.

— Sr. Evans.

— Detetive.

Ninguém disse uma palavra. A música da jukebox enchia a sala. A atenção de todos estava sobre eles.

— Temos mais algumas perguntas para você, sr. Evans.

Algumas perguntas? Sei!

— Posso ir amanhã de manhã para responder.

Raskin riu abertamente.

— Gostaríamos que você respondesse agora — disse, apontando a cabeça em direção à porta.

Bom, eu tinha que tentar.

Judy sentou no colo de Rick e encarou o detetive.

— Você está procurando no lugar errado — disse, com a voz meio alta.

— Sr. Evans, vamos fazer isso calmamente, certo?

— Ele não fez nada...

Rick cortou Judy.

— Fica calma, baby. — Ele lhe deu um beijo no rosto. — Ligue para o Neil e fique com o pessoal.

— Que diabos está acontecendo? — Lucas perguntou.

Rick ajudou Judy a se levantar e se ergueu também. Colocou a mão no bolso da frente, e Raskin se pôs de lado e sacou a arma.

Rick parou, levantando as mãos.

— São as chaves do carro, para a Judy poder voltar para casa.

— Eu o ajudo com isso.

Antes que o detetive se aproximasse, ele ergueu as mãos mais alto.

— Estou carregando duas. Flanco direito e perna esquerda.

Ele não impediu o detetive de retirar seus revólveres e as chaves do carro para dar a Judy.

Como prevenção, Raskin virou Rick e o algemou antes de levá-lo para fora.

— Puta merda! — gritou Dan. — O que está acontecendo?

Dan e Lucas foram atrás, com Judy e Meg.

Pessoas se aglomeraram quando Raskin o revistou antes de colocá-lo no banco de trás do sedã.

Meg estava com o braço em volta dos ombros de Judy. Em vez de desmoronar, Judy parecia querer atacar alguém.

Fique calma. Fique alerta. Rick esperava que seus pensamentos chegassem à cabeça de Judy apenas com o olhar.

— Vocês estão me prendendo? — Rick perguntou enquanto se afastavam do meio-fio.

Raskin se voltou para trás.

— Você tem o direito de permanecer calado...

Bem, isso responde à pergunta.

Algo dentro de Judy se quebrou quando ela viu a polícia colocar Rick no banco de trás do carro, algemado. Ele a fazia se sentir segura, dava-lhe confiança para andar de cabeça erguida e desafiar qualquer um a tocá-la. Ele era um homem bom, daqueles que as mães falam e as mulheres esperam.

Enquanto o carro se afastava, ela percebeu que os amigos conversavam. Abriu a bolsa, pegou o celular e ligou para Neil. Enquanto o telefone tocava, pôs no bolso a arma barulhenta que Rick lhe dera algumas horas antes.

— MacBain — Neil atendeu.

— É a Judy. Eles levaram o Rick.

Não havia surpresa na voz de Neil quando perguntou:

— Onde você está?

Ela lhe deu sua localização. Olhou ao redor; a pequena multidão que saíra do bar já estava entrando novamente.

— Eu e a Meg estamos aqui com alguns amigos. Não sei para onde o levaram, Neil. Você tem alguma ideia?

— Vou descobrir. Mas não se preocupe com o Rick.

Ela soltou um suspiro de frustração.

— Isso é como eu pedir para você não se preocupar com a Gwen. Escuta, vou para casa e te espero lá.

Neil concordou somente depois de ela aceitar levar os amigos no carro com elas.

O trajeto para casa foi silencioso. Judy deixou Meg mostrando a casa a Lucas e Dan enquanto ela acendia as luzes externas e olhava ao redor, como tinha visto Rick fazer mais de uma vez. Confiante de que ninguém estava escondido nas sombras, ligou para Mike, pedindo que ele voltasse assim que pudesse, a qualquer hora do dia ou da noite. Pedir ajuda financeira do irmão para ajudar Rick era mais fácil que pedir para si mesma. Ela não sabia quais os protocolos a seguir em caso de prisão e fiança, mas aprenderia.

— Eles acham mesmo que foi o Rick que te atacou? — Dan perguntou enquanto esperavam a chegada de Neil.

— Não foi ele — disse ela. — De jeito nenhum.

— Na verdade, a Judy não viu o sujeito. A única coisa que a polícia tem é a falta de álibi do Rick — disse Meg.

— Eles têm que ter mais que isso, não é?

Judy deu de ombros.

— Eu não sei.

Neil chegou com Russell, e Dan e Lucas foram embora, prometendo ligar na manhã seguinte.

Neil não era de abraçar, o que era bom para Judy nesse momento. Talvez houvesse certa compaixão no rosto do homem, mas nada que ele fosse expressar.

— O Blake ligou para os advogados dele. Devem estar aqui em algumas horas. O problema é o fim de semana. Acho que os detetives fizeram a prisão esta noite para poder preparar a acusação e mantê-lo afastado de você por mais tempo, para que possam se aproximar sem ele por perto.

— Por que eles precisam se aproximar de mim? Eu não tenho mais nada para dizer. E, se eles vão tentar usar o que eu disser para processar o homem errado, vou ficar calada.

— Não é tão simples assim, Judy. Não se trata de uma questão de violência doméstica. Você não pode retirar as acusações. O promotor de justiça é quem vai acusar o Rick, uma vez que eles pensam que o Rick é o responsável pelo ataque.

— Ele não fez isso! — Judy gritou, jogando as mãos para cima para se acalmar. — Desculpa. Não estou brava com você.

— Esteja preparada, porque a polícia vai aparecer para falar com você.
— Eu tenho que cooperar?
— Não. Temos um advogado para você, alguém para te aconselhar e ajudar a direcionar as perguntas. Se a polícia aparecer, diga que você quer a presença de um advogado. Eles têm que respeitar isso. No entanto, isso não vai impedi-los de falar com você.
— Eu liguei para o Mike. Tenho certeza que ele vai emprestar o dinheiro da fiança.
— Eu já cuidei disso, Judy — disse Neil.
O alívio dela durou só um minuto.
— E agora?
Neil pestanejou duas vezes.
— Agora, vamos esperar.
— Ótimo! Vamos esperar. O canalha que me atacou está solto por aí e o homem que me protege está preso. É justo isso?
Ela queria gritar, bater em alguma coisa.
— O Russell vai ficar aqui. Eu vou à delegacia e me encontrar com os advogados.
— Posso ir com você?
— Não tem por quê. Só o advogado vai poder ver o Rick enquanto ele não for solto.
— E quando vai ser isso?
— Acho que segunda-feira, se o juiz conceder a fiança.
— Por que o juiz não concederia a fiança?
— Não tenho resposta para isso — disse Neil, não parecendo satisfeito com as próprias palavras.
Neil foi embora alguns minutos depois. Judy pegou o notebook em seu quarto e o colocou em cima da mesa da cozinha antes de preparar um bule de café.
— O que está fazendo? — Meg perguntou quando voltou do quarto de pijama.
— Curso rápido de direito. A suspeita que eles têm contra o Rick não pode ser mais do que circunstancial. A questão é: até que ponto eles podem pressupor alguma coisa antes que o juiz ache que se trata de um fato?

Parecia que Meg concordava com a ideia da pesquisa, pois voltou com o próprio computador, servindo-se de uma xícara de café. Caramba, aquelas duas recém-formadas sabiam como usar a internet!

19

MEG SENTOU NO SOFÁ COM o notebook no colo e um pé na mesinha de centro, enquanto comia pipoca.

— De acordo com este site, existe uma boa chance de eles fazerem você depor se o Rick for a julgamento. Mesmo se você for uma testemunha hostil.

— Você acha que eles fariam isso?

— Não faço ideia. Eu nem achava que eles prenderiam o Rick.

Russell ficara em um dos quartos, onde conectava equipamentos de vigilância para mostrar todas as câmeras de dentro da casa.

— Eu vou invocar a quinta emenda.

Meg riu.

— Você não pode fazer isso. Só o Rick. Ele é quem está sendo julgado.

— Ele é meu namorado, tem que ter algo que eu possa alegar.

Meg foi clicando no site em que estava para ver se tinha algo que sua amiga pudesse fazer para evitar testemunhar em qualquer julgamento que Rick pudesse ter que enfrentar. A palavra "cônjuge" tinha muitos links, de modo que ela passou por eles.

— Humm...

— O que foi?

— Eu não encontrei nada sobre namorada, mas, se você fosse mulher do Rick, não seria forçada a testemunhar. As leis são claras sobre esse ponto em todo lugar.

Judy saiu de seu poleiro na mesa e se sentou ao lado de Meg.

Ela rolou a página até o início e apontou uma passagem:

— Um cônjuge tem privilégios testemunhais, tem o direito de *não* testemunhar. Também tem comunicação privilegiada, sendo que as conversas entre eles são confidenciais.

Judy se inclinou para trás, olhando pensativa para o computador.

— Então, se eu e o Rick nos casarmos, e eu sou a única testemunha, não vou ter que testemunhar.

Meg não sabia se gostava do olhar dedutivo da amiga.

— Judy! Você não pode estar falando sério.

Judy lançou um olhar para a amiga.

— Meu namorado está na cadeia simplesmente porque está na minha vida — disse.

— Sim, mas... casamento?

Judy saiu do sofá, já com uma nova missão.

— Se as Kardashian podem se casar pelos holofotes e pela grana, eu posso me casar para tirar o Rick da prisão. Além do mais, você não trabalha com casamentos temporários?

— Bem, sim. Um dia...

Ela ainda não havia aproximado ninguém, mas o faria.

— O que você está pesquisando agora?

— Leis matrimoniais.

Meg estreitou os olhos.

— Você não está esquecendo alguma coisa? — disse.

Judy mal a olhou por cima do ombro.

— O quê?

— O Rick. E se ele não aceitar a ideia?

Judy riu.

— Ele gosta de liberdade. Meu palpite é que ele vai aceitar — disse.

— Mas ele estaria casado!

— Com a mulher que ele passou um verão inteiro tentando namorar e com quem está bagunçando os lençóis há uma semana. Além do mais, não estamos falando de casar para sempre. Estamos falando de casar até encontrar o canalha responsável por tudo isso. Assim que o nome do Rick estiver limpo, podemos conseguir uma anulação. Você deve saber tudo sobre dissolução de casamentos no seu trabalho.

Ela sabia, mas aplicar isso a Judy não parecia certo.

— Vou ligar para a Samantha de manhã e perguntar o que ela acha — disse Meg.

— Perfeito.

— Com licença.

No corredor, Russell assomou a cabeça na sala.

— Sim?

— Parece que temos companhia.

As palavras deixaram seus lábios, e o zumbido do portão anunciou seus convidados tardios. No monitor, luzes vermelhas e azuis cintilavam em cima do carro preto e branco na entrada.

Judy apertou o botão.

— Sim?

— Srta. Gardner? É o detetive Perozo e a oficial Greenwood. Gostaríamos de conversar com você.

Ambas olharam para Russell.

— É melhor deixá-los entrar — disse ele.

— Grave tudo — disse Judy. — Não quero perder nada do que eles têm a dizer.

Meg estava roendo as unhas, mas Judy atendeu a porta com um sorriso estranho.

⁂

Bela jogada, pensou Judy ao ver a oficial Greenwood entrar na sala. Parecia que a polícia sabia que mandar o sujeito que algemara Rick seria má ideia.

— Em que posso ajudá-los?

— Só queremos falar com você.

— Não tenho mais nada a dizer — disse Judy, cruzando os braços.

— Se importa se entrarmos, Judy?

A voz suave da oficial Greenwood fez Judy se lembrar daqueles momentos no pronto-socorro. Ela era uma boa moça, apesar de trabalhar na direção errada.

Judy foi até a mesa e fechou o notebook, para que eles não vissem o que ela estava pesquisando.

O detetive Perozo olhou para Meg e Russell.

— Vocês se importam de nos deixar conversar a sós?

— Na verdade, eu me importo — disse Judy. — O Russell é meu guarda-costas temporário, desde que vocês acharam necessário retirar o meu permanente. E qualquer coisa que tenham a dizer, podem falar na frente da Meg.

Os oficiais trocaram olhares.

— Ah, Russell, você pode, por favor, ligar para os meus advogados? Avise que tenho convidados.

— Claro — respondeu Russell, fitando os policiais enquanto pegava o celular e digitava os números.

— Você não precisa de advogado, srta. Gardner. Não está em julgamento.

Em vez de dizer qualquer coisa, Judy sorriu e assentiu.

— Nós sabemos que você deve estar confusa sobre o motivo da prisão do Rick.

A essa altura, ela não precisava deixar de assentir e sorrir.

— Ele tem conhecimento de cada movimento seu, não tem álibi e tinha motivo.

Ela manteve o sorriso e perguntou:

— Motivo? E qual poderia ser?

Fazer perguntas não era o mesmo que responder a elas.

— Você sabia que o Rick foi autorizado a se reformar mais cedo como fuzileiro naval?

Não, ela não sabia, mas manteve o sorriso no rosto e não respondeu à pergunta.

— Foram levantadas algumas perguntas sobre a saúde mental da equipe com quem ele trabalhou. Matérias de um jornal do Colorado disseram que ele foi responsável pela morte de um civil há menos de dois anos.

Ela não sabia disso. Mas não importava.

— Ele trabalha com segurança privada.

— Ele atirou em um homem pelas costas, na mata.

Judy olhou para Russell. Ele anuiu levemente.

— Por que você está me dizendo isso?

— Ele é capaz de te machucar.

— Ele não me machucou.

A oficial Greenwood se inclinou para a frente.

— Quatro em cada dez casos de abuso tem a ver com abuso doméstico. Sabia disso?

Judy mordeu a língua para não responder.

— Nós sabemos que o Rick esteve de olho em você durante meses. Desde muito antes de você se mudar para Los Angeles. Você sabia disso?

Sua língua estava sangrando.

— Meu agressor não era nada parecido com o Rick.

— Vozes podem ser disfarçadas. Não tem como dizer que treinamento o Rick recebeu na marinha.

Judy voltou a mastigar a própria língua. O celular de Russell zumbiu. Todos ergueram os olhos, e ele agora olhava para o celular.

— Temos companhia — disse ele.

O detetive Perozo se levantou.

Russell clicou na tevê principal e apareceram as imagens das câmeras do portão.

Em frente ao portão havia vários carros estacionados na rua estreita, com homens carregando câmeras.

— O que é que...

— Paparazzi. Os carros de polícia sempre conseguem atrair a atenção — Meg disse para todos eles.

— Justo quando a vida estava começando a voltar ao normal — disse Judy. — Muito obrigada...

— Estamos tentando mantê-la a salvo, srta. Gardner — disse a oficial Greenwood.

Dessa vez, ela não seguraria a língua.

— Não. Vocês estão tentando resolver um caso usando o caminho mais fácil. Por que não se esforçam um pouco mais e colocam o homem certo na cadeia?

— Você sabe onde o Rick esteve ontem depois que te deixou no trabalho?

A pergunta apagou o sorriso de Judy, e ela não respondeu.

Outro zumbido no portão. Russell atendeu.

— Parece que seu advogado chegou, Judy — disse.

Os policiais se entreolharam e se levantaram.

— Não tem necessidade. Manteremos contato.

O Lexus passou pelo carro da polícia quando o portão se abriu. Vários flashes registraram todo o movimento.

Uma mulher saiu do carro. Um longo rabo de cavalo preto lhe cobria as costas, e ela vestia roupas escuras, apropriadas e elegantes.

— Foi alguma coisa que eu disse?

Judy gostou dela instantaneamente.

— Se eu soubesse que advogados eram repelentes de policiais, teria pedido que se juntasse a nós antes — disse Judy.

A mulher se aproximou e estendeu a mão.

— Kimberly March. Trabalho no escritório contratado por Blake Harrison.

Judy levou um minuto para reconhecer o nome.

— Obrigada por ter vindo — disse.

Kimberly observou o carro que se afastava.

— Vamos entrar — disse Judy. — Suponho que não vamos mais precisar de você agora que eles se foram.

— Eu gostaria de saber o que eles disseram.

Meg fez outro bule de café.

— Estou começando a pensar que esta noite nunca vai acabar — disse Judy, escondendo um bocejo e tentando sorrir.

Russell se afastou para informar Neil.

— Não vou tomar muito o seu tempo.

— Posso te chamar de Kimberly?

— Por favor! Eu conheço bem essa situação. A polícia sente que está com o homem certo, e todo mundo sabe que está com o errado.

— Isso.

A noite estava fazendo efeito sobre Judy, e ela queria encontrar alguma coisa boa antes de ir para a cama solitária. Pela primeira vez em uma semana, sua cama não abrigaria o corpo incrivelmente quente que a fazia se sentir protegida e confortável.

Meg sentou ao lado delas enquanto Judy tocava a gravação que Russell conseguira captar da conversa com a polícia.

— Parece que você se saiu bem.

Como uma verdadeira advogada, Kimberly fez algumas anotações em uma grande caderneta amarela enquanto Judy falava.

— Alguma coisa que eles perguntaram ou disseram fez você questionar o Rick?

Judy olhou para Meg e depois para a advogada.

— Eu não sei tudo sobre o passado dele, seus anos no serviço militar. Eles queriam que eu pensasse que ele não é mentalmente equilibrado.

— Você questionou isso?

— Não. O Rick é um dos homens mais equilibrados que eu conheço. Meu irmão famoso é mais louco que ele.

Meg riu, abrindo os braços.

— Isso porque ele larga tudo isto aqui para morar em um trailer, em um set de filmagem. Não é uma loucura?

Kimberly sorriu.

— Algo mais? — acrescentou.

— Sim. — Judy fez uma pausa. — Por que você acha que eles me perguntaram se eu sabia aonde o Rick tinha ido depois que me deixou no trabalho, hoje de manhã?

Meg puxou o notebook de Judy mais para perto e começou a clicar.

— Você sabe onde ele estava? — Kimberly perguntou.

— Não faço ideia. Eu estava no trabalho.

Kimberly rabiscou alguma coisa.

— Eles estavam procurando o álibi dele.

— Por quê?

Russell aproveitou esse momento para entrar na sala.

— Quer um café? — Judy ofereceu.

— Não, obrigado...

Ele passou a mão pelo cabelo, parecendo se perguntar o que devia fazer em seguida.

— O que foi?

— O Neil... Ele... ele me disse que...

— O quê?

O coração de Judy realmente não podia aguentar muito mais numa noite só.

— Aconteceu outro ataque. Pouco depois das nove da manhã. Encontraram a mulher pouco depois das cinco.

Judy engoliu em seco. Forte.

— Encontraram?

Russell não conseguia manter contato visual.

— No fundo de uma garagem, a poucos quarteirões do seu edifício. Cabelo escuro, altura mediana, fronha na cabeça...

Em um instante, a aparência forte de Judy se dissolveu e ela recordou o terror dentro da fronha, o horror de estar à mercê de outra pessoa.

Tão fácil, porra... Ela sentiu o braço queimar. *Da próxima vez...*

— Judy? — Meg chamou, balançando a mão na frente dela. — Porra.

— Ela está viva?

A resposta estava nos olhos de Russell. Não era necessário palavras. Judy balançou a cabeça lentamente.

— Você está bem? — Meg perguntou, colocando a mão no braço da amiga.

Judy não quis se livrar da mão dela, mas o fez.

— Sim, estou bem.

Meg recuou como se tivesse sido picada.

— Desculpa — disse.

Judy imediatamente se sentiu mal por empurrar Meg.

— Estou puta da vida. Esse sujeito está atrás de mim. Eu sei disso, bem aqui — falou, colocando o dedo no peito. — Não sei por que, mas ele está atrás de mim. Agora a atenção de todos está no Rick, e não nesse sujeito.

— A morte de uma estranha não é culpa sua.

— Eu sei. Eu entendo.

Mas isso não a impedia de estranhamente se culpar. Nem todos tinham acesso a guarda-costas e treinadores. E ela precisava dos seus de volta. Precisava de Rick a seu lado.

— Kimberly, o que eu falar com você é confidencial, certo?

Kimberly sorriu; seus olhos escuros se iluminaram diante da pergunta.

— Claro — respondeu.

Judy olhou para Russell.

— Você pode nos dar licença?

Ele estreitou o olhar, mas saiu da sala sem protestar.

Judy deu um tapinha na mão de Meg, ainda olhando para Kimberly.

— Preciso que você faça algo por mim.

— Tudo bem.

— Você pode conversar com o advogado do Rick, certo?

— Joe Rodden é meu colega. Trabalhamos no mesmo escritório.

— Ótimo. Preciso de uma licença de casamento, e preciso que o Joe peça o Rick em casamento em meu nome.

Kimberly pestanejou.

— Eu não sou forçada a testemunhar contra o meu marido.

A advogada levou um susto. Logo fechou a boca e começou a escrever.

— E se houver alguma testemunha ocular apontando para o Rick nesse segundo ataque?

— Não vai haver. O Rick é inocente, e a polícia não tinha certeza de nada ou não estaria aqui me fazendo perguntas. Aquele canalha está atrás de mim. Ele não se arriscaria a ser pego até ter uma segunda chance.

— Como você pode saber disso? — perguntou Kimberly.

Judy esfregou as cicatrizes no braço.

— Simplesmente sei.

20

AS PAREDES LISAS E BRANCAS da cela eram ótimas para proporcionar aos presos a oportunidade de se concentrar em seus pensamentos. Rick supunha que, se ele fosse realmente culpado de qualquer crime, estar sozinho com seus pensamentos seria doloroso. Ele só conseguia pensar em Judy. Ela estava lá fora e ele na cadeia, incapaz de chegar até ela se algo acontecesse. Confiava em Neil para cuidar dela, mantê-la segura, mas ninguém mais do que ele estava imbuído do desejo de protegê-la.

Rick se encontrou com Joe Rodden em uma sala isolada na manhã seguinte. O homem se vestia como um advogado bem-sucedido. O terno de três peças e a barba impecavelmente bem-feita, já um pouco grisalha, gritavam confiança. Trocaram um aperto de mãos e se sentaram à mesa.

— Como a Judy está?

Joe ergueu a sobrancelha enquanto puxava um caderno da pasta.

— Está bem. O Neil me pediu para relatar que ela está sob proteção pessoal vinte e quatro horas por dia.

Ele já sabia disso, mas ouvir novamente o ajudava a se acalmar.

— E você? — Joe perguntou.

— Isso aqui é pior que o deserto do Oriente Médio.

Joe tamborilou com a caneta e se recostou.

— Vamos direto ao assunto?

— Quero sair daqui.

— Tenho certeza. E vou fazer isso acontecer assim que pudermos chegar diante de um juiz para a denúncia.

— Segunda-feira?

— Infelizmente.

Mais duas noites.

— Você entendeu as acusações? — Joe perguntou.

— Sim.

Agressão, tentativa de assassinato com agravantes. Joe não perdia tempo.

— Você fez isso? — perguntou.

Rick encarou o homem.

— Não!

— Eu tenho que perguntar.

Joe se inclinou para começar a trabalhar, mas Rick não sabia dizer se o advogado acreditava nele ou não.

— Então, vamos voltar ao dia do ataque.

Rick detalhou tudo que recordava, até o momento de ir ao hospital e encontrar Judy naquele estado. Joe perguntou sobre o serviço militar e as circunstâncias de sua dispensa. Quando perguntou sobre Colorado e a morte de Mickey, Rick fez uma pausa.

— Você vai ter que perguntar aos fuzileiros navais sobre isso. É confidencial.

— Pensei que você tinha dito que estava fora de serviço há sete anos.

— E estou. Mas, dois anos atrás, isso mudou por um breve período. Uma vez fuzileiro naval, sempre fuzileiro naval, blá-blá-blá.

— Um homem foi morto.

— Sim.

— Com um tiro nas costas.

Rick levou a mão à coxa, lembrando a dor da recuperação depois que Mickey quase o matara. Viu Mickey balançando a arma em direção a Neil e atirara.

— Nem tudo é o que parece.

— Tudo o que você me disser é confidencial.

— Estou mais preocupado com a lealdade entre os fuzileiros navais do que com a confidencialidade na relação cliente-advogado. Sem querer ofender, mas eu te conheço há menos de uma hora. Se o promotor público acha que vão poder usar o que aconteceu no Colorado contra mim, é melhor estarem preparados para que a marinha americana derrube esse argumento.

— Antes de irmos a julgamento, se formos julgados, o promotor divulgará tudo que planejam usar contra você. Meu trabalho é refutar todos os argumentos, e para isso preciso dos fatos.

— Se o promotor público trouxer Colorado à tona, eu lhe darei o nome dos meus superiores lá dentro.

— Está bem.

Alguém bateu à porta.

— A polícia tem mais perguntas. Sugiro deixarmos que eles prossigam para eu poder começar a trabalhar em seu passaporte para sair daqui.

Joe explicou que queria que Rick seguisse suas orientações antes de responder a qualquer pergunta. E que respondesse a todas elas muito objetivamente.

Raskin e Perozo começaram com as mesmas perguntas que haviam feito antes. Onde ele estava no momento do ataque, a que horas saíra para pegar Judy para o encontro, se sabia que ninguém na floricultura o havia identificado.

A certa altura, Joe interrompeu as perguntas com outra:

— Parece que vocês não têm motivos suficientes para uma prisão, cavalheiros.

— Guarde seus pensamentos, doutor.

— Há quanto tempo você colocou um dispositivo de rastreamento no carro da Judy?

Rick olhou para seu advogado. Quando ele acenou com a cabeça, Rick respondeu:

— Pouco depois de ela se mudar de Seattle para cá.

— Por quê?

— Eu levo a sério a segurança dela. Os fãs de Michael Wolfe já entraram em sua propriedade, tentando chegar perto das pessoas que o rodeiam. Com a irmã dele morando na casa, achei que seria melhor saber onde ela estava.

Raskin não pareceu convencido.

— A Judy sabe do rastreador?

Rick não respondeu.

Perozo tamborilou na lateral da mesa.

— Não que eu saiba.

— Por que escondeu isso dela?

— Não responda — disse Joe.

Rick não sabia se podia responder sem soar exatamente como aqueles sujeitos queriam que soasse.

— Você conheceu a Judy há um ano?
— Isso mesmo.
— E a mantém sob vigilância desde então?
— Sou chefe de segurança do irmão dela; não é raro que eu proteja a família dele de vez em quando.
— Mas a Judy morava em Seattle.
Perozo tamborilava os dedos obsessivamente.
— O Michael tem outra irmã mais nova, certo?
— A Hannah — disse Rick.
— E que escola a Hannah frequenta?
— Não faço ideia.
— Você sabia onde a Judy estudava. Sabia onde ela morava.
Ah, ele sabia aonde eles queriam chegar.
— Não é segredo que eu e a Judy temos atração um pelo outro. Sim, sou responsável pela segurança dela e do irmão, quando ele está na cidade. Eu vigiava o local onde a Judy morava para poder encorajá-la a se mudar se ela acabasse optando por um bairro ruim.
— Ela sabia que você a vigiava?
Rick olhou para Joe.
— Não responda.
Os detetives trocaram sorrisos, o que irritou Rick.
— Vamos adiantar um pouco o relógio. Aonde você foi ontem depois de deixar a Judy no trabalho?
— Não responda — disse Joe antes que Rick pudesse abrir a boca.
— Por quê?
Rick não podia estar mais confuso sobre a pergunta ou a necessidade de não responder.
Joe balançou a cabeça.
— Quantas câmeras há nesta sala agora? — Raskin perguntou antes de olhar em volta.
Rick olhou ao redor e debaixo da mesa.
— Seis.
— Você é bom nisso — disse Perozo.
— Meu trabalho é manter as pessoas seguras.
As perguntas acabaram, e Joe pediu uma sala privada pela segunda vez.

Uma vez sozinhos, Rick perguntou:
— Por que eles me perguntaram sobre ontem?
Joe pegou uma pilha de papéis e começou a jogá-los na mesa.
— Outra jovem foi atacada a poucos quarteirões do edifício da Judy. Só que ela não teve a mesma sorte.
Os pelos dos braços de Rick se arrepiaram.
— Por que você não me disse isso antes?
Outra mulher foi atacada? E a Judy está lá fora.
— Porque, neste momento, eles não o estão acusando de nada com relação ao segundo crime. Sua reação à pergunta não teria sido a mesma se você soubesse que a fariam. Obviamente, você não tinha ideia do que tinha provocado a pergunta.
— Não me interessa. Essa garota tinha alguma coisa a ver com a Judy? Trabalhava com arquitetura?
— Não tenho essas respostas ainda.
Rick passou as mãos no rosto, coçando a barba que normalmente fazia todas as manhãs.
— Eu preciso sair daqui. Esse cara vai voltar. Não posso proteger a Judy se continuar aqui.
— Relaxa, Rick.
— Relaxar? Alguma vez alguém atacou uma pessoa de quem você gosta, Joe?
Rick levantou e começou a andar.
— Escuta, no que diz respeito ao caso de agressão, parece que tudo que eles têm é prova circunstancial e o testemunho da Judy. Se ela começar a responder a perguntas dizendo que não sabia que você rastreava o carro dela ou a vigiava quando ela morava em Seattle, isso pode ser prova concludente para o processo seguir adiante. Não deve ser difícil conseguir que o juiz conceda a fiança, mas é provável que ele o mande ficar longe da Judy.
— Isso não vai acontecer.
Joe deu de ombros.
— O que pode convencer o juiz a negar a fiança. Especialmente com esse novo ataque.
— Você só pode estar brincando, não é? — Como diabos isso estava acontecendo? Ele pôs as mãos contra a parede e pensou em bater a cabeça, para ver se tudo era só um pesadelo e a sacudida o acordaria.

— Tem outro caminho que podemos usar para convencer o juiz de que o promotor público não tem provas suficientes para te deixar preso.

Rick olhou por cima do ombro.

Joe respirou fundo e estendeu os papéis à sua frente.

— Cônjuges não são obrigados a testemunhar em qualquer julgamento em que o marido ou a mulher seja réu. Neste momento, o testemunho pendente da Judy sobre o ataque é a única evidência real da promotoria.

Rick inclinou a cabeça.

— Eu e a Judy estamos namorando, não somos casados.

— Eu sei. Mas uma simples assinatura pode mudar isso.

Joe deu um tapinha nos papéis e lhe ofereceu uma caneta.

— Se o juiz entender que nunca haverá o testemunho da sua esposa contra você, não pode negar a fiança. Só a sua esposa pode pedir uma ordem de restrição, e o tribunal não vai mantê-los longe um do outro.

A informação estava entrando lentamente no cérebro de Rick.

— E o assassinato?

— A polícia vai questioná-lo sobre seu paradeiro no momento do crime e se esforçar para negar que você tem um álibi. A falta de álibi não é prova de que você cometeu o crime, nem causa provável para detê-lo aqui. Eles vão ter que trabalhar muito mais para culpá-lo disso sem o testemunho da Judy. Não estou dizendo que não vão tentar, mas não vai ser fácil.

— Eu não ataquei a Judy e não matei nenhuma mulher.

— Limpar seu nome vai ser muito mais fácil lá fora do que aqui dentro.

Rick deu um passo em direção à mesa, olhando o papel na frente de Joe. Certidão de casamento.

Joe o virou para deixá-lo ver. O nome de Rick estava ali, ao lado do de Judy. Quando seus olhos focaram a assinatura de Judy, parte da raiva que sentia simplesmente desapareceu.

— Isso foi ideia da Judy.

Rick ergueu os olhos do papel.

— É mesmo? — disse.

Joe alisou o cavanhaque e ergueu um canto da boca. Foi o único sorriso que Rick viu no homem desde que se encontraram.

— Brilhante, realmente. Eu a incentivaria a estudar direito, se ela não tivesse acabado de se formar.

Rick se sentou e olhou fixamente a certidão, passando o dedo pela assinatura de Judy.

— A Kimberly, minha colega que representa a Judy, pediu que eu lhe desse um recado.

Sua fadinha estava disposta a se casar com ele só para libertá-lo da prisão. Nunca ninguém lhe dera uma prova de confiança tão grande.

— Que recado?

— A Judy pediu que eu mencionasse a Karen e o Mike, e disse que você podia resolver suas preocupações mais tarde. Ela disse que você entenderia.

Ele sorriu. Sua garota era esperta e engenhosa.

— Tudo que tenho a fazer é assinar aqui e estamos casados?

— Legalmente.

— Ela nem precisa estar aqui?

— É triste, mas não. Advogados têm solicitado assinaturas para casamentos legais há centenas de anos. Você assina isso e está casado, com todas as leis que o protegem com essa união.

— E a Judy...

— Já está meio casada. Só precisa de você para fechar o negócio.

Que coisa. Havia menos de um mês Rick a amolava para saírem juntos, e ali estava ele agora, pondo sua assinatura em um pedaço de papel e transformando Judy em sua esposa.

Ele observou seu nome depois de acrescentar sua assinatura. Que fácil...

— Você pode dar um recado para o Neil?

— Claro.

— Diz a ele para proteger a minha mulher.

— O papai vai ficar louco da vida.

Judy olhou para seu irmão e riu.

— Que novidade! Ele pode ficar louco da vida quanto quiser, mas não vai mudar nada.

— Mas... casamento? — perguntou Karen.

Era uma intervenção, só que tarde demais. Judy tinha a cópia da certidão de casamento, e a assinatura de Rick estava nela.

— Você me fazendo uma pergunta dessas, Karen?

Karen olhou para Zach.

— Ela me pegou.

— Exatamente.

Com Zach não foi tão fácil.

— Tinha que ter outra maneira.

— Talvez tivesse, mas essa foi mais fácil e rápida. O Rick vai sair amanhã, e o fato de não nos preocuparmos com ele voltar para a cadeia vai nos dar tempo para encontrar o verdadeiro culpado.

— Desde quando você faz parte do departamento de polícia? — Zach perguntou.

— A polícia não está procurando ninguém. Eles pensam que já pegaram o cara certo. E estou cansada de ter um guarda-costas em tempo integral. — Era domingo, e ela estava sob prisão domiciliar autoimposta, com Russell, Dennis ou Neil a vigiando desde que Rick fora preso. — Não posso viver assim.

— E como vocês vão encontrar o sujeito?

Judy olhou para seu irmão.

— Eu não vou encontrar o sujeito. Quem vai me encontrar vai ser ele — disse.

— Pelo amor de Deus!

— Ah, não. Eu não vou tentar atraí-lo. Eu não sou idiota. Só sei que ele vai voltar. Ontem à noite me lembrei das últimas palavras que ele me disse antes de me nocautear. "Da próxima vez..." Ele disse "da próxima vez". Só que da próxima vez eu não vou estar tão sozinha e despreparada para enfrentá-lo.

Zach pôs a mão sobre a dela.

— Judy, você é uma garota do interior que pretende ser arquiteta. Não é uma supermulher que pode pegar qualquer um.

Ela deu um tapinha na mão de Zach.

— Eu sou casada com um fuzileiro naval, Zach. E ele pode pegar qualquer um — disse.

༺༻

Sua fadinha estava de vermelho. O vestido justo era curto, logo acima dos joelhos. Rick conseguiu espreitar a meia-calça preta que ela usava, com um fiozinho vertical na parte de trás de cada perna. Para aumentar o fascínio, ela cobrira a cabeça com um chapéu que combinava com o vestido. Nossa, como ele sentira sua falta! O sorriso dela iluminou a sala quando seus olhares se encontraram e se sustentaram.

Judy se sentou entre Neil, Gwen, Zach, Karen e Meg. Cada um deles trajado como a realeza. Bem, exceto Neil, que preenchia seu assento com volume e atitude. Provavelmente se sentia nu sem suas armas. Ela podia jurar que Rick também se sentia assim.

Como se tratava de uma acusação, não de um julgamento, Rick foi forçado a usar o macacão azul que servia de uniforme aos presidiários.

Alguns jornalistas estavam presentes na última fileira do tribunal. Mas estavam calados, fazendo anotações.

Todos se levantaram quando o juiz entrou.

Rick foi convidado a se levantar e Joe o acompanhou no gesto.

— Como você se declara? — perguntou o juiz, como se fosse um simples exercício.

— Inocente.

O promotor se levantou e pediu ao juiz que considerasse mantê-lo sem fiança, quando Joe detém a acusação:

— Podemos nos aproximar, Meritíssimo?

Rick se voltou e piscou para Judy, que fez um leve aceno. Os advogados estavam diante do juiz, conversando em tom acalorado.

— Casado? — disse o promotor público, alto o suficiente para que todos na sala ouvissem.

O que se seguiu foi um burburinho confuso.

Alguns assentos à frente de Judy e de sua comitiva estavam os detetives Raskin e Perozo. O choque estampado no rosto deles era imenso. *Idiotas.*

Os advogados se afastaram do juiz; o promotor jogou seus papéis na mesa, enquanto Joe sorria.

— Sr. Evans? — disse o juiz, olhando nos olhos de Rick.

— Sim, Meritíssimo — disse Rick, levantando-se.

— À luz da nova situação, considere-se livre no momento, sem fiança.

Um suspiro irrompeu do fundo da sala.

— Sr. Perkinson — o juiz se dirigiu à promotoria —, marcarei a audiência para daqui a dois meses. Sugiro que não me faça perder tempo.

O promotor público olhou para Joe e Rick.

— Sim, Meritíssimo.

O juiz bateu o martelo e chamou o próximo caso.

Rick apertou a mão de Joe e se deixou guiar pelos policiais. Agora ele tentaria recuperar o tempo perdido.

21

A ATENÇÃO DA MÍDIA FOI da sala do tribunal para o vestíbulo. Do lado de fora do edifício, as câmeras estavam prontas para agir.

— Dá para acreditar? — Meg perguntou, apontando para o caos lá fora.

— Dia fraco de notícias — disse Judy.

— Não sei. Ouvi um repórter dizer que o drama da família de Michael Wolfe é mais divertido que o dele.

— Eles não me dariam a mínima se não fosse pelo Mike — Judy lembrou à amiga.

Gwen estava ao lado de Karen, de queixo erguido.

— Eu não apostaria nisso. As câmeras amam você, e a mídia é conhecida por tornar as pessoas famosas apenas por existirem. Uma garota do interior vítima da violência da cidade grande... A polícia vai atrás do seu namorado e guarda-costas. A garota se casa com o guarda-costas para protegê-lo. A mídia vai se agarrar a isso e pedir os direitos do filme. As câmeras não vão descansar por algum tempo.

Karen concordou, balançando a cabeça.

— Acho que a Gwen está certa.

Judy inclinou a cabeça para proteger o rosto das câmeras.

— Ter todas essas câmeras sobre nós pode não ser tão ruim — disse.

— Como assim? — Meg perguntou.

— Tenho certeza que eu li em algum lugar que os criminosos gostam de se gabar. Que eles ficam no meio da multidão e sentem prazer com a atenção do mundo externo.

Nesse momento, as quatro ficaram olhando pelas janelas em silêncio.

Neil caminhava ao lado de Zach.

— O Rick vai sair em menos de cinco minutos — disse Neil.
Como ninguém respondeu ao seu comentário, ele seguiu os olhares.
— Que foi?
— Querido — disse Gwen —, quais são as chances de o homem responsável por tudo isso estar no meio dessa multidão, observando?
Então os seis olharam pelas janelas.
Neil se afastou primeiro, inclinou a cabeça em direção ao microfone que tinha no ouvido e começou a dar ordens. Judy não as ouviu, mas podia adivinhar que eram sobre aquilo de que estavam falando.
Os repórteres e fotógrafos se agitaram, e o burburinho da sala aumentou.
Judy sentiu o olhar de Rick, se voltou lentamente e imitou seu sorriso.
Os filmes de Hollywood não eram nada perto dos encontros da vida real. O coração de Judy tropeçou ao vê-lo, livre e sem algemas. Ela correu direto para os braços de Rick.
Ele era másculo, vigoroso e lindo; capturou seus lábios e se recusou a soltá-la.
— Estamos casados — disse ele, mexendo os lábios ainda sobre os dela.
Ela riu e o sentiu rir junto.
— É mesmo.
Judy sentiu as pernas deixarem o chão e ele a girou como uma criança que acabou de ganhar um brinquedo novo.
Ela segurou o chapéu com uma mão e o abraçou com a outra. Rick só parou de girá-la para beijá-la novamente. Em um suspiro, Judy sentiu a língua dele deslizar pela sua numa breve promessa de mais. Ele se afastou um pouco para olhá-la. Quando seus olhos observaram o chapéu de Judy, seu sorriso fez brotar mais duas covinhas.
— Eu sabia que você era ousada, Utah... Mas, caralho!
— Eu estava revoltada.
— Eu adoro vermelho.
Rapidamente o vermelho se tornou a cor favorita dela. Ele manteve a mão protetora em sua cintura e se voltou para os seus amigos.
Após cumprimentar efusivamente todos que estavam ali e lhes agradecer o apoio incondicional, deixou Neil coordenar sua saída. Joe Rodden foi o primeiro a sair, atraindo a atenção dos repórteres e explicando que uma entrevista coletiva seria realizada em uma data posterior.

Policiais uniformizados os encontraram nas portas. Neil e Zach passaram primeiro, Gwen e Karen, logo atrás. Rick esperou Judy. Meg passou o braço pelo de Judy e caminhou altiva a seu lado. A mídia clamava por atenção.

— Sr. Evans? Rick? É verdade que...

Os microfones, todos querendo uma frase de efeito, foram empurrados pela polícia. Judy, de braços dados com o marido e a amiga, seguia adiante.

— Srta. Gardner, é verdade que você está dormindo com o inimigo?

Judy não sabia qual repórter fizera a pergunta, mas sabia que Rick a ouvira, porque ele a apertou mais e acelerou o ritmo.

A limusine estava ali perto, com a porta de trás aberta. Karen já estava entrando, bem atrás de Gwen. Alguém baixou de leve a cabeça de Judy enquanto ela também entrava. Neil foi o último a entrar, e o motorista se afastou do meio-fio no instante em que a porta fechou.

— Que bagunça — Karen disse a todos.

Rick entrelaçou os dedos nos de Judy.

Neil levou o celular ao ouvido.

— Junte o máximo de fotos que conseguir.

— Por quê? — Rick perguntou quando Neil desligou.

— Elas apontaram algo que talvez tenha passado batido para nós.

— Ah, é? O quê?

— O sujeito pode estar acompanhando tudo de perto, se misturando à multidão para ver a Judy e o circo que ele criou.

Judy ignorou o frio que subiu por seus braços. Rick soltou seus dedos e a puxou mais para perto.

— Pedi ao Russell e ao Dennis para tirarem fotos e ver se alguém se destaca.

— Podemos pegar imagens da internet sobre a cobertura da mídia e ver se existem rostos conhecidos — sugeriu Meg.

— Talvez dar uma entrevista coletiva em um lugar público e observar a multidão — Gwen sugeriu.

— Chega de imprensa por hoje, por favor — implorou Judy.

— Por mais que você odeie a presença deles — disse Karen —, quanto mais chamar atenção, mais provável que esse sujeito mantenha distância.

Rick concordou.

— A mídia vai agir como guarda-costas virtuais. Vão nos observar, e nós vamos procurar quem os está observando.

— Uma hora a mídia vai se entediar e mudar o foco — lembrou Karen.

— Se isso acontecer e ainda não tivermos encontrado o sujeito, vou chamar o Mike — disse Zach, piscando para Judy. — Se existe alguém que pode atrair a atenção da mídia, esse alguém é ele.

~~∞~~

Eles voltaram para a casa de Beverly Hills e depararam com quase tantos repórteres à frente dos portões como durante a saída do tribunal.

O caminhão de um serviço de bufê estava estacionado no meio-fio, enquanto alguns funcionários corriam para descarregar a comida e levá-la para dentro da casa.

— Vamos dar uma festa? — Rick perguntou, inclinando-se para Judy quando deixaram a limusine.

— Foi ideia da Samantha. Ela disse que manter as aparências agora nunca foi tão importante. Eu não entendo como tudo isso funciona, mas não tenho medo de dizer que estou perdida com tudo que está acontecendo.

Eles se deram as mãos e entraram. Rick suspirou aliviado quando viu as paredes familiares à sua volta.

— O Neil trouxe algumas coisas suas — disse Judy. — Está tudo no meu quarto, se quiser tomar um banho.

Ela tirou o chapéu e sacudiu os cabelos escuros.

— É, eu preciso de um banho decente — ele disse, percorrendo o corpo dela com os olhos. — Mas não troque de roupa — sussurrou em seu ouvido, para só ela ouvir.

Um sorriso lento e sexy iluminou o rosto de Judy, e ele deu meia-volta e saiu pelo corredor.

O grande closet abrigava muitas roupas de Rick. Havia sapatos seus no chão. Dentro do banheiro, seus artigos de higiene estavam ao lado dos de Judy, como se sempre tivessem estado ali. Ele devia estar louco, completamente fora de si, mas não. Estava fora da cadeia, graças à perspicácia de sua fadinha. E estava casado. Sim, era um pedaço de papel sem nenhuma garantia de que seria qualquer outra coisa, mas naquele momento ele podia assumir o título de marido e aproveitar.

Após o banho, Rick optou por uma calça preta e uma camisa de seda também preta. Havia música da sala de estar, misturada ao som de vozes familiares. Ele parou na entrada da grande sala e se encostou na enorme viga que emoldurava o espaço.

Judy estava rindo de algo que seu irmão havia dito, com um copo de vinho na mão.

Ele havia acabado de passar três noites na prisão, com paredes frias e companhia inóspita. Devia estar pensando em como se manter fora da prisão, mas tudo em que podia pensar era outro tipo de confinamento. Um confinamento com o qual concordaria de bom grado. Do tipo casal em lua de mel.

Durante duas noites ele estivera casado, sentado em uma cela de prisão sem o calor de uma mulher, mas casado. Saber que quando conseguisse sair teria uma mulher esperando por ele o preenchia com algo que o dinheiro não podia comprar. Alguém estaria lá fora esperando por ele e o desejando.

Ele respirou fundo e ficou observando sua esposa, sem ela perceber. Tentou não esquecer que ela se casara com ele para tirá-lo da prisão, e não para sempre. No entanto, havia sido sugestão dela, uma solução para um problema imediato que os atormentava. Poucas mulheres fariam isso. Talvez, se estivessem na casa dos quarenta e tivessem assinado uma certidão de casamento mais de uma vez, mas não uma mulher de vinte e quatro anos que crescera em uma cidade do interior, onde o casamento era o máximo que a vida tinha a oferecer.

Utah se casara com ele. Assinara seu nome muito antes dele.

Notou o momento em que ela o pressentiu. Zach estava falando, com Karen a seu lado agitando as mãos, terminando as frases do marido. Judy inclinou a cabeça para o lado e lentamente nivelou seu olhar ao de Rick.

Zach acabou falando sozinho. A certa altura, Karen o cutucou e dirigiu sua atenção ao outro lado da sala.

Judy olhou para seu irmão por menos de um segundo e depois atravessou a sala lotada em direção a Rick.

Se estar casado significava possuir esse sentimento durante toda a vida, ele estava dentro. Apostaria tudo. Podia se acostumar perfeitamente a isso.

— Está se sentindo melhor? — Judy perguntou, ao se aproximar.

Ele riu.

— Ah, os chuveiros da prisão...

Ela inclinou a cabeça.

— Você não deixou cair o sabonete, não é? — perguntou.

O riso explodiu dos lábios dele, chamando a atenção de todos ao redor.

— Achei que você fosse de uma cidadezinha do interior. O que sabe sobre deixar cair o sabonete na prisão?

— Ei! Eu vejo tevê.

Ele a puxou para perto e pousou os lábios nos dela, como se estivesse em seu direito.

Quando o beijo se prolongou mais que o socialmente aceitável, Meg os interrompeu:

— Guardem isso para depois, crianças. Vocês têm companhia.

Rick rosnou.

Judy interrompeu o beijo e passou o braço ao redor da cintura dele.

Neil colocou uma cerveja na mão de Rick e alguém lhe entregou um prato de comida e o afastou de Judy.

— Por que estamos dando uma festa? — Rick perguntou a Blake e Neil, que sentaram ao lado dele no sofá da sala.

— De acordo com a minha mulher — disse Blake —, manter as aparências é importante, e mostrar para a mídia que esperávamos que você saísse da prisão hoje é a distração perfeita.

Rick virou a cabeça.

— Uma festa para distrair de quê?

— Não vai demorar muito até a mídia descobrir que você casou na prisão. Se parecer que você casou só para sair da cadeia, não tem como prever o que pode acontecer.

Rick sacudiu a cabeça.

— Não importa o que todos pensem. Eu e a Judy nos casamos, e ninguém liga para a opinião pública.

Blake apontou para Rick com sua bebida.

— Se a mídia e o público te considerarem inocente, vai ser muito mais difícil para o júri te condenar. Portanto, uma comemoração aparentemente feliz entre você e sua nova mulher combina muito bem com espectadores que adoram as últimas notícias. É brilhante, de verdade.

Rick conhecia Blake havia alguns anos e raramente ouvia seu sotaque britânico. Essa noite, ouviu.

— A única maneira de limpar o meu nome de verdade é encontrar o sujeito que atacou a Judy — disse Rick, olhando para Neil. — Estamos mais perto de encontrar o cara?

Seu amigo sacudiu a cabeça.

— Eu liguei para o Dean mais cedo. — Dean era um amigo que trabalhava no departamento de polícia. — Todos os olhos estão voltados para a Judy. E, se você estava com ela, os olhos estavam voltados para você também.

— Se o Raskin e o Perozo pensam que eu sou um cara mau, por que não estavam de olho em mim? Como é que não sabiam que eu não estava perto da mulher do segundo ataque?

— Eliza — respondeu Blake.

— Como?

Rick havia visto Eliza e Carter, primeira-dama e governador do estado da Califórnia, em muitas ocasiões, mas não esperava ouvir o nome deles na conversa.

— A Eliza pediu que, se mais pessoas fossem acompanhar o caso, que observassem a Judy. Ela tem um fraco pelas vítimas. Acha que a atenção precisa estar em pessoas como a Judy, e não nos suspeitos.

Neil continuou a explicação do ponto em que Blake a parou.

— O departamento de polícia mal tem condições de manter detetives nos casos. Se certificar de que qualquer ajuda extra se voltasse para a Judy, e não para você, foi um pedido fácil — explicou.

— Fácil para a esposa do governador — disse Rick.

— Só que agora precisamos planejar o que vamos dizer que você fez no dia em que a mulher foi assassinada.

Ficar detalhando sua vida era uma amolação para Rick.

— Eu tomei uma xícara de café em frente ao escritório da Judy e fui embora. Voltei para casa e dormi um pouco.

Neil deu um tapinha no joelho de Rick.

— Você não precisa nos contar nada. Nós sabemos que você não tem nada a ver com o assassinato daquela mulher.

Rick se recostou e fechou os olhos.

— Limpar meu nome, provar que sou inocente... Quando foi que isso se tornou meu dia a dia?

Blake olhou atrás de Rick, indicando que havia alguém ali.

Ele se virou para ver. O sorriso de Judy não era tão largo quanto antes, e Rick soube na mesma hora que ela ouvira o comentário e ficara chateada.

— Oi. — Ela lhe entregou a cerveja que obviamente havia levado para ele e tentou sorrir. — Achei que você gostaria de outra — disse.

Rick a pegou, mas ela não olhou para ele antes de se voltar e se afastar.
— Com licença — ele disse a seus amigos.
Rick deixou a cerveja na mesinha de centro e se apressou para alcançar Judy enquanto ela saía pela porta dos fundos.
Ela estava a vários metros da casa quando ele a alcançou.
— Ei, espera.
Ela continuou andando, e uma fungada alta provou que estava chateada. Ele se pôs na frente dela e a interceptou.
— Judy — disse suavemente.
Havia lágrimas em seu rosto, e cada uma era como uma facada no peito dele.
— Sinto muito. Lamento que isso esteja acontecendo com você — disse ela.
— Ei! Não fala isso! — ele disse e, com um dedo, ergueu seu queixo para que ela o olhasse. — Não é culpa sua.
— Você acabou de passar três noites na prisão por minha causa.
Rick balançou a cabeça, mas, antes que pudesse dizer qualquer coisa, ela continuou:
— Você saiu da prisão porque se casou e ainda tem que provar que é inocente.
Ela afastou o queixo da mão dele e passou o dedo sob o olho direito e depois sob o esquerdo.
Ele acariciou os braços dela, descendo até pegar suas mãos.
— Eu passei três noites na prisão porque a polícia é cega e não vê como eu gosto de você. E casar para sair da prisão e poder estar aqui, do seu lado, foi uma ideia brilhante.
Ele apertou as mãos dela e dobrou os joelhos para encontrar os olhos de Judy. Quando por fim os capturou, ele lentamente sorriu, tentando desesperadamente arrancar um sorriso dela.
— Estou frustrado, mas não é com você. Você é a luz que ilumina a minha vida.
Ela pestanejou e balançou a cabeça.
— Vem aqui — ele disse, puxando-a para um balanço de dois lugares que havia no fundo do jardim.
Segurando a mão dela, deu um pequeno impulso no balanço.

— Lembra quando nos conhecemos? — perguntou.
Ela não disse nada, apenas deu um meio sorriso.
— Eu lembro daquele dia como se fosse ontem. Você tentou esconder a atração que sentiu por mim. Estava tão fofa que eu não consegui disfarçar.

O sorriso dela era um pouco mais verdadeiro agora, e ele continuou:
— Quando eu voltei para Los Angeles, a Karen me disse que você estudava numa faculdade em Idaho.
— Por que ela fez isso?
— Não sei. Uma brincadeira, talvez. Você vai ter que perguntar para ela um dia. De qualquer forma, eu tinha planejado uma viagem a Idaho; achei que talvez pudéssemos nos encontrar *por acaso*. Quando falei para o Michael que estaria onde você morava, ele me corrigiu. Dei uma fuçada e encontrei seu endereço em Washington.

As lágrimas de Judy haviam secado, e ela parecia verdadeiramente intrigada.
— Por que você não me ligou?
— Na verdade, não sei. Acho que eu sabia que você queria terminar a faculdade, e que eu podia ser uma distração. Quando o Michael me disse que você ia fazer um estágio por aqui, eu esperei. Então vi você desafiando no bilhar, e a atração foi tão forte quanto no primeiro dia.
— Eu não desafio no bilhar — ela negou com um sorriso.

Ele soltou a mão dela e colocou o braço sobre seus ombros, puxando-a mais para perto.
— O fato de eu aceitar jogar a dinheiro não significa necessariamente desafiar. Saber que posso ganhar de alguém no jogo e desafiar essa pessoa, daí sim — ela completou.

Ele suspirou e, quando a cabeça de Judy bateu em seu ombro, começou a relaxar.
— Querer sair comigo, transar comigo, não é o mesmo que ir para a cadeia e se casar por minha causa.

Ele beijou o topo da cabeça de Judy.
— Definitivamente vamos ser indicados ao prêmio de começo de namoro mais maluco. Mas, diante de tudo que aconteceu, eu não mudaria nada. Então, se eu estou frustrado, ou se você está frustrada, precisamos conversar, e não concluir que um está chateado com o outro. Precisamos ser abertos e sinceros, certo?

— Certo — disse ela.
Foi bom isso.
— Neste momento, por exemplo, estou realmente me sentindo frustrado — ele disse.
— Ah, é?
— É... Temos uma casa cheia de gente comemorando por nós, e tudo que eu mais quero é arrancar esse vestido vermelho e ver a cor da sua calcinha.

22

TODO MUNDO HAVIA IDO EMBORA, e Meg desapareceu em seu quarto. Judy tirou os sapatos e a meia-calça, mas ficou com o vestido, enquanto Rick fechava a casa. Eles haviam chegado a um acordo no jardim. Ela faria o máximo para não se culpar pela loucura da vida deles, e ambos seriam abertos e sinceros um com o outro.

Como Rick não subiu imediatamente atrás dela, ela sentou na cama e pegou o tablet.

O jogo que antes jogava obsessivamente não a atraía fazia semanas. Ela viu o ícone e clicou. Devia haver muitas mensagens no chat, todas perguntando onde ela estava. Alguns jogadores mais próximos, pessoas com quem ela conversava fora do jogo, a chamavam para um chat privado. Tudo previsível.

Ela retomou a rotina de coletar dinheiro de seus edifícios virtuais e restaurar os que haviam sido bombardeados. Era bobo e sem sentido, mas era estranhamente reconfortante ter vontade de jogar.

Rick entrou no quarto enquanto ela punha no cofre o dinheiro que havia coletado. Enquanto o contador girava, ela ergueu os olhos e o viu sorrir para ela.

— Você é linda — disse ele, deslizando ao lado dela na grande cama e olhando a tela. — Jogo de guerra?

Ela fechou o tablet e o jogou de lado.

— É idiota, eu sei.

No entanto, ele sorriu ainda mais. Pôs a mão no joelho dela e começou a subir lentamente até a coxa.

Judy tinha certeza de que gemeu baixinho.

— Eu acho fofo — disse ele, levando os lábios para o decote do vestido. Judy fechou os olhos e deslizou na cama.

— Fofo? Eu sou um general de três estrelas nesse jogo. Eu arrebento.

Os dedos de Rick dançavam por sua coxa, provocando choques por todo o seu corpo. Ela se arqueou para ele.

— Durona na internet, gostosa e maleável na vida real.

Ele puxou de lado a borda do decote, expondo seu seio. Com a língua, o percorreu, despertando-o e fazendo-a gemer. Ela se aqueceu em todos os lugares na mesma hora.

Rick começou a acariciar o outro seio, mas parou. A mão que segurava sua coxa a apertou.

Vendo que ele não se mexia, ela abriu os olhos e o viu olhando para o tablet.

— Não pare agora — disse, provocando-o.

De repente, ele deixou de tocá-la e prová-la, sem um pingo de humor no rosto.

— Você conversa com as pessoas nesse jogo?

— O quê? — Judy perguntou, sem conseguir concatenar os pensamentos dele.

Ele se afastou, tirou as mãos dela e pegou o tablet.

— Isto aqui. Você conversa com as pessoas no jogo?

— Sim.

Ela se sentou e ajeitou o vestido, para não deixar os seios de fora.

— Temos salas de bate-papo para guerras, aliados para batalhas, inimigos para conquistar. Tudo por diversão.

Ele abriu o dispositivo e olhou para a tela, que se abriu para o jogo, pois ela não o havia desligado antes de fechá-lo.

— É divertido?

— Para mim, é. De vez em quando aparece um jogador maluco que acha que todo mundo tem que dedicar a vida ao jogo, gastar dinheiro para ganhar guerras etc. Nós tiramos esses jogadores da nossa equipe quando eles começam a ficar irados.

Os olhos verdes de Rick encontraram os dela e não os deixaram.

Calafrios sombrios a fizeram tremer.

Você não é tão durona agora, é? Não parece uma lutadora agora, hein?

— Meu Deus! Você acha que...
— Você usa seu nome verdadeiro?
— Não, mas...

Mas ela conhecia muitos nomes verdadeiros dos jogadores da sua equipe. Eles jogavam havia mais de um ano, e ela não se esforçara para manter seu nome verdadeiro fora do jogo.

Rick inclinou a cabeça.

— É uma pista, Judy. A única — disse.

Ela tirou o vestido, colocou um pijama confortável e encontrou Rick na cozinha, com o tablet e o notebook. Admitiu que os joelhos fraquejaram um pouco quando se aproximou de Rick.

— O que estamos procurando? — perguntou enquanto se sentava ao lado dele.

— Um link. Um caminho direto até você a partir deste jogo. — Ele empurrou o notebook para ela. — Faz o login na sua conta do Facebook, do Twitter ou o que você usar.

Ela se conectou enquanto Rick levava uma xícara de café para ela.

— Oi — disse Meg, que vestia um robe rosa longo, de cujo barrado saíam os dedos dos pés descalços. — Achei que vocês estavam... Bem, achei que não estariam aqui. O que estão fazendo?

Judy trocou olhares com Rick.

— O Rick acha que talvez algum participante daquele jogo na internet possa ser o responsável pelo ataque.

— Aquele jogo de guerra?

Judy assentiu.

— É só um jogo — disse Meg, com a confusão estampada nos olhos.

— Um jogo onde os melhores jogadores gastam dinheiro de verdade para estar no topo e ficam putos quando sua equipe não joga com a mesma intensidade.

Quanto mais Judy pensava na possibilidade de Rick estar certo, pior ela se sentia.

— Mas é só um jogo — insistiu Meg.

— Eu sei, Meg. Eu também penso assim — disse Judy.

— O mundo aí fora está cheio de gente maluca — acrescentou Rick.

Meg se sentou.

— Já ouvi falar de pedófilos que usam jogos online para atrair vítimas, mas adultos que caem na mesma armadilha?

— Crimes virtuais contra adultos não se limitam a extorsão de dinheiro.

Rick se aproximou de Judy e se inclinou sobre a mesa.

— Vamos lá. Me mostra como esse jogo funciona — disse.

Enquanto Judy explicava os detalhes do jogo, Meg pegou seu computador e procurou informações sobre o jogo em si, as reclamações e as salas de bate-papo.

O jogo não era complicado, e, como não havia uma guerra ativa no momento, não tinha muita gente online. Judy explicou os chats e como manter conversas privadas.

— São muito poucas mulheres que jogam, então nós nos conectamos fora do jogo.

— Onde?

Judy lhe mostrou sua conta no Facebook e apontou duas mulheres que conheciam sua personalidade real.

— Minhas configurações de privacidade só permitem que meus amigos vejam tudo.

Havia fotos de seus amigos na faculdade, uma dela com Meg e Mike na formatura.

Rick começou a escrever os nomes dos amigos dela no Facebook e de todos que faziam parte da equipe de Judy.

— Isso vai demorar.

Ele olhou para o sofá e ambos notaram que Meg tinha adormecido com o notebook no colo.

— Ela tem sido um verdadeiro soldado. Na noite em que você foi preso, ficamos acordadas até depois das duas pesquisando sobre leis matrimoniais e testemunhos. Às vezes nem parece que saímos da faculdade.

— Você devia ir para a cama — ele disse, dando-lhe um tapinha na mão.

Ela bateu de leve nas costas dele também.

— Acho que não, baby. Fiquei em uma cama fria três noites seguidas e, quando eu desabar nela, quero você comigo.

Judy acordou Meg para fazê-la ir para a cama e tomou seu lugar no sofá. Olhou mensagens antigas no Facebook, procurando algo suspeito. Ela e Rick estabeleceram um ritmo de trabalho: ela dizia um nome e ele o anotava e o classificava como colega, amigo de Utah, amigo de um amigo ou estranho virtual. Rick estava calado enquanto seguia as pessoas da lista pela internet. Sem saber o que mais procurar, ela clicou na descrição do projeto de Santa Barbara, até que suas pálpebras desistiram de lutar e ela adormeceu.

∽∞∼

Rick deu outra olhada no nome das mulheres que jogavam com Judy, sua mente trabalhando sem parar. Havia quatro: duas eram donas de casa de meia-idade e as outras duas eram universitárias. Como ele estava no computador de Judy agindo como se fosse ela, conseguia visualizar tudo na conta delas. As duas garotas haviam pegado uma foto na página de Judy, em que ela posava ao lado de Michael. Rick tinha certeza de que não era por causa de Judy, e sim de seu irmão famoso. Havia vários comentários, com muitas curtidas de inúmeros amigos. Ele começou a digitar os nomes, clicando nas páginas para ver se algum deles não era seguro. Ficou surpreso ao ver quantas pessoas colocavam absolutamente todas as informações sobre sua vida naquelas páginas. Números de telefone, endereços, aonde iam às sextas-feiras à noite, com quem tinham transado, quando e onde. Isso o deixou perplexo.

A página de Judy era discreta. Havia muito pouca informação sobre sua vida cotidiana, com exceção de onde ela estudara e o quê. Ela não havia sequer atualizado que se mudara de Seattle para Los Angeles. Provavelmente um descuido, visto que ela postara duas fotos dos paparazzi apontando as câmeras para ela.

Havia algo ali. Ele podia sentir.

Seus olhos estavam se fechando. Ele ergueu os olhos e encontrou Judy dormindo, os suaves lábios rosados levemente separados enquanto o peito subia e descia em um ritmo constante.

Que mulher resiliente ela acabara se mostrando. Ele recordou seu rosto ferido no hospital e se encolheu. Encontraria o homem que a espancara, e então a polícia teria motivo para prender o maldito canalha.

Desligou o computador e tirou o tablet do colo de Judy. Ela virou de lado e se encolheu como uma bola. Em vez de acordá-la, passou as mãos por baixo dela e a pegou no colo.

— É hora de ir para a cama? — ela murmurou, aconchegando-se nele.

— Shh...

Ela disse algo que ele não entendeu enquanto a carregava.

Demorou um pouco até a cabeça de Rick desligar. Ele ficou ali, com Judy abraçada a seu lado, acariciando-a.

Quando ele voltara aos Estados Unidos com Neil e o que restava de sua equipe, Rick não tinha certeza se dormiria uma noite inteira de novo. Aprendeu rapidamente que seria mais fácil com uma mulher na cama, mas ainda não desligava completamente. Até conhecer Judy. Só pensar nela no ano anterior ajudara seu cérebro a entrar em um tipo de hibernação à noite. Agora, quando seus olhos se fechavam e o aroma fresco da primavera se enroscava nele ainda mais, ele percebeu o que fizera Judy se destacar das demais.

Ela não era uma atração passageira, uma solução fácil para uma noite solitária. Ela era a solução real. Uma mulher para levar para casa e apresentar a seus pais, uma mulher com quem queria ter filhos.

Em algum momento entre Utah, Washington e Califórnia, ele havia se apaixonado.

Ele a abraçou ainda mais, beijou sua cabeça e também adormeceu

⁂

— Eu falei para eles que trabalharia meio período hoje e voltaria ao trabalho normal amanhã. Tenho que ir — Judy argumentou enquanto secava os cabelos e caminhava entre o banheiro e o closet. — Eles têm sido muito compreensivos, mas não posso continuar faltando. Eles não são obrigados a me manter lá.

Pela carranca de Rick, ela podia afirmar que ele não estava feliz com a ideia de ela ir trabalhar.

— Se isso te deixar mais feliz, vamos de Ferrari — ela sugeriu.

Judy sabia como ele gostava de dirigir o carro de Mike, e, uma vez que a constante necessidade de Rick por um álibi estava em questão, todos achavam que era melhor ele andar com o carro mais chamativo da garagem. E a Ferrari vencera.

Rick resmungou:

— Não gosto disso.

— Você vai me deixar depois do almoço e me pegar às cinco. Não vou nem sair do escritório — disse ela.

Seu murmúrio soou mais como um rosnado.

— Eu não posso ficar me escondendo — ela acrescentou, voltando para o banheiro e falando por trás da porta fechada. — Eu não estou nem mais nem menos segura que na semana passada, quando você me levou e me buscou todos os dias — continuou, sabendo que uma hora teria que agir como adulta e fazer o trajeto sozinha. — Me concentrar no trabalho vai me ajudar a clarear as ideias. Vai ser mais fácil pensar em quem está por trás disso.

— Você falou que sentia que ele te atacaria de novo — argumentou Rick, deixando a cama onde estivera sentado e se plantando na porta do banheiro.

— Sinto mesmo. Uma das muitas coisas que pesquisei enquanto você estava preso foi a mentalidade de um psicopata. Não é comum eles desistirem do objeto de obsessão. Mas garanto que esse sujeito não vai mais me atacar na garagem nem nas escadas do prédio onde eu trabalho. — Ela escovou o cabelo e aplicou um punhado de creme nos cachos. — Talvez a gente tenha sorte e alguém apareça em destaque nas fotos que você e o Neil vão olhar hoje à tarde.

— Talvez.

— Se ele estiver atrás de mim, vai ficar frustrado por não poder se aproximar e vai acabar pisando na bola.

Rick torceu os lábios.

— Você andou vendo programas policiais de novo, não é? — ele perguntou.

Ela aplicou uma camada de rímel e apontou a escova para ele através do espelho.

— Em primeiro lugar, esses programas não são totalmente baseados em ficção. Mas não. Na verdade, eu e a Meg pesquisamos na internet. Fomos estudantes profissionais durante quatro anos. Tudo que você quiser saber sobre qualquer coisa está na internet, basta saber onde procurar.

Rick se pôs atrás dela e deslizou as mãos em sua cintura, antes de acariciar os cabelos molhados.

— Eu ainda não quero que você vá.

— Ora! Não foi você quem falou que ficaria mais fácil a cada dia?

— Isso foi antes de alguém ser assassinado.

Ela também não gostava disso.

— Eu não vou entrar em um porão escuro sozinha, Rick. Estou indo trabalhar. Tem um monte de nerds lá desenhando para sobreviver. Eu vou ficar bem.

— Nós acabamos de nos casar. — Ele passou a mão pelo braço dela e o polegar sobre o dedo anelar. — Você nem tem uma aliança.

Ela se voltou e lhe ofereceu um sorriso.

— Então, é isso que você vai fazer hoje. Providenciar uma aliança.

Eles ainda não haviam consumado o casamento, mas ela não tocaria nesse assunto, ou ele nunca a deixaria sair.

— Está tentando se livrar de mim? — ele perguntou.

Ela o empurrou para a porta do banheiro.

— Qual foi a sua primeira pista?

Judy acabou de se arrumar e Rick a levou ao trabalho de Ferrari.

A atenção sobre eles havia dobrado desde a última vez em que estiveram no escritório. A maioria dos funcionários da Benson & Miller ainda não tinha voltado do almoço, mas havia algumas pessoas por ali quando ela entrou.

— Viu? Sãos e salvos — disse ela.

Rick concordou e lhe deu um selinho.

— Se precisar de alguma coisa... — disse.

— Eu ligo. Agora vá.

Ele se voltou para sair, mas ela gritou:

— Existe uma pedra que é uma imitação perfeita do diamante. Se informe. Não precisa fazer nenhuma loucura!

23

JUDY LARGOU A BOLSA NA mesa e deixou o projeto de Santa Barbara no canto de sua baia antes de ir tomar uma xícara de café. Não teria chance de compensar a insônia da noite anterior.

Quando voltou para sua mesa, muitos funcionários já haviam chegado.

— É a dama de vermelho — ouviu José dizer com um riso na voz.

— Foi um fim de semana muito louco — disse ela.

— Nem me fale. Desde que você entrou aqui, a coisa anda animada. Todos os dias minha mulher me pergunta as novidades.

Ela sabia que José não estava se referindo ao ataque, e sim à mídia, ao irmão famoso e às partes engraçadas da história toda.

A voz de Nancy ecoou do corredor:

— Vocês não podem entrar!

Uma pequena multidão de jornalistas se apressava em direção à mesa de Judy.

— Isso é ridículo — disse ela.

— Como eles chegaram aqui? — José perguntou.

Judy revirou os olhos e se levantou.

— Eles têm seus meios — disse.

— Sra. Evans? Sra. Evans?

Ela olhou para trás quando ouviu "sra. Evans" pela segunda vez. Só então se deu conta de que estavam falando com ela.

Colocou as mãos nos quadris e os fitou, furiosa.

— Muito bem. A melhor maneira de me fazer dizer alguma coisa é me encurralando no trabalho.

Flashes de luz estouraram de todas as direções. Tudo que Judy via eram pontinhos pretos e um mar de repórteres oportunistas.

— É verdade que você se casou com o principal suspeito do ataque que sofreu?

— Sem comentários. — Ela se voltou para José. — Não temos seguranças por aqui?

— E quanto aos rumores sobre o seu irmão aceitar um papel em um filme sobre esse caso?

Agora eles haviam ido longe demais.

Acompanhado de outros funcionários que voltavam do almoço, finalmente um segurança apareceu e despachou as pessoas desconhecidas ou que tivessem uma câmera nas mãos.

O sr. Archer estava ao lado de Nancy enquanto os repórteres e fotógrafos passavam.

Judy prendeu a respiração um instante, perguntando-se se aquela reação acabaria com seu estágio antes do planejado. O constante caos que sua presença provocava podia ser interessante como motivo de fofoca na hora do cafezinho, mas, para os chefes, certamente era um problema.

— Ponha um cartaz no saguão, Nancy — o sr. Archer gritou para todos ouvirem. — A presença de jornalistas não convidados não será tolerada, e os intrusos serão processados por perturbar a ordem.

Ele sorriu para Judy, girando sobre os calcanhares.

— Bem-vinda de volta, Judy — disse.

Ela deixou cair os ombros em um suspiro profundo.

José lhe deu um tapinha nas costas.

— Se acomode. Preciso de ajuda no projeto Fullerton.

Apesar do recomeço turbulento, Judy sorriu a caminho de sua mesa. Deixou o copo de café e examinou alguns jornais que seus colegas haviam colocado ali. Ela realmente ficava bem com aquele vestido vermelho, concluiu.

Abriu a gaveta superior para limpar sua mesa e ficou paralisada. Ali, em cima de alguns lápis e revistas, estava sua carteira de motorista. A que estava em sua bolsa, levada por seu agressor.

Ela tirou as mãos da mesa como se queimasse e fechou a gaveta com o joelho. Forçando os lábios a sorrir, afastou-se devagar.

Após reprimir o primeiro impulso, que lhe dizia para ligar para a polícia e dizer a seu chefe o que havia descoberto, resolveu não fazer nada.

Olhos a seguiam pelo escritório, mas Judy olhava para todos de um jeito diferente agora. Alguém no escritório teria sido capaz de agredi-la? Por quê?

Ou talvez tivesse entrado escondido ali durante o fim de semana, em meio aos repórteres?

O projeto Fullerton recebeu um quinto de sua atenção, mas José não percebeu. Ou, se percebeu, não se importou. Uma hora no escritório e Judy arrumou uma desculpa para deixar sua sala. Na cozinha, encontrou uma caixa de sacos plásticos com fecho, pegou um e voltou para sua mesa. Com um lenço, abriu a gaveta, pegou cuidadosamente a carteira de motorista e a colocou no saquinho. *Realmente espero que esses programas de tevê sobre crimes estejam certos sobre a coleta de evidências.*

Tirou o celular da bolsa, bateu rapidamente uma foto da carteira de habilitação e guardou o saquinho lá dentro, para poder mostrá-la para Rick.

Em seguida, mandou a foto para ele.

> Encontrei isto na minha mesa. Estava na minha bolsa na noite do ataque. Não entre em pânico. Não me ligue.

Teclou "enviar", e o celular vibrou em dez segundos.

> Estou indo te buscar.

> Não! Vem um pouco antes da hora de me buscar. Traz alguma coisa para grampear o escritório, uma câmera pequena, alguma coisa. É hora de encontrar esse sujeito e parar de fugir dele.

Ela ergueu os olhos, não notou ninguém ao redor de sua baia, que não tinha muito espaço para esconder alguma coisa. Os polegares trabalharam rápido na mensagem seguinte.

> Me mande flores, um ursinho de pelúcia, qualquer coisa. Precisamos esconder em algum lugar o que você trouxer.

Quando ele não respondeu imediatamente, ela pensou que ele ignoraria sua ideia e irromperia pela porta da frente. Mas, quando o telefone vibrou, ela leu a mensagem e sorriu.

> Não saia do escritório por nada.

> Não vou sair.

> E me escreva de hora em hora.

Ela soltou um suspiro.

> Tudo bem.

Ela tremia por dentro, mas esboçou um sorriso e agiu como se nada tivesse acontecido.

Nancy permitiu que o garoto entrasse para entregar as flores. Todos se viraram quando ele a encontrou na sala de José. Rosas amarelas e lírios brancos.

Judy tentou parecer surpresa ao recebê-las.

— Ah, uau!

Antes que o garoto pudesse sair, ela disse que precisava pegar sua bolsa para lhe dar uma gorjeta.

— Não se preocupe com isso, sra. Evans.

Esse nome continuava a surpreendê-la. O cartão dizia simplesmente "Muito".

Depois de deixar as flores na mesa, ela enviou uma rápida mensagem para Rick.

> MUITO?

Ele respondeu com uma carinha piscando.

Meia hora depois, o mesmo garoto chegou com um buquê de girassóis. Grande e bonito. O cartão dizia "obrigado".

Uma mesinha no canto da baia recebeu os girassóis.

Uma dúzia de rosas brancas chegou em seguida, e José desistiu de manter Judy em sua sala. Nancy acompanhou o entregador até a saída. Judy colocou o cartão ao lado dos outros dois. "Muito obrigado por..."

Com certeza Rick não tinha terminado.

Era difícil se concentrar no trabalho parecendo que uma floricultura explodira nos arredores. Ela se lembrou de uma vez em que Karen e Mike haviam brigado, e ele mandara várias vezes o entregador com as flores para a casa de infância dela, em Utah. A diferença era que Mike estava se desculpando com presentes, e Rick estava apenas seguindo suas sugestões. Ainda assim, o sorriso não queria ir embora, apesar da razão para as flores.

Seu telefone tocou às quatro horas.

— Judy Gardner — ela atendeu.

— Você não quis dizer Evans? — Nancy perguntou, rindo.

— Ah, meu Deus... O entregador voltou?

— Sim, e tenho que dizer... Estou morrendo de inveja!

Judy riu.

— Manda ele entrar.

Eram dois ursos de pelúcia de mãos dadas, com trajes de casamento. A entrega chegou com um cartão: "Se casar". Os ursos eram bregas, mas lindinhos. Ela mandou uma foto deles para Rick.

Dez minutos antes da hora, uma mão apareceu por trás da parede de sua baia. Nela, uma única rosa vermelha com um cartão.

— Outra entrega?

O braço de Rick era musculoso demais para ser confundido com outro.

Ela se levantou e colocou a cabeça para fora, para vê-lo sorrindo daquele jeito bobo. Menino, homem, tudo num só.

— Não precisava — disse.

Ele balançou a flor e lhe entregou, mas não disse nada.

A flor solitária tinha um perfume adorável. E o envelopinho continha mais que um pedaço de papel. Mas ela olhou o cartão primeiro. "Comigo."

— Ahhh, Rick!

Podia ser tudo uma farsa, mas ela estava amando.

Deu um passo em direção a ele, que levantou a mão que segurava o envelope.

— Tem mais.

Judy inclinou o envelope e de dentro deslizou um anel de casamento. A pedra redonda e solitária captou a luz e a fez sorrir. Seu lado meigo aflorou.

— Ah, baby.

Rick pegou o anel da mão dela e o colocou em seu dedo. Serviu feito uma luva. Era simplesmente lindo. Grande o bastante para não passar despercebido. Ela realmente desejara que ele comprasse uma boa imitação de diamante. Comprar um diamante verdadeiro para uma armação temporária parecia um pouco demais para o bolso.

Ela estendeu a mão e admirou o anel.

— Eu amei.

— Vem cá — ele disse, chamando-a com o dedo.

Então seus lábios encontraram os dela e se demoraram neles.

— Todo mundo aqui vai ficar falando — disse ela.

Ele deu de ombros.

— Eles já estavam falando, de qualquer maneira — retrucou.

José passou e trocou um aperto de mão com Rick.

— Que bom que a minha mulher não vai passar aqui por esses dias. Você fez todos nós passar vergonha.

Os dois conversaram um pouco, até que o sr. Archer se aproximou e também os cumprimentou.

Judy deixou propositalmente um projeto em sua mesa e o ignorou até que quase todos saíssem do escritório. Nancy foi uma das últimas a sair.

— Tem certeza que você não tem irmãos? — perguntou a Rick.

— Sinto muito, querida — ele brincou.

— Que pena — ela murmurou ao sair.

— Vou acabar isto aqui — Judy disse para alguém que pudesse estar ouvindo.

Agindo como se estivesse em uma missão, andou pelo escritório, verificando se havia mais alguém.

Até Debra Miller havia saído, deixando o escritório vazio para eles.

— Tudo limpo — disse ela.

Dos bolsos internos da jaqueta, Rick tirou alguns pequenos dispositivos. Um parecia uma argola preta e grossa. Rick pegou o celular e digitou algumas coisas.

— Segura aqui.

Ela olhou para a tela e viu a própria imagem ali parada.

— Isto aqui é uma câmera?

— Sim.

Ele amarrou a pequena câmera nas fitas dos girassóis e a inclinou em direção à mesa. Satisfeito, pegou o segundo dispositivo. Este tinha um fio na extremidade. Ele encaixou o fio nos caules das rosas e apontou o dispositivo para a entrada da baia.

— Este tem som.

— Por que dois? — ela perguntou.

— Se o pessoal da limpeza tirar um de lugar, o outro vai captar alguma coisa.

Ela não havia pensado nisso.

— Agora me mostre o que você encontrou.

Judy sentou, tirou a bolsa da gaveta e mostrou a Rick onde tinha encontrado a carteira de habilitação.

— Estava ali. Não tinha como eu não ver se estivesse aí antes.

Ele pegou a carteira com a ponta dos dedos e a observou através do saco plástico.

— Você a colocou no saquinho?

— Sim.

Ele ergueu a sobrancelha.

— Pensou bem, Utah.

— Acho que todos os programas sobre crimes não podem estar errados.

Ele olhou dentro da gaveta.

— Encontrou mais alguma coisa?

Ela empurrou a cadeira para trás.

— Eu não olhei.

Rick pegou um lápis na mesa dela e foi arrastando as coisas para a frente e para trás na gaveta. Ela não viu nada fora do lugar.

— Logo depois que eu cheguei, um monte de repórteres entrou no escritório. Alguns foram direto para a minha mesa.

— Quantos podiam saber que esta é a sua baia?

— Nenhum, acho — ela disse e estremeceu.

Ele pôs a mão no ombro dela.

— Vamos sair daqui. Vou levar isto para o Neil. Talvez seja possível encontrar uma impressão digital clara. Vamos ver se o Dean consegue pensar em alguma coisa.

Ele apertou o botão vermelho de ataque, sabendo que a vencera mais uma vez. Passou a ponta da faca que tinha na mão pela foto dela. O vestido vermelho exalava altivez. Ela parecia querer zombar tanto dele com essa cor que ele teve vontade de sangrá-la no vestido.

O falso sangue salpicado na tela não era suficiente. Não desde que ele acertara o punho nela a primeira vez. Fora muito mais gratificante do que nessa tela com bipes e assobios. Seus talentos iam muito além desse jogo. A polícia estava prendendo o sujeito errado, farejando nos lugares errados. Idiotas.

A única coisa que ele não havia previsto era a segurança em torno de Judy. Brincar com ela antes de pegá-la estava se mostrando muito mais difícil do que ele imaginara.

O botão de ataque piscou, acompanhado de um sinal que dizia "causar dor". Ele empurrou a borda da lâmina contra o dedo, fazendo brotar sangue na superfície. Com absoluto fascínio, viu uma gota de sangue espirrar na foto da revista. Seu deleite pela imagem o fez se lembrar de outra. Mas essa não havia lutado muito. Ele não tivera a intenção de matá-la; a espessura de seu crânio devia estar com defeito. Não, ele só queria lembrar a Judy que ele estava ali. Ela não devia sorrir em nenhuma foto, não devia estar na frente de uma câmera. Mesmo nesse dia, ela caçoara dos repórteres e os dispensara como se fossem seus servos.

Ele pressionou o dedo na fotografia.

Ela não devia ter se casado e eternizado o momento que deveria ser o mais doloroso de sua vida. Que pessoa sã se casava quando havia um assassino rondando? Quem fazia isso?

Uma puta arrogante.

General de três estrelas a puta que te pariu.

A imagem sob seu dedo já estava quase irreconhecível.

Depois que ele deixasse seu presente para ela, Judy não voltaria ao trabalho. Ela agiria como a covarde que era, se escondendo atrás do jogo, dentro das paredes da casa de seu irmão.

Então ele teria que esperar. A fortaleza que a abrigava não era tão segura quanto as pessoas ao redor acreditavam.

⚯

Meg saiu correndo de casa antes de Rick desligar a Ferrari.

Rick estendeu a mão e a apoiou no joelho de Judy, mantendo-a no carro enquanto Meg corria até eles.

— Eu sinto muito. Me deixem dizer de uma vez e tirar isso do meu peito.

Se havia um olhar que Meg havia aperfeiçoado, e pelo qual Judy via melhor do que ninguém, era a inocência culpada que acompanhava seu meio sorriso e os olhos apertados. Isso devia ser consequência da diversidade de crenças religiosas que marcaram sua infância. Era como se sua avó judia e sua mãe católica a fizessem se confessar. "Se você é culpada, mas não acredita no inferno, então que diferença faz?"

Judy afastou a mão de Rick e saiu do carro.

— Sente muito pelo quê?

O sorriso de Meg se transformou em uma linha fina e ela indicou com a cabeça, por cima do ombro, em direção à casa.

Como um vídeo em câmera lenta, o pai de Judy saiu pela porta da casa de Mike.

Embora Judy não tivesse medo do pai, ele não era um homem pequeno, e ela passara a maior parte da vida tentando agradá-lo.

— Fala que a minha mãe está aqui.

Quando Meg não disse nada, Judy olhou feio para sua melhor amiga.

— Sinto muito, mas eu não podia dizer para ele não entrar.

Rick contornou o carro e colocou o braço em volta da cintura de Judy.

— Não pode ser tão ruim — disse.

Judy não tinha certeza. Quase nunca conversara com seu pai sem a mãe por perto. E ali estava ele, a quilômetros de distância de Utah, com uma expressão séria no rosto.

— Vou me mandar! — disse Meg, voltando-se para Rick. — Acho que sua casa em Tarzana tem o meu nome. Quartos sobrando, camas sobrando, muitas câmeras. Eu te amo, Judy, mas isso é uma questão de família, e eu não estou a fim de encarar mais esse drama esta semana. — Ela se inclinou e lhe deu um forte abraço. — Me liga se precisar de mim — sussurrou.

Judy acenou para a amiga.

— Vá. Mande uma mensagem quando chegar. O sujeito ainda está por aí, e eu nunca me perdoaria se algo acontecesse com você por minha causa.

— Eu estou bem.

— No pote de farinha tem uma Glock carregada — disse Rick.

Meg o abraçou.

— Você devia ficar assustado com a possibilidade de eu pegar numa arma.

Judy e Rick seguiram em direção ao pai dela e à sua carranca de desaprovação.

Nem um "olá" nem um sorriso; seu pai enchia a entrada com o olhar centrado em Rick.

— Você disse que a manteria segura. Não disse nada sobre casamento.

Rick apertou levemente a cintura de Judy, como se dissesse que podia lidar com o pai dela.

— Manter a Judy segura significa estar ao lado dela, sr. Gardner.

— Então, você troca a liberdade dela pela sua?

Rick levantou o queixo.

— Pai! — disse Judy.

— Isso é entre mim e ele.

— É nada — ela retrucou.

Seu pai levou o olhar até ela e Judy respirou fundo.

— Vamos entrar. Não preciso desse escândalo nos jornais amanhã.

Com isso, ela deixou o braço de Rick, passou por seu pai e entrou.

Na verdade, seus joelhos tremiam, mas ela deixou a bolsa na mesa do hall e foi para a cozinha. Colocou a rosa ao lado da pia e abriu a geladeira. Meg abrira uma das muitas garrafas de vinho que Mike mantinha à mão e deixara metade para ela. O fato de ter servido o líquido em um copo, sem se incomodar de pegar uma taça, provava como seus nervos estavam à flor da pele.

Judy ouviu os homens entrando atrás dela. Em vez de virar para eles, olhou pela janela de trás, tomou um gole de vinho e perguntou:

— Onde a mamãe está?

— Ficou em casa.

— Ela se recusou a vir?

Houve uma pausa, provando que ela estava certa.

— Eu já tive um filho se casando por conveniência ou uma besteira dessas. E não ia ficar de braços cruzados sem saber o que está acontecendo desta vez.

Judy se voltou para o pai e Rick se aproximou mais dela.

— Eu não sou o Mike.

— Não. Você é a minha filha. — Uma porção da aspereza de seu pai se despedaçou. — Que pai deixa uma filha cometer erros para o resto da vida e não tenta detê-la?

Judy baixou o copo e pegou a mão de Rick. Ela realmente esperava, independentemente do que Rick pensasse sobre seu casamento temporário, que ele a deixasse falar.

— Você não pode mais controlar a minha vida, pai. E, na verdade, se cometemos erros, é problema nosso. E, mais importante ainda, isso já é um fato consumado.

Quando seu pai encontrou o olhar de Judy, o brilho a fez lembrar Zach quando estava infeliz. Ou talvez Zach a fizesse lembrar seu pai.

— Você nunca foi tão difícil antes de ir para aquela maldita faculdade.

— Você quer dizer, antes de eu crescer?

Ele rosnou, e ela suspirou.

— Eu sou adulta. Isso pode ser um choque para você, mas é verdade.

— Você parece sua mãe falando.

— A mamãe é uma mulher inteligente. Você devia ouvi-la.

Até Rick voltou os olhos, como se ela estivesse patinando em gelo fino. Segundos se passaram, e Rick virou para o pai de Judy.

— Que tal uma cerveja, Sawyer?

— Ótimo.

O homem girou sobre os calcanhares e foi para o sofá do escritório.

Sozinha, mas ao alcance do ouvido de seu pai, Judy se segurava no balcão e tentava não tremer.

Rick pegou duas cervejas e as deixou no balcão, ao lado do vinho.

— Ele só está preocupado com você — sussurrou.

— Eu sei. Mas nós não precisamos de mais drama agora.

— Desarmar, desviar ou destruir. Acho que devemos ir com desarmar e desviar.

Judy se encostou no ombro dele e riu.

RICK INCITOU JUDY A TOMAR um banho e tirar um tempo para relaxar. A tensão na sala se equiparava à de seus primeiros dias na marinha. Quando ela desapareceu e o som das torneiras abertas encheu o vazio daquela casa enorme, Rick inclinou a cabeça para trás.

— Eu gosto da sua filha, sr. Gardner.

Sawyer resmungou.

Rick teria gostado de dizer ao sogro como seus sentimentos eram profundos, mas achava que ele não precisava ouvir essas palavras antes dela. Com tudo que estava acontecendo em sua vida, ele não queria sobrecarregá-la. Ele não sabia se ela sentia a mesma coisa e achava que a rejeição seria uma coisa difícil de lidar naquele momento. Se ele lhe confessasse seu amor e ela viesse com aquela bobagem de "vamos ser amigos depois que tudo isso acabar", isso o destruiria.

O relacionamento deles era frágil em muitos aspectos.

— Você gosta dela? — ele perguntou, sem parecer convencido.

— Sim.

Rick não olhou para o sogro ao falar. Não queria que seus sentimentos mais íntimos fossem revelados.

— Um casamento deve ser algo definitivo. Não pensei que teria que ensinar isso a meus filhos quando eram menores. Achei que todos dessem isso como certo, já que eu e a Janice nunca pensamos em nos separar.

Ainda que Judy e Rick tivessem dito nada sobre o casamento ser temporário, parecia que Sawyer já tinha tirado suas próprias conclusões.

— Eu já gostava dela antes de acontecer toda essa bagunça. Não posso garantir que seja temporário.

— O que você está dizendo, Rick?

Ele encarou o sogro.

— Estou sugerindo que controle seu julgamento. A Judy passou por muita coisa e não precisa se preocupar em agradar o pai agora.

Sawyer pestanejou duas vezes antes de virar a cerveja na boca.

O telefone de Rick vibrou. Quando olhou, viu o vídeo do escritório de Judy se acender. O detector de movimento do buquê de flores acionara o dispositivo para avisá-lo.

— Mensagem importante?

Sawyer não se impressionara, e Rick percebeu como seria difícil ganhar o homem.

A equipe de faxina estava na baia de Judy, limpando sua mesa e esvaziando o lixo. Rick se inclinou e mostrou o telefone a Sawyer.

— Eu disse que ia cuidar dela. Este é o escritório da Judy.

— Você a está espionando no trabalho?

Rick sacudiu a cabeça.

— Nós achamos que o sujeito que a atacou tem acesso ao local de trabalho dela. Estamos esperando por ele.

Quando Sawyer não disse nada, Rick se levantou e saiu da sala.

— Quer me acompanhar, sr. Gardner? Gostaria de lhe mostrar uma coisa.

A sala de que Russell e Dennis haviam se apoderado abrigava vários monitores e dispositivos de gravação. Rick acionou alguns interruptores e deixou que os monitores ganhassem vida. As câmeras externas da casa de Beverly Hills eram aparentes. O portão, o quintal, a porta da frente. A imagem do escritório de Judy mostrava a funcionária passando aspirador nas saletas e depois no corredor, até desaparecer.

Sawyer olhou as outras imagens.

— O que é tudo isso?

— Você já conhece o Neil — Rick disse, apontando para um conjunto de imagens em um monitor grande. — Esta é a casa dele. — Apontou para outra casa. — Aqui é Malibu, onde o Blake e a Samantha moram. Aqui, a casa do Zach e da Karen. — Ele ia passando os vídeos enquanto falava. — Aqui é em Tarzana, a minha casa.

Sawyer encontrou outro local, onde havia apenas uma câmera.

— E aqui?

— A mansão do governador, em Sacramento. Não precisamos realmente monitorar isso, mas o Carter e a Eliza gostam de saber que podemos entrar no sistema deles, se for necessário.

Sawyer fez um gesto de desprezo em direção aos monitores.

— Do que vocês têm medo?

Rick riu abertamente antes de responder:

— De nada. Os fuzileiros navais me ensinaram muita coisa. Ser engenhoso e ter conhecimento para proteger aqueles de quem gostamos é uma prioridade para nós. Blake Harrison é um dos homens mais ricos deste país. O Neil é casado com a irmã do Blake, e você já conhece alguns dos riscos que o Michael enfrenta.

Meg atravessou uma das imagens na casa de Tarzana. Uma luz indicava que o alarme estava sendo acionado.

— E por que a sua casa é monitorada? Você parece um homem que pode se cuidar sozinho.

Isso foi um elogio?

— Porque normalmente tudo isto está lá. Esta é uma instalação temporária, montada quando eu estava na cadeia — disse Rick, contrariado. — Quando pegarmos o homem que atacou a Judy, tudo isto vai sair da casa do seu filho.

— Tem certeza que vai encontrar o canalha?

Rick se recostou na mesa.

— Sim. Eu levo as minhas responsabilidades muito a sério. E proteger a minha mulher é a minha prioridade no momento — respondeu.

~∞~

Hannah atendeu no segundo toque.

— Oi, mana.

— Ah, meu Deus, Judy! Você se deu conta de que agora vão me colocar um cinto de castidade e me forçar a viver dentro de uma torre, por sua causa?

Hannah era uma típica garota dramática de dezoito anos. Para ser sincera, Judy tinha de admitir que a vida da irmã seria mais difícil agora, com as decisões que ela havia tomado.

— Eu sei. Sinto muito.

Hannah perguntou, depois de uma pausa:

— Você casou mesmo com ele?
— Sim.
— Eu sempre achei que iria no seu casamento. Eu era muito nova para lembrar do da Rena.
— Nós só assinamos papéis, Hannah. Não teve um casamento de verdade — disse Judy, olhando para o anel em seu dedo e admirando seu brilho.
— Então é verdade o que o papai disse? Sobre o seu casamento ser uma mentira, como o do Mike?
Não. Mike e Karen sempre haviam sido só amigos. Pelo que Karen lhe havia dito, eles nem sequer dormiam juntos. Considerando como Karen se sentira atraída por Zach desde o primeiro dia, provavelmente foi melhor assim. Já Rick era muito mais que um amigo.
— Foi tudo tão rápido... Não sei o que vai acontecer ou como as coisas vão acabar — explicou Judy.
— Se você ficar casada, é melhor fazerem algum tipo de comemoração um dia.
— Cuidado com o que você deseja. Posso te pedir para usar um vestido horrível, que pinique o corpo todo.
Hannah riu.
— Preciso falar com a mamãe — disse Judy. — Ela está em casa?
Hannah se despediu e passou o telefone.
— Faz ele voltar para casa, mãe. Por favor!
Janice deu uma risadinha suave.
— Quem dera eu tivesse esse poder sobre o seu pai. Forçá-lo a fazer qualquer coisa é sempre muito complicado. Eu disse para ele não ir. Pensei que, se eu não entrasse no avião, ele desistiria da ideia de ir para a Califórnia.
— Eu e o Rick precisamos nos concentrar. Eu sei que parece egoísta, mas não posso lidar com o papai agora.
— Eu entendo, querida, mas o seu pai tem opinião própria e acha que é dever dele ter certeza de que você não se casou com alguém só para tirá-lo da prisão. Pense nisso um minuto.
Judy sentou na beirada da cama, falando ao telefone e beliscando o nariz.
— O Rick só foi preso por minha causa. Não é como se ele tivesse roubado um banco e eu fosse uma desmiolada.
Sua mãe riu.

— Ninguém está dizendo isso. Acho que o seu pai não pensa que o Rick é culpado de nada.

— Então por que ele está aqui? Parece que ele não confia no que eu falo. Ele não correu para cá quando a Karen e o Mike se casaram.

— O Mike é homem.

— E daí?

— Com as filhas é diferente.

Essa conversa estava dando um nó na cabeça de Judy.

— Você vai entender quando tiver filhos. Por enquanto, vai ter que confiar em mim. Seu pai e eu te amamos, querida. Queríamos te ver vestida de noiva quando o homem certo aparecesse na sua vida.

Judy rebateu de imediato as palavras da mãe:

— Quem disse que o Rick não é o homem certo?

Houve uma longa pausa.

— Bem, então...

— Sim... Bem, então — disse Judy, soltando um longo suspiro. — Você tem que confiar em mim, eu sei o que estou fazendo, mãe.

— Eu nunca duvidei de você, querida. Nunca.

Judy encerrou a conversa com sua mãe e se juntou a Rick e a seu pai.

— Eu amo o meu pai — disse Judy horas depois, quando ela e Rick se retiraram —, mas tenho vontade de esganá-lo.

Ela virou na cama e olhou para o teto.

— Acho que esse não é o jeito certo de conquistá-lo — disse Rick.

Judy rosnou.

— Veja o lado bom — disse ele. — Meus pais não apareceram.

Ela olhou para Rick enquanto ele tirava os sapatos.

— Eles ligaram?

— O meu pai ligou.

Ela rolou de lado e se apoiou em um cotovelo.

— O que ele disse?

— Perguntou se eu era culpado.

— Ah, não!

Rick não parecia perturbado.

— Os meus pais pensam que eu sou maluco. Não posso culpá-los. Eu entrei para os fuzileiros navais e saí logo depois. Fui parar na cadeia, nos jornais...

— Mas se o seu pai acha que você é capaz de matar alguém...

Rick parou e tirou a jaqueta. Escondida em um coldre estava uma das armas que ele carregava.

— Eu já estive em combate ativo, Judy. Sou capaz de matar.

Ela estremeceu.

— Nunca pensei nisso desse jeito — disse.

Ele tirou o coldre e o colocou em cima da cômoda antes de ir em direção à cama. Deslizou sobre o edredom e inclinou a cabeça para ela.

— Eu não hesitaria em matar alguém que te machucasse.

— Isso me assusta — disse ela.

— Eu nunca te machucaria — disse ele, perfurando-a com os olhos verdes.

— Eu sei.

Ele estendeu a mão para ela, puxando-a para perto, e beijou-lhe a ponta do nariz.

Ela levou a mão ao rosto dele.

— Percebeu que ainda não consumamos nosso casamento?

As covinhas dobraram e os lábios dele encontraram os dela. Beijos suaves a persuadiram a se abrir e deitar de costas. Eles haviam tido tantas distrações, tantos obstáculos, que não passaram tempo suficiente nos braços um do outro.

Rick perdeu pouco tempo lembrando-a como era talentoso com a língua, mantendo-a presa à cama sem realmente segurá-la. Ela se sentia segura perto dele. A presença de Rick era uma muleta, ela sabia, mas, quando o vício passasse, valeria a pena qualquer ressaca que ele pudesse induzir.

Ele correu a ponta dos dedos dentro da borda da calça de Judy, e ela gemeu. Ele a silenciou com um beijo, roubando-lhe o fôlego. Quando as estrelas começaram a rodar na cabeça dela, ela se afastou.

— Ah, Rick...

— Shhh... — Ele beijou seu pescoço, arrancando-lhe outro gemido. — Eu adoro seus gemidos na cama, baby, mas fazer amor a poucos metros do seu pai contrariado seria melhor sem a ameaça de ele entrar aqui.

Ela congelou e fechou os olhos com força.

— Você não disse isso!

Ele ria enquanto desabotoava a camisa dela e apertava os lábios contra seus seios.

— Você gosta de aventura.

Ela estava com as mãos nos ombros dele, pronta para afastá-lo.

— Mas meu pai...

Aparentemente, seu pai não era uma ameaça para Rick. Ele encontrou a pontinha atrevida do seio de Judy e começou a saboreá-lo, enquanto deslizava o joelho entre os dela.

— Ah...

Rick riu sobre o seio dela enquanto abria o fecho, até que ela se livrou da camisa e do sutiã. Judy sentiu a barba por fazer de Rick arranhar sua pele quando ele passou a dar atenção aos dois seios. Os pensamentos sobre seu pai fugiram e ela pediu o toque de Rick por todos os lugares. O cheiro e a sensação de sua pele sobre a dela se intensificaram quando ele tirou a camisa e a jogou no chão. Será que ela nunca se cansaria das curvas daquele corpo incrível?

— Tão macia — disse ele, acariciando o quadril de Judy, já despida da calça.

A respiração quente de Rick se movia em ondas sobre o sexo dela. Suas intenções de prová-la inteira ardiam em seus olhos.

Ela balançou a cabeça na cama, tentando controlar o tom de voz.

— Desse jeito eu vou gritar — ela o advertiu.

Gozar durante o sexo oral sem poder gritar era quase impossível.

Ele abaixou a calcinha, deixou um lado pendurado no tornozelo dela e beijou seu corpo nu.

— Não. Você vai sentir tudo e ficar quietinha.

Suas palavras a deixaram toda molhada.

— Eu não consigo.

— Shhh...

Ele se inclinou e lambeu a parte interna de sua coxa.

A necessidade de gemer fez cócegas na garganta de Judy, mas ela se controlou.

— Isso mesmo.

Rick pôs uma perna dela sobre seu ombro e a mordiscou, cada vez mais perto. Ela não conseguia ficar parada; a necessidade de que ele encontrasse seu ponto era tão intensa que ela quase guiou a cabeça dele para junto de seu sexo. Então ele chegou, e Judy levou o punho à boca para não gritar. Impiedosamente, ele a provocou e a sugou com força. Com o orgasmo perto, ela se empurrou energicamente contra ele, como nunca fizera com nenhum outro homem antes de Rick. Então gozou em silêncio, contorcendo-se na cama.

Ele rastejou para cima dela, derramando o restante das roupas no caminho.

— Você vai me pagar por isso — ela prometeu com um sorriso.

— Promessas, promessas.

Mas, antes que ela pudesse cumprir suas palavras, Rick se ancorou entre as coxas dela e a penetrou. Tão quente, tão perfeito. Ela o envolveu com as pernas e tomou tudo que ele tinha para lhe dar.

Sentiu o gosto dele em seus lábios. Um beijo que imitava o movimento dos quadris.

Ele hesitou e olhou para ela, preocupado.

— Preservativo — disse. — Eu não...

Quando ele começou a se afastar, ela o segurou firme.

— Eu tomo pílula. No último exame estava tudo bem.

— Eu estou bem, mas... tem certeza?

Ela respondeu empurrando os quadris em sua direção. Ela nunca tinha transando sem camisinha. Mas fazer amor com Rick sem proteção parecia totalmente certo.

— Muito papo — ela sussurrou — e pouca ação.

Ele riu e a rolou na cama, até deixá-la por cima. Quando a cama rangeu, ambos congelaram e olharam para a porta.

Ela riu; Rick a puxou sobre si, selou seus lábios e fez amor com ela tão lenta, silenciosa e profundamente que ela ouviu anjos cantarem.

※

Judy rolou na cama e descobriu que Rick tinha desaparecido. O relógio na cabeceira piscava; eram cinco da manhã. Com um sorriso no rosto, vestiu um roupão de banho e encontrou o marido curvado sobre o tablet, com uma xícara de café na mão.

— Oi.

Ela deslizou o braço ao redor dos ombros dele, adorando ver como se encaixavam facilmente. O beijo matinal de Rick provocou um rubor em suas faces.

— Bom dia. — Ele indicou a cafeteira fumegante. — Eu fiz café.
— Bom na cama e na cozinha. Como fui dar tanta sorte?
— Mas não me peça para cozinhar nada.
— Não acabe com as minhas ilusões — ela brincou.

Judy se serviu de uma xícara e deixou o primeiro gole deslizar pela garganta com um gemido.

Notou que ele a olhava e sorriu.

— Que foi?

Ele lambeu os lábios com um olhar faminto. Então ela percebeu que o desejo dele não era de café.

— Você é malvado.

— Eu gosto dos seus gemidos. Não pude curtir nenhum deles ontem à noite.

Ele tinha razão: era difícil controlar a intensidade com que faziam amor sem poder fazer nenhum barulho.

— Acho que vamos ter muitas oportunidades de gemer de novo.

Ele se remexeu na cadeira e focou a atenção no tablet. O jogo dela estava aberto.

— O que você está fazendo?

— Tentando ver se tem alguma pista aqui. Algum padrão.

Ela sentou no colo dele e deu tapinhas na tela, coletando dinheiro de seus edifícios virtuais.

— Encontrou alguma coisa?

— Não. Esse aqui te atacou algumas vezes nos últimos dias, mas essa mulher também.

— Faz parte do jogo. Quando você encontra um jogador fraco, tende a voltar para ele mais e mais, para aumentar suas estatísticas. Não é nada pessoal.

— Isso se o sujeito que te machucou não estiver jogando esse jogo. Você mesma disse que tem gente radical aqui.

Ela tomou um gole de café e acionou o botão "vingança" sobre os jogadores que a haviam atacado durante a noite.

— Bem, vamos ver se podemos provocar uma resposta dessas pessoas.

Ela bombardeou alguns edifícios defensivos, enfraquecendo o outro jogador, e depois invadiu mais um ou dois, roubando seu dinheiro virtual.

— O que você está fazendo?

Judy explicou sua estratégia e a repetiu com mais dois jogadores.

— Se eles forem obstinados, vão voltar batendo. Se não se importarem, vão ficar longe.

— E, se um deles for o nosso sujeito, eles não podem só tentar destruir a sua base?

Ela estremeceu.

— É um jogo. Você não pode destruir uma base. Mas, sim, pode ter um valentão no jogo. Mas eles acabam ficando entediados e seguem em frente.

— Ou caçam o jogador na vida real e o machucam — disse ele, apertando a cintura dela. — Tem muita gente maluca solta por aí.

Agora ela sabia disso. Não veria o jogo da mesma maneira novamente. Se não fosse a única ligação que tinham com um possível suspeito, ela o apagaria imediatamente.

— Alguma atividade na minha página do Facebook?

— Nada. Alguns amigos deixaram comentários sobre o seu vestido vermelho.

Ela sorriu.

— Eu adorei aquele vestido — ele disse, acariciando-lhe o pescoço.

Ela o afastou quando seu pai entrou na sala e limpou a garganta.

꒰ঌ☼໒꒱

— Eu posso tirar a manhã de folga e te levar ao aeroporto — disse Judy a seu pai depois de tomar banho e se preparar para mais um dia.

Rick estava no quarto, dando-lhe tempo para falar com o pai sozinha.

— Eu aluguei um carro — disse Sawyer, passando por ela no corredor.

— Mas...

Ele soltou um longo suspiro e voltou o olhar para ela. Parecia arrasado.

— Sinto muito, estou te decepcionando — disse Judy.

Ele balançou a cabeça.

— Eu não gosto de algumas escolhas que você está fazendo, mas não estou desapontado.

— Parece.

Seu pai tentou sorrir, mas falhou, deixando a fachada cair.

Judy sorriu.

— Eu gosto do Rick — disse ele. — Mas gostaria mais se ele tivesse me falado as intenções dele.

— Não seria comigo que ele deveria falar das suas intenções? — disse Judy.

Suas palavras se agitaram no cérebro de seu pai.

— É, acho que sim — disse ele.

Judy se aproximou do pai.

— Eu sei que você está preocupado comigo, mas estou bem. De verdade.

Ele balançou a cabeça e abriu os braços.

Ela o abraçou e o ouviu suspirar.

— Se precisar de mim... a qualquer hora do dia ou da noite...

Ela sentiu a emoção arder na garganta.

— Eu sei — disse.

Sawyer lhe deu um beijo no alto da cabeça e a soltou.

— Vá. Eu tranco tudo quando sair.

— Eu te amo, pai.

— Eu também te amo, filha.

25

RICK SENTOU DIANTE DE DEAN e Neil, somando esforços para encontrar um fio que ligasse o jogo de guerra de Judy ao sujeito que a perseguia.

O escritório de arquitetura estava tranquilo. Não havia nenhum sinal de que alguém tivesse entrado em sua baia e lhe deixado um presente. Não houve nenhuma manchete de ataques, nenhuma evidência de que a polícia estivesse de olho em Rick.

Está tudo muito calmo. Calmo demais.

— Tem alguma coisa aqui — disse Dean em voz baixa.

Ele estava com o Facebook de Judy aberto e passara um bom tempo rastreando seus amigos e procurando possíveis conexões entre eles. Neil trabalhava no jogo online se passando por jogador e tentando encontrar os nomes verdadeiros de alguns participantes.

— Eu também acho — disse Rick.

— Talvez o sujeito tenha largado o jogo e deletado o perfil — disse Neil.

— Isso não se encaixa no perfil dele — disse Dean. — Ele vai querer ver as consequências.

Rick se recostou, afastando as fotos da multidão coletadas por Russell e Dennis no tribunal e comparando-as às da aglomeração de pessoas na garagem quando se espalhara a notícia do ataque inicial. Em seguida, ele as comparou com as coletadas do lado de fora da cena do crime. Eles haviam reunido um bocado de material, que Rick analisava minuciosamente. A vida de fuzileiro naval era mais fácil. Identificar o alvo, apontar e atirar. Próximo!

— Porra, merda! — Neil ergueu a voz, algo raro naquele homenzarrão.

— Que foi?

Rick rolou a cadeira para perto de Neil para ver por que ele estava praguejando.

— O que é isso? — Neil perguntou, apontando o perfil de um jogador da equipe.

— Uma piada? — disse Rick.

O nome no perfil era "Major Harry Dog". Para dar algum crédito a Harry, muitos nomes de perfis haviam sido plagiados de pessoas reais, de general Grant a Hitler. Outros nomes eram piadas óbvias, Dare Devil, Betty the Baker, Mominator, Senhor dos Meus Anéis etc. A lista chegava aos milhares. Mas a dos que jogavam ao lado de Judy era limitada a cerca de sessenta. Depois, havia a lista dos que a tinham vencido no jogo e ficavam no cache dela, o que aumentava a lista em várias centenas.

— Lê isso e me diz o que você acha dessa pessoa.

Neil se recostou, e Rick e Dean se inclinaram para a frente para observar melhor.

Rick olhou o perfil; o avatar era um homem vestido com camuflagem do deserto e um chapéu duro. A bandeira do país era britânica. Pela quantidade de missões concluídas e lutas ganhas, a pessoa jogava havia algum tempo.

— Um cara de algum lugar da Europa que obviamente não tem muita vida social, já que passa muito tempo online.

Neil avançou e abriu outra tela de bate-papo.

— Não só o Major Harry não é homem, como está nos Estados Unidos. Meu palpite seria a costa Leste.

Os horários em que o Major Harry conversava online com outros jogadores batiam com os da costa Leste, e ela parava à noite dizendo que precisava ver o noticiário noturno.

Neil percorreu a página e destacou um post.

Desculpe, perdi a batalha, pessoal... Deixei o telefone na bolsa e esqueci de carregar.

Rick coçou o queixo enquanto o cérebro absorvia a informação.

— Então ela está jogando como homem — disse.

— E se ela está jogando como homem...

— O nosso sujeito pode estar jogando como mulher — disse Neil, encontrando o olhar de Rick.

— Ah, que inferno! — rosnou Dean.

Voltaram à estaca zero.

— Devíamos ter pensado nisso — disse Rick.

Pelo menos ele sabia que estava procurando a foto de um homem.

⁂

Ela ainda estava no trabalho. Foi para casa com a nova foda e não parecia nem um pouco preocupada com sua rotina diária. Voltou ao jogo, bombardeando, invadindo e conversando no grupo. Como se nada tivesse acontecido.

Quando chegou o alerta de que ele havia sido atacado por ela no perfil principal, algo dentro dele ameaçou explodir. *Como ela ousa?*

Ele pegou a foto que havia tirado naquela tarde, quando ela fora almoçar com os amigos do trabalho, e recortou cuidadosamente o braço. Ela podia usar manga comprida ou jaqueta para esconder a cicatriz, mas ele sabia que ela estava ali.

Ambos sabiam que ela estava ali.

Com a faca que tinha na mão, escavou o papel de parede barato por trás da foto e a destruiu.

Imaginá-la sob a lâmina afiada de sua faca o fazia escavar mais e mais. O episódio na garagem tinha sido muito rápido. Rápido demais para senti-la tremer, sentir o medo que emanava dela. Sim, era isso que ele queria.

Da próxima vez ela não fugiria. E ele teria tudo para si.

⁂

— Mike! — Judy exclamou, abraçando seu irmão e deixando que ele a levantasse em um enorme abraço.

— Quis fazer uma surpresa.

A entrada de seu irmão no edifício não causou o mesmo estardalhaço que da primeira vez. Ele carregava um buquê de flores e exibia um largo sorriso no rosto.

Ela se inclinou para trás e admirou as rosas.

— Para que essas flores?

— Eu perdi o casamento.

Ela sorriu e pegou o buquê.

Ele se inclinou e lhe deu um beijo.

— O Rick disse que você precisava de flores frescas para esconder a câmera — explicou.

Aparentemente, seu marido temporário já havia informado seu irmão. Fazia mais de uma semana desde a entrega das flores, e nada acontecera. Nada. As faxineiras faziam seu trabalho, seus colegas deixavam uma ocasional lista de tarefas pendentes em sua mesa. Fora isso, nada.

Judy olhou ao redor de Mike e não viu ninguém espreitando. Fez sinal para ele ficar na porta.

Ela se voltou e tirou a vareta que segurava a câmera nas flores que Rick lhe dera e a transferiu para o novo buquê. Enquanto entregava as flores velhas ao irmão, seu celular vibrou na mesa.

A mensagem de Rick foi direto ao ponto.

> Para a porta.

Judy inclinou a câmera disfarçada em direção à abertura da baia e esperou.
A mensagem seguinte de Rick foi uma carinha sorridente.
Mike deu uma piscadinha quando ela terminou.

— Então, onde quer ir almoçar?

Cinco minutos depois, estavam sentados no café onde haviam almoçado da última vez em que ele estivera no trabalho dela.

— Ouvi dizer que o papai apareceu. Sozinho — disse Mike, partindo um pedaço de pão e enfiando na boca enquanto falava.

Nada como falar de boca cheia para provar que se é da família.

Judy revirou os olhos.

— Ele demorou um ano para mandar o Zach checar o seu casamento. Eu estou casada há alguns dias e *puf*! Aqui está o papai.

— Eu sou homem — disse Mike, empurrando o pão com a água da garrafa que havia pedido e enfiando outro pedaço na boca.

— Como se fizesse diferença. Não importa, o Rick deve ter dito algo que o deixou feliz. Ele foi embora no dia seguinte.

— Talvez a mamãe tenha ligado e colocado algum bom senso na cabeça dele.

Judy sorveu o chá gelado.

— Sim, talvez — concordou.

Os pratos chegaram. Judy começou com a salada enquanto roubava batatas fritas do prato de Mike.

Ele deu algumas mordidas antes de voltar a conversa para ela.

— Como você está, de verdade?

Conversar com Mike sempre fora como conversar com uma irmã mais velha. Ele era muito mais acessível que Zach, mais jovem que Rena e mais experiente que Hannah. Eles tinham uma ótima família, e, se tivesse oportunidade, Judy abriria seu coração com todos eles. Mas Mike sempre parecia ser uma boa escuta. Agora que ele estava de volta em sua vida, ela recordou esse fato e soltou a língua.

— Fico toda hora desconfiada, achando que alguém está me seguindo.

Mike parou entre uma mordida e outra.

— Mas isso não me impede de trabalhar — continuou ela —, de fazer o que eu preciso. Mas desconfio de qualquer pessoa desconhecida que se aproxima de mim.

— Acho que é normal — disse ele.

— Sim... — Ela largou o garfo. — O Rick tem sido incrível. Pensei que ele ia se cansar de ficar tomando conta de mim, checando como eu estou quase de hora em hora.

Mike ergueu a sobrancelha e jogou uma batata frita na boca.

— A Karen me disse que ele estava de olho em você antes do nosso divórcio.

— A Karen é uma mulher esperta — disse Judy.

Mike balançou a cabeça, rindo.

— Ela me contou sobre o seu casamento. — Ele olhou em volta, o que fez Judy erguer os olhos também. Aparentemente, ninguém estava perto o bastante para ouvir a conversa. — Acha que as coisas vão durar depois que tudo se acalmar? — Mike perguntou.

A noite anterior passou como um flash em sua cabeça. A maneira como Rick fazia amor com ela a levava a sentir como se ela fosse a única mulher do mundo.

— Eu não sei, Mike. Nenhum de nós planejou isso. Fomos conduzidos a fazer o que fizemos, como em um filme.

Mike limpou o prato, o afastou e a olhou nos olhos.

— Você sabe que ele te ama, certo?

As palavras de seu irmão a fizeram inspirar forte.

— Eu sei que ele gosta de mim.

Mike sorriu, pôs os óculos escuros e jogou algumas notas na mesa.

— Bem, irmãzinha. Vamos te levar de volta ao trabalho.

Ele a conduziu até o escritório, lhe deu um beijo no rosto e disse que a veria em casa.

Durante a hora e meia seguinte, ela ficou pensando nas palavras e nas observações de seu irmão. Ela não conseguia parar de sorrir; não conseguia impedir que o calor se espalhasse por sua pele quando pensava que talvez Mike tivesse visto algo em Rick que ele ainda não tinha compartilhado com ela. Com todo aquele caos, seria possível ter se apaixonado pelo homem certo?

Ela sacudiu a cabeça para se livrar da névoa deixada em seu cérebro pelos comentários de seu irmão e espalhou os desenhos do projeto de Santa Barbara na mesa. José não trabalharia à tarde, e a lista de afazeres de Judy havia quase zerado nessa sexta-feira.

— Srta. Gardner?

Profundamente pensativa, ela levou um susto ao ouvir seu nome. Mitch, um entregador que frequentava o escritório, estava na porta da baia dela, mascando chiclete.

— Olá, Mitch.

— Tenho uma entrega para o sr. Archer.

Judy se levantou e estendeu a mão para pegar o pacote da mão dele.

— Ele já foi. Posso receber por ele.

Mitch lhe entregou o pacote. Um curativo na mão esquerda chamou a atenção de Judy.

— O que aconteceu? — perguntou.

Ele olhou para a mão como se não lhe pertencesse e a escondeu nas costas.

— Acidente.

Mitch devia ter a idade dela. Talvez um pouco menos, e mais acanhado que a maioria dos rapazes. Era mais alto que ela e bem que podia perder alguns quilos.

Andando ao redor dele, ela sorriu e perguntou:

— Preciso assinar?

— Tenho outra entrega rápida — disse ele, acenando com um pacote na mão. — Vou entregar e já volto.

Judy o observou se afastar e entrou no escritório de Steve para deixar o pacote.

Hesitou ali por menos de um minuto. E então um som alto, acompanhado pelo tremor do edifício, a fez se agarrar à mesa.

A porta atrás dela bateu, os alarmes de incêndio começaram a berrar e as luzes da sala piscaram rápido.

Terremoto?

Só que a sala não estava tremendo. Havia gritos, luzes piscando, e do lado de fora da sala do sr. Archer ela ouviu pessoas correndo.

O som ensurdecedor do alarme tornava quase impossível pensar.

Judy correu para a porta, virou a maçaneta e a encontrou trancada.

Bateu com os punhos na porta ao ouvir pessoas correndo.

— Ei!

Alguém do outro lado gritou a palavra "fogo", e o pânico a fez puxar a porta com mais força.

<hr>

Rick realmente gostava da companhia de Michael. Durante o pouco tempo em que estava com Judy, começou a ver o homem, e não o astro de cinema de Hollywood que conhecia desde que passara a trabalhar com Neil. As conversas com Judy sobre o irmão dela antes da fama o haviam tornado mais humano.

— Obrigado por levar as flores para ela — disse Rick quando Michael entrou no escritório, onde ele repassava a curta lista de jogadores que ainda não estavam muito bem identificados.

Dean tinha voltado para sua sala e solicitava a seus superiores que investigassem a possibilidade de haver um assassino à espreita por trás de um jogo online.

As chances de o detetive chegar a algum lugar com seus colegas eram poucas, mas ele era próximo do governador do estado e de sua esposa. Se havia alguém que podia fazer com que os detetives Raskin e Perozo começassem a procurar em outro lugar, e não na direção de Rick, eram Dean e os Billing.

— Sem problema — Michael respondeu. — Ela parece que está muito bem.

Rick sabia que ele estava elogiando mais do que a aparência da irmã. De qualquer maneira, não era algo que muitos irmãos notariam.

— Ela é uma mulher forte — disse Rick.

Michael se recostou no balcão da cozinha, orgulhoso.

— Ela é durona. E o fato de você estar aqui para lhe dar segurança ajuda bastante.

Rick balançou a cabeça.

— Eu designei o Russell para te acompanhar aos lugares, se você precisar enquanto estiver em casa — disse.

Rick não podia brincar de guarda-costas enquanto vigiasse Judy.

Michael deu de ombros.

— Eu não tenho nada grande planejado — disse.

Rick sabia que Zach havia pedido a Michael para dar um jeito de passar um tempo em casa. Muita segurança e um ator de sucesso na frente de uma câmera eram uma ótima maneira de manter um álibi para todos os envolvidos.

— Você tem certeza que não vai ter problema com seu último filme?

— A família em primeiro lugar — disse Michael.

Traduzindo: Michael havia dito a seus produtores que trabalhassem sem ele por um tempo. Coisa temporária.

Rick sentia que a resposta estava perto. Agora que eles haviam estreitado a busca aos jogadores, ele podia quase sentir o gosto de uma brecha.

O celular no bolso vibrou ao mesmo tempo em que o telefone da casa tocou.

Michael atendeu a linha da casa e Rick olhou o vídeo do escritório de Judy. Da última vez, ele a vira sentada à mesa, trabalhando; só que agora ela não estava lá e a baia estava vazia. Então, por que o monitor sentia movimento?

Ele levantou para ir à sala dos monitores quando ouviu angústia na voz de Michael:

— Ele está aqui.

Michael entregou o telefone sem fio a Rick.

— É o Neil. Disse que está acontecendo algo no escritório da Judy.

Rick controlou a imediata sensação de pânico e pegou o telefone.

— Fala.

— Você já viu os monitores?

Rick quase correu para os monitores e clicou em todos eles. O escritório de Judy estava no centro do palco. Sua baia estava vazia, mas os funcionários passavam correndo pela porta.

— O que está acontecendo?

Ele aumentou o volume; notou a luz estroboscópica piscando atrás de onde as câmeras estavam escondidas.

— O que está acontecendo? — Michael perguntou atrás dele.

— Não sei.

— O alarme de incêndio disparou — disse Neil.

O único som no monitor era do alarme de incêndio e dos funcionários correndo, em pânico.

— Alarmes falsos acontecem o tempo todo. Por que o caos? — Rick perguntou.

— Espera — disse Neil.

Enquanto aguardava que Neil voltasse à linha, Rick pegou o celular e ligou para Judy. Quando o dela tocou, ele o ouviu pelos monitores. Judy havia deixado o celular quando saíra do edifício?

Sentiu um frio na barriga.

— Houve uma explosão — disse Neil quando voltou ao telefone. — Um princípio de incêndio.

Uma distração, o caos, e Judy facilmente se perderia na confusão.

— Não estou gostando disso — disse Rick.

— Nem eu — Neil respondeu.

Rick olhou para Michael, e os dois correram porta afora.

26

— SOCORRO! — JUDY GRITOU acima do barulho do alarme, socando a porta com os punhos.

O corredor em frente à sala estava silencioso, como se o edifício tivesse sido evacuado e ela tivesse ficado para trás.

— Tem alguém aí? — bateu de novo.

Então se voltou para a escrivaninha e correu para o telefone quando a porta do escritório se abriu.

Vinda do corredor, uma espessa fumaça branca entrou na sala onde Judy estava.

— Srta. Gardner?

— Mitch!

Graças a Deus ele a ouvira.

— Aconteceu um incêndio. Vamos.

Ele praticamente a puxou da sala, afastando-se do elevador e indo para os fundos do escritório, onde a fumaça não parecia tão densa.

— O que aconteceu?

— Não tenho certeza. Parecia uma explosão. Eu virei e ouvi você gritar.

Uma tosse forte parecia rasgar os pulmões de Judy, em meio à fumaça que ameaçava o caminho por onde seguiam.

— Temos que sair daqui.

Mitch, que ela nunca vira como um tipo de herói, a guiou para fora do escritório por uma escada nos fundos, que ela nem sabia que existia. A fumaça enchia as escadas perto do terceiro andar, mas ele continuava avançando.

— Parece perigoso — disse ela.

— Vamos.

Ele foi atravessando os escritórios do segundo andar e correndo através da fumaça. Deu um pano a ela e a ajudou a cobrir a boca para não respirar a fumaça.

Eles pareciam andar em círculos. A respiração de Judy estava se tornando curta, fazendo-a tossir. O pano não estava filtrando bem. Cada respiração parecia mais difícil que a anterior.

— Precisamos encontrar as escadas — disse ela.

A cabeça dela rodava.

— Por aqui.

Só que aquele não era o caminho para as escadas. Pelo menos ela achava que não.

O aperto de Mitch em seu braço parecia uma prensa e era mais ameaçador do que ela esperava de um tímido entregador.

Tirou o pano da boca.

— Precisamos voltar para o outro lado — disse.

Mitch a puxava com ele.

— Mitch! — Ela não conhecia uma saída para onde ele estava indo.

— Eu sei para onde estou indo, Judy. — A voz zangada a fez estremecer e lhe soou familiar.

Ela hesitou; notou que a fumaça estava diminuindo. Inspirou através do pano e olhou para ele.

Uma fronha?

Ela congelou e se livrou da mão de Mitch.

Ele se voltou e a fitou, e então ela soube.

Ela fez que ia correr, mas, com o cotovelo, acertou seu tronco e saiu em disparada.

Uma parede de fumaça encheu sua visão, bem quando um peso enorme a derrubou.

— Sua puta idiota.

Rick e Michael chegaram ao mesmo tempo que os repórteres.

Do lado de fora do edifício, os funcionários se reuniam em grupos; muitos rostos irreconhecíveis de cada andar. Com o equipamento de combate a incêndio, os bombeiros entraram no prédio puxando mangueiras. Aparentemente, a fumaça saía do terceiro andar, do lado oeste. O escritório de Judy ficava vários andares acima, a leste.

Michael girou em círculos.

— Está vendo a Judy?

Rick espiou sobre a cabeça das pessoas reunidas.

— Não.

— Eu vou procurar lá — disse Michael, apontando para uma multidão parada do lado oposto da rua.

— Tudo bem.

Michael saiu correndo, enquanto Rick escrutava a multidão, em busca de um rosto familiar.

A polícia começou a chegar e arrancar as pessoas do edifício, mas ainda assim Rick não viu sinal de Judy.

Ele viu um rosto familiar. Segurou o braço de Nancy e a fez girar.

— Nancy?

— Que loucura — disse ela, voltando-se para o edifício.

— Você viu a Judy? — ele perguntou.

Nancy sacudiu a cabeça.

— Não. Ouvimos a explosão e corremos. Estava uma loucura lá dentro.

— Onde foi a explosão?

Ela apontou para a fumaça.

— No terceiro ou quarto andar. Não no nosso.

Isso já era alguma coisa, pelo menos.

— Se você vir a Judy, diga a ela que estou aqui.

Ele já havia perdido a atenção de Nancy quando uma segunda explosão, vários andares acima do quarto, sacudiu o edifício e fez as pessoas correrem para longe, aos gritos.

Correndo em sua direção em meio ao caos, estava Neil, parecendo um jogador da defesa, atravessando um monte de pontas amontoados.

Rick nem lhe deu tempo de perguntar.

— Não vi a Judy.

Atrás deles, Michael se juntou à conversa.

— O chefe dela não a viu sair.

Rick viu a polícia se aproximando. Provavelmente para tirá-los do local. Deu uma cotovelada em seu amigo.

— Distraia os policiais. Vou entrar.

Desmaiada, ela não pesava nada sobre seu ombro. Ele havia camuflado o caminho com granadas de fumaça e bombas-relógio. E pensar que o exército o considerou inapto para a função. Malditos idiotas.

O trajeto que unia os dois edifícios era um corredor abandonado na garagem. Se os mendigos soubessem de sua existência, estaria cheio de lixo e cheirando a urina. Mas por algum motivo os vagabundos da área não sabiam que aquele lugar existia. Só que ele sabia.

Aliviou as costas do fardo e abriu a porta que dava para o corredor vazio do edifício adjacente. Com o caminho livre, jogou Judy de volta ao ombro e desceu dois lances. Atravessou um conjunto familiar de salas. O espaço ia se tornando cada vez mais escuro e mais vazio.

Pela aparência da antiga sala de máquinas, devia ter sido abandonada havia pelo menos dez anos. O lugar era perfeito. O barulho de um velho duto que abrigava o moderno sistema de ventilação e aquecimento abafaria a maior parte dos sons provenientes dali. Não que ele precisasse se preocupar com isso. O edifício de Judy seria evacuado e, com o fim de semana pela frente, não haveria nenhum funcionário andando pelo lugar.

Ele a deixou sobre uma pilha de cobertores que havia colocado ali com antecedência, tomando cuidado com a cabeça de Judy, a fim de não estragar a diversão matando-a antes da hora. Passara semanas ansiando por isso.

O clorofórmio que ele havia posto no pano e que ela levara voluntariamente à boca estava começando a perder efeito. Como não estava pronto para tê-la completamente consciente ali e para a diversão que teriam, Mitch preparou um coquetel para sua convidada.

Com a solução pronta, se abaixou ao lado dela. Esfregou uma veia na mão de Judy e perfurou sua pele. Ela puxou a mão, mas ele a segurou.

Judy abriu os olhos. O pânico que sentiu não a deixaria tão cedo.

Ele empurrou o êmbolo quando ela se debateu, tirou a agulha e a balançou na frente dela.

— O-o que você... — ela balbuciou, com a visão desfocada.

Ele largou seu braço e sentiu o peso morto atingir sua coxa. Apoiou os dedos em seus lábios.

— Shhh...

Ela virou a cabeça de lado, mas não conseguiu mexê-la de novo antes que as pálpebras se fechassem, e tombou.

Mitch levantou, esfregou as mãos e sorriu.

⁂

Meg forçava a passagem por entre a multidão, com Lucas e Dan a seu lado. Ela havia acabado de voltar para casa quando eles apareceram no portão, informando sobre a explosão.

Tiveram que estacionar vários quarteirões adiante do caos e correr para a confusão de policiais e caminhões de bombeiros. Enquanto passavam em meio às pessoas, procuravam Judy, mas não a viam.

O cordão de policiais só permitia que as pessoas observassem do outro lado da rua. Vários caminhões jogavam água sobre as chamas ondulantes em um dos pisos superiores. A mídia já estava a postos, montando câmeras, com jornalistas de prontidão para entrar em cena.

Ela tem que ter saído.

Dan puxou a mão de Meg e apontou para uma massa de pessoas e várias equipes de repórteres.

— Aquele não é o Michael?

O alívio foi temporário; quando se aproximaram, não viram Judy ao lado de seu irmão. Ela olhou nos olhos dele e se voltou para o edifício.

— Não...

Michael envolveu os ombros de Meg e câmeras bateram fotos. Ele se aproximou do ouvido dela e sussurrou:

— O Rick está lá dentro procurando. O Neil está checando os edifícios vizinhos.

— Tem alguma pessoa presa lá dentro? Alguém sabe? — ela perguntou.

Michael negou com a cabeça.

— Não sabemos. Pelo que sei, teve muito tempo para todos do andar dela saírem.

— Então, onde ela está?

Michael apertou o ombro de Meg.

— A primeira explosão foi num andar inferior. A segunda, perto do último andar — explicou.

— Já sabem o que causou a explosão?

— Ninguém sabe.
Um repórter se aproximou e enfiou um microfone no rosto deles.
— Michael, teve notícias de sua irmã desde que o incêndio começou?
— Vá embora — ele disse ao repórter.
Dan e Lucas se aproximaram.
— Sua irmã estava no edifício hoje? — perguntou outro repórter.
— Sem comentários — disse Dan, colocando-se entre Michael e o entrevistador.
— Amigos seus? — Michael perguntou a Meg.
Ela assentiu e olhou além dos repórteres, para a atividade que se desenrolava em frente ao edifício. Parecia que o fogo no piso inferior havia sido contido, e os esforços estavam focados nos andares superiores.
Os repórteres ainda faziam perguntas, mas Michael os ignorou, focando a atenção em procurar Judy insistentemente em meio à multidão.
Os minutos de espera pareciam horas, cada qual mais terrível que o anterior.
Neil os encontrou e os puxou para longe. Eles se reuniram ao lado de um edifício, enquanto Lucas e Dan afastavam os repórteres.
— Existem boatos correndo. A polícia acha que as explosões foram provocadas.
— O quê? Por quê?
— Não sabemos. O único boato que confirmei foi de duas granadas de fumaça encontradas em um poço de ventilação e uma do lado de fora de um estacionamento.
Meg começou a sentir os pulmões se apertando pelo pânico em relação à amiga.
— Alguém fez isso de propósito?
— Parece que sim.
Uma grande incerteza transparecia nos olhos de Neil. Meg não o conhecia muito bem, pois ele era sempre muito reservado em relação a demonstrar as próprias emoções.
— Ah, não. Você acha que a Judy...
— Não vamos tirar conclusões precipitadas.
Meg balançou a cabeça.
— Por quê? Você tem... nós temos que encontrar a Judy — disse.

Ela inspirou fundo, mas faltava-lhe oxigênio.

Michael a segurou pelos ombros e a ajudou a se sentar, enquanto ela procurava o inalador no bolso. Depois de duas inspirações, as estrelas pararam de girar em sua cabeça.

— Eu estou bem — insistiu.

— Vou voltar para ver se há mais informações — disse Neil. Em seguida, olhou para Michael e pediu: — Ligue para o Zach e para a Karen.

A preocupação foi como um forte soco no estômago quando, com o rosto cheio de fuligem, Rick os encontrou e desabou ao lado de Meg no meio-fio.

— Cheguei até o segundo andar — tossiu. — Tem muita fumaça.

Todos olharam para o edifício, rezando para que Judy tivesse escapado, aparecesse ali ao lado deles e perguntasse por que estavam tão preocupados.

Só que ela não apareceu.

CADA BARATO É SEGUIDO DE uma ressaca. As únicas ressacas que Judy conhecia eram aquelas espetaculares induzidas pelo álcool que quase todos os universitários experimentavam em algum momento durante os quatro anos de faculdade. Quando ela acordou e sentiu a cabeça se dividir ao meio, gemeu e percebeu o estômago revirado e o algodão alojado em sua garganta. Tentou se encolher e recordar a noite anterior, mas encontrou as mãos presas por uma corda de cada lado do corpo.

Pestanejou algumas vezes, tentando se concentrar. Piso de pedra, máquinas velhas enferrujadas que não pôde identificar imediatamente. O som de um ventilador forçando o ar para dentro de um duto enchia a sala silenciosa. Nenhuma janela, nenhuma porta que pudesse ver, apenas algumas luzes tremeluzentes que pareciam prestes a apagar.

Balançou a cabeça enevoada e tentou focar a lâmpada acima.

O agressor acenou com uma agulha para ela, riu, e, por um breve momento, Judy pensou que estava sonhando. Então, tudo se apagou.

— Ah, Deus.

Mexer a cabeça exigia um grande esforço e fazia doer os músculos garrotados. Ela puxou a corda que a amarrava e sentiu o próprio cansaço. Ainda estava vestida, mas o chão frio ali embaixo se infiltrava em seus ossos, fazendo-a tremer.

Ou talvez fosse o medo que sentia.

As imagens duplas de tudo em volta começaram a entrar em foco. A princípio, Judy não o viu e pensou que talvez ele a houvesse deixado ali.

Mas a esperança rapidamente desapareceu quando ele saiu das sombras vestindo um uniforme militar completo e com o rosto pintado para se camuflar naquela sala úmida.

Por trás da maquiagem preta e cinza, havia um brilho de desdém em seus olhos.

Ela recuou e se afastou. Percebeu que os pés não estavam presos, o que lhe dava alguma mobilidade.

Passos lentos e firmes o levaram até ela. Ele se ajoelhou fora do alcance de suas pernas.

— Que bom que acordou, general.

— Me solta.

Ele riu.

— Depois de todo o esforço que tive que fazer para te trazer até aqui? Acho que não.

Ele não se parecia em nada com o garoto esquisito de vinte e poucos anos que fazia as entregas especiais em seu escritório. Não havia um pingo de incerteza em seu rosto, nem em sua postura, apoiada nos calcanhares.

— Por quê? Por que está fazendo isso? — ela perguntou.

Ele pestanejou algumas vezes, como se a pergunta o confundisse.

— Capture o inimigo. É muito melhor que apenas destruí-lo.

Ele se limitou a dizer isso, se levantou e voltou para o canto escuro da sala, de onde a ficou observando.

Qualquer que fosse seu plano, ele não tinha pressa. Agia como se tivesse todo o tempo do mundo.

Ela olhou ao redor da sala novamente. Não reconhecia nada. Pensou na loja de ferragens de seu pai, no corredor do encanamento, repleto de válvulas e canos. Só que os canos que ela via não se pareciam com nada que havia visto nos últimos vinte anos. Uma caldeira, talvez. O que significava que estavam em um porão. Pelo tamanho da sala e a altura do teto, pensou que se tratava de um grande edifício.

Tremeu, se perguntando se alguém lá em cima sabia que havia um psicopata escondido ali.

Os lábios pastosos se colaram quando tentou umedecê-los. Ela nunca havia lidado com um doente mental; não sabia se podia fazê-lo usar a razão.

Os olhos escuros de seu agressor a olhavam das sombras, perturbando-a. Talvez fosse esse o seu objetivo.

— Mitch? — ela tentou chamá-lo pelo nome. — É Mitch, não é?

Ele não respondeu.

Quando inspirou de novo, ela estremeceu. A sala era fria, e ocasionalmente uma corrente de ar explodia atrás dela.

— Eu não sou sua inimiga.

Silêncio.

Então ela ouviu um guincho no canto da sala, seguido por algo com perninhas minúsculas correndo.

Ratos.

Essas coisas nunca a haviam incomodado. Não a ponto de fazê-la gritar e sair correndo. Mas ela estava deitada em um chão frio, impossibilitada de escapar.

No canto, Mitch começou a rir, e Judy se deu conta de que aqueles animais a atormentariam como nunca.

∽∞∽

Já eram mais de dez da noite. Judy estava oficialmente desaparecida.

Rick andava feito uma fera enjaulada diante do edifício de escritórios enquanto os detetives investigavam o incêndio. As únicas pessoas que haviam se ferido foram as que estavam no andar onde explodira a primeira bomba. Sem dúvida, o incêndio fora premeditado, assim como as bombas de fumaça colocadas em várias partes do edifício.

Tudo foi organizado com o intuito de distrair as pessoas, para tirar Judy dali. Rick entendeu isso no momento em que soube da explosão. E agora estava confirmado.

Em uma van estacionada ao lado do carro da reportagem que acabara de entrar ao vivo com as últimas notícias, estavam Russell e Dennis, analisando as imagens geradas no escritório, antes da explosão.

Ao primeiro sinal da presença dos detetives Raskin e Perozo, Neil precisou segurar Rick.

— Seus filhos da puta! Vocês passaram o tempo todo atrás da pessoa errada, e agora ela está desaparecida.

Raskin ergueu a mão.

— Todos nós estamos procurando por ela — disse.

Diabos! Como se isso fosse o suficiente!

Dean se adiantou e afastou os detetives.

Da van, Russell chamou Rick.

— O que você tem aí? — Rick perguntou.
— Os últimos minutos antes da explosão.
Eles haviam visto isso antes. Uma gravação sem som. Judy estava de costas para a câmera, inclinada sobre a mesa. Um garoto de uns vinte e cinco anos, no máximo, enchia a porta da baia.
— *Srta. Gardner?*
O som estava abafado.
— Dá para aumentar?
Russell aumentou o volume.
— *Tenho uma entrega para o sr. Archer.*
O garoto tinha uma caixa na mão. Olhou para longe um instante e depois se voltou.
— *Ele já foi. Posso receber por ele.*
Nada fora do comum no diálogo.
— *O que aconteceu?*
A doce voz de Judy acariciou o coração de Rick.
O garoto deu um pulo para trás e escondeu a mão. Nervoso. *Ele está ansioso.*

Rick olhou mais de perto. Viu Judy deixar sua baia com o pacote enquanto o garoto prometia voltar para ela assinar a entrega.
— Não vejo muita coisa aqui, Russell — disse Rick.
— Espera.

A cena ficou vazia e, segundos depois, a explosão e os gritos das pessoas encheram a filmagem. As luzes estroboscópicas e os alarmes de incêndio bradavam.

Mitch surgiu em cena enquanto passava pelas pessoas que corriam em direção às escadas. Judy não foi vista na saída em massa. Nem o rapaz. Rick fechou os punhos.
— Volta para pegarmos uma imagem clara desse sujeito.
— Pronto.

Rick assobiou, chamando a atenção de Michael. Fez sinal para ele, apontando a imagem na tela.
— Você viu esse cara quando visitou a Judy no escritório?
Mike balançou a cabeça.
— Não sei dizer. — Então se voltou e acenou para algumas pessoas.

Rick reconheceu a chefe de Judy. Debra Miller estava encolhida debaixo de um casaco enorme, certamente emprestado.

Michael reclamou a atenção da mulher para a tela.

— Conhece esse cara?

Debra olhou mais de perto.

— Acho que é um entregador. Mas não trabalha para nós.

— Sabe o nome dele?

Ela deu de ombros.

— A minha secretária é quem cuida das entregas.

Por mais que Rick odiasse chamar Raskin e Perozo, eles tinham uma força policial inteira para entrar onde ele e Neil não podiam.

— Dean? — chamou Rick. — Preciso saber quem é esse sujeito.

Dean estava ao lado de Raskin e Perozo, que observavam a filmagem.

— Ele não saiu do prédio.

E Dean falou o que todos já sabiam:

— Nem a Judy.

∽∾∽

Se eu demonstrar medo, ele vai explorar isso. A conclusão ficou óbvia quando ele espalhou pasta de amendoim em um pão perto de Judy, sentindo grande prazer em deixar cair aquela coisa grudenta no joelho dela. Por que ela tinha posto saia nesse dia?

Judy não conseguia precisar as horas, mas seu estômago roncava e era difícil manter os olhos abertos. Se não fosse o medo de fechá-los e a necessidade de urinar, ela já estaria dormindo.

O primeiro rato aceitou a oferta de pasta de amendoim, fazendo-a despertar em um piscar de olhos. As costas de Judy enrijeceram, apoiadas na velha caixa de metal. No canto, ela viu Mitch comendo o pão como se fosse pipoca.

Ela empurrou o rato com o pé e encontrou outro querendo se aproximar para comer. Seu primeiro grito os afastou, mas o segundo não fez mais do que pará-los um pouco antes de encontrar a comida.

Ela fitava aqueles quatro vermes de pés compridos que brigavam em cima da comida quando sentiu algo roçar sua mão. A coisa pulou e pousou em seu colo, e Judy o perdeu de vista.

O rato guinchou enquanto cravava as patas na coxa de Judy. Os gritos dela não detiveram o camundongo, que farejava a comida e corria em círculos.

Um lampejo de luz a cegou. O canalha estava tirando fotos dela.

Com o flash, os ratos correram para a escuridão.

— Isso não tem preço — disse Mitch.

Judy continuou gritando. Alguém tinha que estar por perto. Alguém tinha que ouvir.

Mitch ergueu a voz para encontrar a dela. Gritou "socorro" a plenos pulmões.

— Você acha que eu sou idiota, general? Eu garanto que não.

Ele avançou e segurou os tornozelos dela, que estavam cobertos por longas botas, impedindo-a de chutá-lo. Com uma mão, pegou a pasta de amendoim e lambuzou sua coxa.

Ela não pôde deter as poucas lágrimas que corriam de seus olhos, mas não gritou quando ele a beliscou e a apertou.

— Era só um jogo — disse ela.

Ele deslizou a mão para cima e seu rosto escureceu.

Judy se forçou a fitá-lo. Apertou os dentes, recusando-se a reagir.

— Isto é um jogo, general?

Ele foi subindo mais. Adorava ver a tensão que emanava dela, curtia a dor que ela sentia.

Judy respirou fundo e desejou que seus membros relaxassem. Até forçou um sorriso quando as lágrimas secaram.

Ele procurou os olhos dela e enfiou as mãos entre suas coxas.

Ela apertou os dedos dos pés dentro das botas, sem deixar de encarar seus olhos escuros. Não lhe deu o prazer de ver como estava com medo.

Ele se afastou bruscamente. Tirou as mãos dela só para lhe socar o queixo. Ela levou a cabeça para trás com a força do soco, exatamente como Rick havia lhe ensinado. O sangue escorreu de sua boca.

Em vez de provocar o sujeito a golpeá-la novamente, manteve o olhar fixo em um lado da sala.

Mitch levantou e voltou para o seu canto.

⁓∞⁓

Dean e seus detetives reviraram a empresa de entregadores, em um esforço de saber mais sobre Mitch.

Enquanto isso, Neil e Rick encontraram um link no jogo.

Dainty Destroyer era o nickname de uma mulher que se chamava Michelle. Só que, quando Neil e Rick olharam seu Facebook, em que Michelle falava com Judy até o primeiro ataque, não encontraram nenhuma evidência de que Michelle fosse mulher. Não havia fotos de perfil, apenas posts aleatórios de flores e gatos. Ela respondera com um ou dois comentários na página de Judy, que postara fotos de sua formatura: "Eu não sabia que Michael Wolfe era seu irmão".

A resposta de Judy fora um simples "Shhh, não fala isso no jogo".

— Quanto tempo até obtermos a identificação dessa pessoa? — Rick perguntou a Neil.

— Pelos canais corretos? Segunda-feira.

— E pelos errados? — Rick voltou a perguntar, baixando a voz.

Dennis estava com fones de ouvido; o hacker que trabalhava para eles se afastou.

— Estou cuidando disso — disse Neil.

Dean entrou na van.

— Eles vão nos deixar entrar — disse.

— Continue procurando — Rick pediu, apontando o dedo na direção de Dennis.

Rick ficou ao lado de Dean enquanto passavam pelos policiais e por baixo do cordão de isolamento para entrar correndo no edifício. Começaram no local da primeira explosão. Parecia uma sala de equipamentos. Havia monitores queimados e muitos fios destruídos.

— Sabe o que funcionava aqui?

Rick olhou para cima e notou falta de câmeras; saiu e encontrou algumas queimadas.

— Sala de vigilância — respondeu.

— Então o sujeito tirou as câmeras primeiro.

— Só que ele não contava com a nossa.

— Isso mesmo — disse Dean enquanto subiam a escada principal.

No sétimo andar, Dean se segurou no corrimão e acenou para Rick.

— Vá. Vou ver como andam as coisas.

Rick correu o restante do caminho sentindo os pulmões queimarem, mas os ignorou quando chegou ao andar de Judy. As luzes de emergência eram a única coisa que funcionava, dando pouca luz a um espaço que ele só havia visto cheio de pessoas.

Entrou na baia de Judy e ficou exatamente onde ela estivera quando o entregador se aproximara. Então se voltou, reproduzindo a conversa por mímica, contornou a frágil parede e deu alguns passos pelo corredor, até a sala do sr. Archer.

A porta estava aberta. Rick tirou uma lanterna do bolso e examinou a esquadria. Notou algo caído no chão, embaixo do batente. Abaixou-se e viu um fragmento de metal. Procurou de onde viera. Na fechadura, a porta estava marcada, assim como o umbral, como se o metal caído impedisse a porta de abrir. Rick olhou ao redor da sala e viu o pacote que Judy havia recebido.

Ouviu a respiração de Dean do outro lado porta.

— Cuidado — ele advertiu.

— Parece que a porta estava trancada por fora — disse Rick, iluminando o chão para que Dean visse.

Enquanto Dean investigava, Rick foi até a mesa e mirou a luz da lanterna no pacote.

Estava endereçado ao sr. Archer, mas não tinha remetente. Com um abridor de cartas, Rick inclinou a caixa e o enfiou sob a fita que selava o pacote.

Dean se aproximou, prendendo a respiração.

Rick abriu a caixa. Viu vários papéis dentro.

Antes que o primeiro deslizasse sobre a mesa, reconheceu uma foto do vestido vermelho de Judy e do chapéu, enquanto ela se abaixava para entrar na limusine.

— Puta que pariu!

Dean pegou uma caneta na mesa e espalhou as imagens. Eram todas de Judy. Várias tinham sido recortadas.

O fone no ouvido de Rick zumbiu. Ele apertou o botão.

— Fala.

— Temos um endereço.

Rick disparou porta afora.

28

RICK E NEIL CORRERAM PARA a propriedade, que consistia de duas casas divididas por uma tela de arame. A casa da frente tinha luzes flamejantes e brinquedos infantis espalhados pelo quintal. A casa de trás, na qual eles se concentravam, parecia vazia.

Segundos depois, Raskin e Perozo apareceram.

Os detetives deixaram as luzes azuis piscantes ligadas no carro enquanto Rick corria para os fundos da casa. O lugar estava escuro e não havia nenhum carro. Com o revólver à frente, Rick acenou com a cabeça, indicando a parte de trás da construção.

Neil contornou a casa.

— Para trás — Raskin disse a Rick, com a própria arma apontada para o chão.

Neil sussurrou no ouvido de Rick:

— Está escuro aqui. Acho que ele não está em casa.

— Entendido — disse Rick, ignorando o detetive e batendo com o dedo na porta. — Ei, Mitch? — gritou para a porta fechada.

Não houve resposta.

— Nada ainda — relatou Neil. — Quais as chances de ele ter sabotado este lugar?

— Quais as chances de a Judy estar aí dentro? — Rick perguntou.

Raskin ouviu a pergunta de Rick e se voltou para a casa da frente, onde uma mulher e uma criança espiavam pela janela da cozinha.

— Preciso tirá-las de lá — disse.

Rick anuiu com a cabeça.

— Vá.

Menos de um minuto depois, a família da casa da frente foi levada para longe. Perozo estava ao lado do carro dos vizinhos.

— Eles não o veem desde hoje de manhã.

Ela não está aqui.

— Me dá cobertura — Rick disse a Neil pelo microfone. — Só por via das dúvidas.

— Precisamos de um mandado de busca — Raskin alertou, na lateral da casa da frente.

Cada minuto que Judy estava desaparecida era longo demais.

— *Você* precisa de um mandado de busca — respondeu Rick, mexendo na maçaneta para ver se a porta estava trancada. Estava. — Eu não.

Rick levantou o pé e o meteu na porta, arrebentando a fechadura. A porta estourou.

Quando nenhuma explosão acabou com aquele que já era o pior dia da sua vida, Rick entrou, apontando a arma pela sala. Ligou o interruptor na parede e ficou paralisado.

Judy estava por toda parte.

Fotos presas com tachinhas, grampeadas, penduradas ao redor da sala.

— Meu Deus! — ouviu Raskin exclamar.

━━━✿━━━

Mitch Larson morava na garagem convertida havia poucos meses, segundo os inquilinos da casa da frente. Ele não dava festas, chegava em horários estranhos, mas nunca parecia haver mais ninguém por perto, de modo que as pessoas da casa da frente não lhe davam muita atenção.

Vendo Judy em cada parede, em cada superfície, Rick percebeu como o homem que estava com ela era doente. Isso também lhe dava esperanças de que ela ainda estivesse viva. Por mais que ele lutasse contra qualquer emoção que se assemelhasse ao luto, a sensação pairava sobre ele como uma nuvem. Pela lógica, Judy já estaria morta.

Quando sua mente seguiu esse caminho, ele a afastou.

Aguenta firme, baby. Estou chegando.

Eles estavam mais perto. Embora ela não estivesse ali, naquele espaço alugado de Larson, eles estavam mais perto de conhecer o homem que a raptara.

A polícia inundou o espaço; luzes brilhavam fora da casa como o ruído branco da chuva.

Várias imagens continuavam brincando na cabeça de Rick; imagens de Judy com a palavra "general" escrita em cima por uma mão juvenil, fotos de sua casa, do edifício onde ela trabalhava. Havia até algumas fotos dela em frente à casa de Zach e Karen, tiradas na noite do evento beneficente. Fotos tiradas por uma câmera particular, e não impressas no jornal local ou em uma revista de fofocas. Mitch a observava desde aquela época.

As imagens dela antes de se mudar para a Califórnia tinham sido tiradas da internet, principalmente acompanhada de Michael. As fotos do edifício chamaram a atenção de Rick. Judy não aparecia, só o prédio. O canalha até tirara fotos do lugar onde a atacara da primeira vez. A pergunta era: ele tirara as fotos antes ou depois de atacá-la?

Em frente à casa de Mitch, dentro da van, Dennis e Russell conversavam com Neil. Todos trabalhavam duro para descobrir qualquer informação que pudessem levantar sobre Mitch Larson.

O olhar de Rick encontrou o dela em uma foto de Judy e Mike tirada em frente ao café, perto do escritório. Ela não estava com a mesma roupa que usava quando saíra de casa aquela manhã, de modo que a foto fora tirada muito antes.

No ouvido, ouviu a voz de Neil:

— Ele é aspirante a militar.

A informação não foi surpresa para Rick.

— Aspirante como? — disse ao microfone, ignorando os detetives ao redor, que coletavam impressões digitais e fotografavam a cena.

— Ele se alistou, mas sentiu a dor da rejeição depois de seis meses no exército. Teve um surto psicótico enquanto estava em missão de treinamento — disse Neil, oferecendo os fatos sem nenhuma emoção.

Rick desviou a atenção das fotografias.

— Que tipo de surto? — perguntou.

— Desafiou um oficial superior. Uma mulher. Passou por uma série de testes e foi exonerado.

— Exoneração desonrosa?

— E tem outra maneira, depois de apenas seis meses e sem ferimentos?

— Mais alguma informação? — Rick perguntou, voltando para as imagens. Ele sabia que havia algo ali. Só precisava encontrar. O problema é que as imagens iam do chão ao teto, e muitas tinham sido riscadas à faca, ao passo que outras estavam manchadas de sangue seco.

— Ele é louco, não idiota. É detalhista e ótimo em estratégia. A primeira pista de que é desequilibrado é seu desejo de se aproximar do inimigo. Ele não gosta de armas de fogo — informou Neil.

Rick pensou nas cicatrizes no braço de Judy.

— Ele gosta de armas brancas. Facas — concluiu Neil.

— Sim...

Rick apertou os dentes.

— Aproxime-se de seu inimigo. Sinta sua dor, seu medo...

Neil esperou um segundo, talvez dois, e por fim disse:

— Vamos encontrá-la, Smiley.

Mais imagens do edifício de Judy enchiam a parede do quarto de Larson.

Aquele psicopata filho da puta tinha dormido ali, planejando o que quer que estivesse fazendo com Judy agora.

Ele não tinha intenção de levá-la para lá.

O quarto estava cheio de fotos de Judy, algumas tiradas na casa de Beverly Hills, onde seus irmãos e amigos esperavam por qualquer notícia sobre ela.

Já passava das três da manhã. Ninguém mais estava no escritório, exceto o persistente corpo de bombeiros e a polícia, que guardavam o local até as primeiras horas do dia, até que os investigadores pudessem olhar com outros olhos e de uma nova perspectiva. Nenhum deles estava procurando uma esposa desaparecida.

Só Rick. Ele estava procurando sua esposa. A mulher com quem se casara e que jurara proteger.

A ideia de ter que contar ao pai dela que não a havia encontrado a tempo o torturava. Ou pensar que a encontraria estuprada e morta.

Rick fechou os olhos e soltou um suspiro lento.

Não.

Então abriu os olhos novamente, tentou ignorar o barulho em volta e se concentrou. A parede do quarto de Larson exibia inúmeras fotos de Judy. Rick olhou para além da mulher que amava, para o mundo que a cercava.

O edifício surgia em muitas imagens.

A garagem. Vazia. Suja.

O escritório.

Salões repletos de concreto e sujeira. De cada dez imagens, uma era de um espaço abandonado. Em muitas delas, havia fotos recortadas de Judy naqueles lugares.

Fotos recortadas. Ensanguentadas.
Rick tocou o dispositivo no ouvido.
— O prédio onde a Judy trabalha tem porão? — perguntou.
Neil disse apenas uma palavra:
— Checando.
Poucos segundos depois, Rick o ouviu responder:
— Construção nova. Não tem porão.
Raskin bateu no ombro de Rick, que deu um pulo.
— Eu lhe devo desculpas — disse.
Rick olhou para o homem.
— Você me deve mais do que isso — grunhiu.
Raskin balançou a cabeça e se voltou para as imagens do quarto.
Ambos trabalhavam para encontrar Judy. Rick podia sentir isso agora.
Dean estava no canto da sala. A fadiga se escondia por trás de seus olhos como uma droga.
Nenhum deles havia feito nada além de beber café ruim e continuar procurando qualquer coisa que fosse.
— Rick? — a voz de Neil soou esperançosa.
— O quê?
Todos voltaram o olhar para ele.
Rick levou a mão ao ouvido, deixando claro que falava ao microfone.
— Que foi? — perguntou com a voz mais calma.
— O edifício ao lado tem porão. Dois andares sob a estrutura principal.
Rick esperou pelo *bum*.
— Abandonado, isolado, com fácil acesso pela garagem.
A esperança se espalhou no peito de Rick. Ele olhou ao redor de novo e não pôde evitar um meio sorriso no rosto.
Rick avançou alguns passos antes que Raskin o impedisse. O detetive o encarou.
— Você sabe de alguma coisa — disse.
O sorriso nos lábios de Rick desapareceu.
— E você me deve muito.
A tensão no maxilar do detetive era nítida.
— Droga.
Por um minuto, Rick achou que o homem não o deixaria ir sem discutir.

— Olhe em volta. A resposta está aqui — disse.
— Me fala — exigiu Raskin.
— Preciso de quinze minutos.
O detetive o encarou, furioso.
— Você é casado? — Rick perguntou.
Raskin o liberou, acenando com a cabeça em direção à porta.
— Vá logo, Evans. Te ligamos se aparecer algo novo.
O curto aceno de Rick teria que ser suficiente. Ele baixou a cabeça e saiu porta afora, correndo para a van ociosa que o esperava.

Neil entregou a Rick uma arma tática quando a porta da van fechou.
— Eles não saíram do prédio...
O percurso de quinze quilômetros em alta velocidade de volta a Westwood foi o mais longo da vida de Rick.

⁓⚬⁓

— Preciso fazer xixi.
A necessidade física era maior do que a necessidade de silêncio. Os ratos haviam perdido o interesse depois que o flash da câmera os assustara.
Aparentemente, ela acordara Mitch com suas palavras.
— Acha que os prisioneiros de guerra falam com seus captores sobre suas necessidades físicas?
Judy fez o possível para manter a expressão séria.
— Não estamos em guerra, Mitch. Esta é a sua ideia de divertimento. E eu preciso fazer xixi. A boa notícia é que a falta de comida e de água significa que não vou ter que fazer de novo por um bom tempo.
Mitch sorriu, levando uma garrafa de água aos lábios.
Judy havia perdido a capacidade de salivar havia muito tempo. Entre a fumaça do edifício e as drogas em seu sangue, ela estava ressecada.
Mas suas palavras não eram nada para ele. Ela fechou os olhos e tentou ignorar a necessidade.
— O que você está fazendo? — ele perguntou.
Ela ficou de olhos fechados.
— Tentando fazer xixi em público. Não faço isso desde que tinha três anos.
Ele se levantou com um impulso e foi na direção de Judy.

Ela se recusou a olhar para Mitch quando ele estendeu a mão esquerda e desfez o nó que a amarrava.

Mordendo o lábio inferior, ela se recusava a mostrar qualquer reação.

Primeiro, livrar-se das cordas; segundo, ir ao banheiro. Ela não conseguia se lembrar de já ter sentido uma necessidade tão intensa como naquele momento.

Mitch agarrou o pulso dela antes de remover a corda do braço direito. A circulação fez os braços formigarem quando ela os abaixou.

— Se lutar comigo — disse ele —, eu te corto.

Ela sentiu uma lâmina em sua garganta. Ele a cortaria de qualquer maneira, cedo ou tarde.

— Eu só preciso ir ao banheiro, Mitch.

Ele a puxou pelos dois braços e a levantou. Ela tropeçou nele e sentiu a faca furar seu braço. A mordida da lâmina a fez chorar e recuar.

Mitch prendeu uma das mãos de Judy em um cano, a vários metros de distância de onde ela estivera nas últimas horas.

Deu um passo para trás, mas não parou de observá-la.

— Vai logo.

A necessidade era enorme, mas ele não tirava os olhos dela.

— Você está olhando — disse ela.

Ele a encarou, furioso.

— Vá se acostumando. Meu rosto é a última coisa que você vai ver.

Ela sabia disso. Se ele conseguisse o que pretendia.

Judy contornou a velha caldeira enferrujada e se ajoelhou no canto. Pensou nas viagens à cabana, quando acampar e fazer xixi na floresta eram apenas parte da experiência.

Ela sentia falta da cabana, de sua família. Rick adoraria ir lá em cima, nas montanhas além da casa onde Judy passara a infância.

Ele a estava procurando agora. Provavelmente fora de si, tentando encontrá-la.

Sua família estava preocupada, com medo de ter falhado com ela de alguma forma.

Ela conseguiu esvaziar a bexiga e ficou encolhida no canto muito mais tempo que o necessário.

Se quisesse ver Rick e sua família de novo, precisaria ser mais esperta que seu captor.

Mitch tinha uma faca.

As palavras de Rick pairavam em sua cabeça: *É mais fácil escapar de uma faca do que de uma bala.*

Mas Mitch era louco. E ser razoável com loucos não funcionava. Mas observar suas ações, suas motivações e suas intenções, isso ela podia fazer.

— Chega — disse ele, cobrindo os poucos passos que os separavam.

Se ela fosse agir, fazer qualquer coisa para se salvar, teria que ser quando seus braços não estivessem amarrados, quando ela não estivesse drogada, antes que estivesse fraca demais para fazer qualquer coisa.

Teria que ser agora.

Ela fez o seu melhor para parecer decidida enquanto ele desamarrava seu braço e os dois voltavam para onde ela estivera sentada nas últimas doze horas.

Justamente quando ela pensou que teria uma chance, Mitch a surpreendeu:

— Segura essa barra — ele mandou.

A barra que ele apontava estava acima de sua cabeça, quase fora do alcance.

— Por quê?

Mitch perdeu a pouca paciência que ainda tinha.

— Segura! — gritou, e sua voz ecoou.

Ela teve um sobressalto, sem saber se devia obedecer ou lutar.

Ele se aproximou, e Judy segurou a mão amarrada. Os dedos estavam frios dentro da corda, mas ela não conseguiu fazer nada além de massageá-los antes que Mitch estivesse sobre ela. Ela tentou chutá-lo, mas só conseguiu acertar o ar e as botas grossas que ele usava.

Então parou quando a faca arranhou seu pescoço. Cada vez que inspirava, sentia a lâmina.

— Pega a maldita barra, general.

O desejo de se curvar e proteger o próprio corpo tornava quase impossível obedecer.

Ele inclinou a faca e encostou a ponta em seu pescoço, espetando-a como se estivesse manuseando uma agulha. Com o corpo, ele a empurrou contra a caldeira, e ela sentiu uma válvula pressionar o flanco.

— Você está me testando — ele disse.

Então mexeu a lâmina, cortando mais fundo.

Judy fechou os olhos e levantou a mão, segurando a barra.

Ele segurou a corda que pendia do pulso dela e a amarrou na barra acima. O sangue abriu caminho até a ponta dos dedos de Judy. Ele posicionou a outra mão ao lado da primeira. Judy estava quase na ponta dos pés, pendurada. Não sabia o que sucumbiria primeiro: os pulsos ou os ombros.

Nada que Rick lhe ensinara para se proteger funcionaria desse jeito.

— Não está melhor assim?

A voz de Mitch havia aumentado uma oitava. Ela percebeu, então, que ele usava a voz mais alta quando fazia as entregas. Sua voz assertiva era muito mais dura. Ainda assim, ela se amaldiçoaria pelo resto de sua curta vida por não ter reconhecido essa voz. Por não saber que ele era o homem que a atacara na garagem.

Judy olhou para suas mãos na barra. Uma escorregou, e ela sentiu os músculos se retesarem.

— Você não está gostando — disse Mitch, inclinando a cabeça para o lado. — E eu que pensei que você não se importaria de ficar um pouco de pé. O chão está frio.

Ela tentava não demonstrar medo, mas sabia que não estava conseguindo.

Ele se afastou e olhou para Judy como se ela fosse um quadro. Do bolso, tirou o celular e a centrou.

— Que tal um sorriso?

— Vá se foder.

Ele pestanejou.

— Ainda não. Mas logo.

Ela se encolheu.

— Agora, sorria.

Sua mão escorregou na barra, e ela tentou se segurar. Deu impulso com os dedos do pé e conseguiu pegá-la de novo.

Mitch se aproximou.

— Deixe eu ver se consigo te convencer a sorrir.

Ela se concentrou na faca quando ele a colocou sob sua camisa e começou a cortar os botões.

Ela choramingava, e ele continuava arrancando os botões, até que seu torso ficou exposto diante dos olhos e da lâmina daquele homem.

— Está pronta para sorrir, general?

Ele se afastou, levantando o celular de novo.

Lágrimas corriam por seu rosto enquanto ela forçava um sorriso. A luz a cegou.

Ele recuou e olhou a foto.

— Não está melhor assim?

Ele virou o celular para ela ver. A imagem não se parecia mais com ela. O rímel borrado manchava suas bochechas, enquanto o inchaço e a contusão de sua mandíbula acompanhavam as gotas de sangue no pescoço. O cabelo estava emaranhado, e a pele, pálida. Parecia uma carcaça pendurada com um sorriso caricato.

Mitch se recostou, olhando as fotos no celular, então olhou para ela, perdido em pensamentos.

Os segundos pareciam horas.

Ela dobrou um joelho, tentando encontrar algo atrás onde pudesse encostar para aliviar parte da pressão nos braços.

A barra rangeu e tirou Mitch do transe autoinduzido.

— Você não pode fugir — disse ele.

— Eu não consigo sentir os meus braços — disse ela.

Ele fez biquinho, como uma criança de dois anos.

— Ah, isso não pode acontecer.

A faca deslizou pela manga, expondo seus braços. Ele olhou para sua obra anterior e passou a faca pela borda da cicatriz. Ela tentava se afastar enquanto ele se assegurava de fazê-la sentir os braços.

Ele ria, e ela gritava a cada corte.

29

NEIL E RICK PULARAM DA van antes que ela parasse completamente. Óculos de visão noturna, radar sensível ao calor... Tinham tudo de que necessitavam para entrar secretamente e encontrar seu alvo. Sorte que estava escuro, ou eles pareceriam tão loucos quanto o sujeito que raptara Judy.

Começaram pela garagem; encontraram a entrada para o edifício adjacente e facilmente desativaram a fechadura. Completamente calados e em fila única, desceram o curto hall até encontrarem a escada que conduzia para baixo. Em cima da porta, havia uma placa em que se lia "Não entre", mas era óbvio que a porta fora utilizada recentemente. Alguém havia até lubrificado as dobradiças, deixando-a silenciosa.

Rick acionou a visão noturna e o corredor à frente lhe ofereceu uma visão verde do porão vazio. O som de um ventilador acompanhava seus passos. A primeira bifurcação os dividiu. Sem dizer nada, Neil pegou à direita e Rick seguiu em frente, na direção do ventilador barulhento.

Uma porta à esquerda o fez parar. A fechadura e as dobradiças enferrujadas o fizeram avançar. O corredor virava à esquerda. Sem uma direção, ele o pegou e encontrou uma sala cheia de móveis velhos e materiais de escritório. O lugar estava empoeirado pela falta de uso. A única coisa que havia ali eram ratos espiando nos cantos.

De volta ao corredor, ele seguiu em direção ao ventilador.

Pelo fone de ouvido, Neil detalhou:

— Indo para nordeste.

— Entendido.

Cada passo era uma decepção. Se Judy não estivesse lá, onde estaria? Rick tentou controlar o desespero. *Vamos, Judy.*

Contornou o que parecia ser os fundos do edifício. Uma seta apontava para a sala da caldeira.

O grito penetrante de Judy o encheu de pavor e alívio ao mesmo tempo. Ele saiu em disparada, destravando o rifle.

※

Judy não sabia se a adrenalina ou o medo lhe deram força, mas, quando Mitch começou a voltar para ela com a faca, determinado a machucá-la ainda mais, ela agarrou a barra acima da cabeça e dobrou os cotovelos, como quando malhava.

Com os joelhos dobrados, acertou o peito do homem. Ele tropeçou e ela chutou no intuito de atingir seu rosto. Mitch caiu, com o rosto ensanguentado.

A tubulação começou a ceder com o peso de Judy, e ela tentou pular para se libertar.

Mitch se levantou rapidamente quando a barra cedeu, jogando-a no chão. Corria sangue dos braços de Judy.

Uma massa turva a derrubou no chão

— Você vai se arrepender disso — disse Mitch, apertando-a tão forte que ela ficou sem ar.

— Solta ela!

Judy quase não reconheceu a voz de Rick.

Subitamente, Mitch a puxou e a posicionou à frente, arrastando-a para levantá-la, com a faca apontada em sua garganta. Ela agarrou as mãos de Mitch para impedir que ele a matasse.

Rick apontava a arma diretamente para eles, perfurando com um olhar letal o homem que a segurava.

— Vou cortar sua esposinha — disse Mitch.

Os lindos olhos verdes de Rick encontraram os dela. Sua confiança nele não vacilou.

— Atira nele — ela implorou.

Mitch a puxou mais para perto, escondendo-se atrás de Judy.

— Vai correr o risco de matar sua própria mulher? — disse Mitch, indo para o fundo da sala.

Ela não sabia se havia uma saída para esse lado.

A arma de Rick rastreava os movimentos deles. Ele afastou os olhos dela e os fixou em Mitch.

— Vou arriscar — disse.

A pressão da mão de Mitch era tanta que ela sabia que não sobreviveria ao corte. A faca lhe arrancava sangue.

Um barulho atrás de Rick fez Mitch parar.

Judy puxou o braço dele, rezou para ter forças para se sustentar e virou a cabeça, deixando a dele exposta.

Houve uma explosão dentro da sala. Mitch caiu no chão, quase a arrastando junto.

Judy correu para os braços de Rick.

Rick enterrou a cabeça de Judy em seu ombro e a abraçou.

Atrás dele, Neil e o detetive Raskin se aproximaram. Pelo que parecia, Mitch havia levado mais de um tiro.

Rick afastou gentilmente Judy de seu ombro e passou as mãos por seu corpo e braços.

— Você foi atingida?

Ela olhou para baixo, para a confusão de suas roupas, e sacudiu a cabeça.

— Não.

Graças a Deus. Ele a puxou para si novamente, com os braços gentilmente enrolados em sua cintura.

— Precisamos de uma ambulância — ouviu Raskin dizer ao telefone. — E do médico-legista.

Neil colocou a mão no ombro de Rick.

— Vou ligar para a família.

— Diga a eles que estou bem — sussurrou Judy. — Só alguns cortes.

Rick notou vários deles.

— Vamos tirar você daqui.

Caminharam até o corredor. O detetive Raskin tirou a jaqueta e a entregou a Rick, para que a colocasse nos ombros de Judy. Calado, Rick levou Judy para fora do porão.

— Todas as acusações foram oficialmente retiradas — Dean deu a notícia na segunda-feira à tarde.

Judy segurou a mão de Rick sobre a mesa e a apertou com força. Nos outros cômodos, toda a família andava pela propriedade de Beverly Hills.

Judy não queria discutir o sequestro, ou o homem responsável por ele, na frente de seus pais. Tudo havia sido suficientemente traumático para todos eles.

— Não sabemos por que ele me atacou?

Ela e Rick tinham suas teorias, mas nada havia sido confirmado.

Dean olhou para Rick, depois para ela.

— O que você quer saber?

— Tudo — disse ela. — Ele não pode mais me machucar.

Não. Mitch Larson nunca mais faria mal a ninguém.

— Tenho certeza que o Rick te contou sobre as fotos.

Ela não podia imaginar que o sujeito tinha fotos delas por toda a casa, mesmo depois que Rick lhe falara sobre isso.

— Sim — respondeu.

Rick lhe ofereceu um sorriso, transmitindo-lhe coragem.

— Com as fotos, havia muitas histórias que te culpavam pela exoneração desonrosa dele do exército.

— Mas...

Dean ergueu a mão.

— É claro que você não tem nada a ver com isso. Nas cartas, ele usava indistintamente o seu nome e o da oficial que o exonerou. Ele tinha páginas de anotações desse jogo e três contas, incluindo a de uma mulher que você adicionou no Facebook.

Judy imaginou os perfis quando Dean listou os nomes que Mitch Larson usara. Os pontos o ligavam diretamente a ela.

— Então, quando eu o venci no jogo, ele encontrou um alvo — concluiu Judy.

— Parece que sim.

Ela fechou os olhos, apertado.

— Que estupidez e ingenuidade a minha...

Rick levou as mãos aos lábios.

— Não foi culpa sua.

— Eu sei — disse ela —, mas eu facilitei as coisas para ele. — E voltando a atenção para Dean: — Em quanto tempo posso deletar meus perfis da internet?

— O detetive Raskin está trabalhando para fazer um backup dos arquivos de que vão precisar. Não deve levar mais do que dois dias.

— Quero que tudo desapareça para eu poder sair da internet. Chega de jogos online. Banco Imobiliário é chato, mas é mais seguro.

Dean se afastou da mesa e apertou a mão de Rick.

— Se precisar de alguma coisa, sabe onde me encontrar — disse.

Judy o abraçou.

— Obrigada por tudo.

— Se cuida — ele se despediu, antes de sair.

⚜

Levou um mês para a família de Judy voltar à vida normal. Não fosse a promessa de ir para Utah no Dia de Ação de Graças e uma semana no Natal, seus pais não teriam ido embora.

Judy se encontrou com Debra Miller depois que a família se dispersou. As duas se sentaram à mesa da cozinha de Michael para tomar um café.

— Eu gostaria que você voltasse — disse Debra.

Judy sorriu.

— Sinceramente, não sei se eu conseguiria.

Ela era mais forte do que havia pensado, mas voltar para o escritório era outra história.

Debra tamborilou a unha bem-feita de encontro à xícara.

— Não vou fingir que entendo como você se sente. Me dê uma resposta depois das festas.

— Eu sou só uma estagiária — disse Judy. — Você não precisa se sentir culpada pelo que aconteceu.

Debra riu abertamente.

— Eu não me sinto culpada. Não é culpa que alimenta esta conversa, Judy. Eu gosto dos seus projetos e da sua paixão pela arquitetura. O José foi promovido e precisamos de alguém para substituí-lo. Sem contar que eu gostaria que você ajudasse no projeto de Santa Barbara.

— Você está me oferecendo um emprego?

— Estou lhe oferecendo uma oportunidade — disse Debra, tomando um gole de café. — Além do mais, não posso deixar de notar os homens deliciosos que te cercam. — Deu uma piscadinha por sobre a xícara.

Debra Miller era uma mulher muito atraente. Judy duvidava que ela tivesse que se esforçar para ter companhia masculina.

Judy a acompanhou enquanto Rick entrava.

Ele tirou o capacete e o pendurou no guidão da Ducati. Em seguida apertou a mão de Debra.

Ela olhou por cima do ombro e ergueu as sobrancelhas.

— Entende o que quero dizer?

Judy e Rick sorriram, mas ela sabia que ele não havia entendido o comentário.

— Me ligue depois do dia 1º — disse Debra.

— Ligo sim.

Judy e Rick a observaram partir antes de entrar.

— Do que ela estava falando?

Ela enxaguou as xícaras e as colocou na lava-louça.

— Ela me ofereceu um emprego.

— É mesmo?

Judy se apoiou no balcão, admirando o jardim.

— Sim.

— E o que você quer fazer?

Ela deu de ombros.

— Não sei. Tenho até janeiro para tomar uma decisão.

Rick contornou o balcão e a puxou em seus braços, dando-lhe um beijo no alto da cabeça.

— Ela seria uma mulher de sorte se tivesse você na equipe.

Rick sempre dizia coisas assim.

Eles haviam entrado em um ritmo de vida confortável. Meg havia transferido o escritório para a casa de Tarzana novamente, e Rick ficava na casa de Mike com Judy. Mas Mike estava terminando seu último filme e voltaria para casa por alguns meses. Era hora de pensar onde ela e Meg morariam.

E também hora de definir seu relacionamento com Rick. Ela o amava, mas não podia arriscar lhe contar seus sentimentos. Depois de tudo que tinha acontecido, eles não tinham tido tempo de analisar a vida juntos — ou separados.

Emocionalmente, ela não sabia ao certo se estava pronta para considerar a vida sem ele. Para crédito dele, nem uma vez ele insinuara querer um caminho diferente do que seguiam.

Rick a afastou um pouco e lhe deu um beijo rápido.

— Vamos sair daqui a meia hora.

— Vamos? — ela perguntou.

— Sim. Um encontro. Nada muito extravagante.

Ela estreitou os olhos.

— Bem, preciso me arrumar, então.

Trinta minutos depois, eles saíram na Ferrari de Mike.

— Sabe, uma hora o meu irmão vai querer o carro de volta.

Rick riu.

— Eu sei. Isso significa que eu preciso dirigir essa máquina o máximo possível enquanto posso.

Eles falaram sobre o trânsito, a oferta de emprego, o que estava acontecendo com Zach e Karen e o adolescente que chegara à casa deles no mês passado. Quando Rick entrou no estacionamento para pegar o bonde que levava ao Getty, Judy bateu palmas como uma criança.

— Você lembrou!

Ele estacionou a Ferrari e a ajudou a sair.

— Não espere que eu conheça nenhum artista. Mas, se me levar ao Rock and Roll Hall of Fame, aí sim!

Ela se aconchegou nele no curto passeio até o topo da colina.

— Não é a arte que torna este lugar especial para mim — disse ela. — É o edifício que eu amo.

Amava mesmo. Tetos arqueados, varandas, inúmeros ângulos e curvas que realçavam toda a arte que um museu pudesse exibir. Ela o arrastou de um extremo a outro, apontando tudo que seus olhos viam.

O sol estava começando a se pôr; ele a puxou para uma mesa solitária, com duas cadeiras, com vista para a cidade.

— O que é isto? — ela perguntou.

Ele puxou uma cadeira, tirou a bolsa do braço dela e a convidou a sentar.

— Eu não entendo nada de arte, mas tenho certa classe.

— Isto é para a gente?

Ela olhou em volta e viu um garçom parado perto. O sol estava baixo, mas não se pusera totalmente.

— Nós conhecemos algumas pessoas influentes, baby. Eu, por exemplo, não me oponho a mexer alguns pauzinhos.

O garçom se aproximou e encheu as taças de espumante.

Rick ergueu a sua em direção à dela.

— A nós.

Ela sorriu, brindou, mas não bebeu.

— Rick...

Ele levantou um dedo, silenciando-a.

— Eu levei o dia todo me preparando para este momento. Só preciso que você me ouça.

Ele estava inquieto. Baixou a taça.

Ela deixou a sua na mesa e cruzou as mãos no colo. Rick nervoso era uma delícia de ver. O cara era o símbolo da autoconfiança. Esse lado inseguro dele a fez pensar em meninos entregando maçãs à professora favorita.

Seus olhos verdes encontraram os dela.

— Eu te amo — disse ele.

O sorriso bobo de Judy desapareceu e lágrimas brotaram.

— Pensar na minha vida sem você me deixa doente. Eu quase te perdi duas vezes e... eu não posso. Não posso te perder de novo.

Ela secou uma lágrima na face e continuou ouvindo:

— Eu quero minha aliança no seu dedo e tudo que acompanha ser seu marido para sempre. Quero os bons e os maus momentos... Se bem que menos maus seria legal por enquanto. Quero uma casa e um carro da família. Quero tudo isso com você.

Ela precisou das duas mãos para desembaçar os olhos.

— Ah, Rick.

Então contornou a mesa e sentou no colo dele, colando os lábios nos dele e provando suas lágrimas no beijo.

— Eu também te amo. Depois de tudo que passamos, pouca coisa me assusta. Mas pensar na minha vida sem você me deixa vazia. Quero te mostrar a cidade ridiculamente pequena onde eu cresci e te apresentar para todos os meus parentes malucos.

— Malucos? — ele perguntou com um sorriso tolo.

— Talvez "ecléticos" seja uma palavra melhor — disse ela. E, pensando em sua tia Belle, corrigiu: — Bem, talvez sejam mesmo meio malucos.

Rick riu.

— Eu conheci os seus pais, nada mais me assusta.

— Nem a mim. Não estando com você. Não em relação a nós.

Ele a abraçou.

— Isso é um "sim"?

— Você perguntou alguma coisa? — ela brincou.

— Casa comigo.

— Isso ainda não é uma pergunta.

Ele encontrou um ponto sensível na cintura dela e fez cócegas.

Ela se contorceu em seu colo.

— Você quer casar comigo? — Rick perguntou.

Ela emoldurou as mãos no rosto dele e vislumbrou seu futuro.

— Sim. Eu quero me casar com você.

Ele jogou a cabeça para trás e riu, a levantou e a fez girar, antes de beijá-la novamente.

Epílogo

MONTANHAS COBERTAS DE NEVE COMPUNHAM o pano de fundo perfeito para o sábado ensolarado depois do Dia de Ação de Graças.

Hannah correu para o quarto. O longo vestido rosa-chá envolvia o corpo perfeito como uma segunda pele. Os garotos da universidade estariam perdidos.

— Estão todos prontos. O papai está a caminho.

Quando se levantou, Judy ajeitou a meia-manga do vestido de noiva e puxou as luvas que subiam até a altura dos cotovelos. Meg puxou a cauda para trás e Rena lhe entregou as flores.

Sua mãe lhe deu um beijo no rosto.

— Você está linda.

— Obrigada, mãe.

— Te vejo lá embaixo.

A julgar pelo estacionamento lotado, todas as pessoas de Hilton estavam amontoadas nos bancos. Ela amava sua cidade natal; não podia imaginar se casar em nenhum outro lugar. Mas não queria viver ali. Felizmente, Rick queria ficar em Los Angeles por um tempo, ver aonde isso os levava. Secretamente, Judy sabia que Rick esperava que ela assumisse o cargo na Benson & Miller. Judy queria esperar o novo ano para tomar essa decisão. Por ora, só queria trocar votos com o homem que amava, diante de todas as pessoas importantes em sua vida.

— Está nervosa? — Hannah perguntou.

Judy colocou a mão na barriga.

— Empolgada.

— Eu quase desmaiei quando eu e o Joe nos casamos — disse Rena.

— Não conte para a tia Belle, senão ela vai pensar que você estava grávida na hora do "sim".

Uma batida na porta fez Judy sentir um calafrio. Talvez ela estivesse um pouco nervosa.

Seu pai, de smoking, com o cabelo penteado para trás e o peito inchado de homem orgulhoso que era, entrou. Ao olhar para ela, um pouco desse orgulho mudou. Ela viu lágrimas nos olhos dele e teve que arregalar os seus para evitar chorar.

Meg lhe entregou um lenço de papel.

— Nada disso. Ah, meu Deus, para.

Judy abanou o rosto e pestanejou.

Sawyer se aproximou dela, tirou o lenço de sua mão e o bateu levemente nos cantos dos olhos da filha.

— Acho que isto significa que minha garotinha cresceu.

Judy lhe abriu um sorriso.

— Sim.

Sawyer pôs o lenço de lado e lhe ofereceu o braço.

— Que saco.

Ela riu, inclinando-se sobre ele.

— Eu te amo, pai.

— Eu também te amo.

A marcha nupcial invadiu o salão, e as meninas se alinharam diante deles.

Os bondosos moradores de Hilton amavam uma festa, e casamentos estavam no topo da lista.

Rick usava um smoking preto, e seus pais, que ela havia conhecido durante o feriado de Ação de Graças, estavam sentados na primeira fileira para assistir à cerimônia. Eles haviam recebido Judy com uma reserva que ela estava determinada a vencer.

Judy olhou além dos sogros e encontrou o olhar de Rick enquanto caminhava em direção a ele. Diante do ministro, deu um beijo no rosto do pai antes de pegar a mão do noivo.

— Uau — Rick disse baixinho quando se pôs ao lado dela. — Você está linda.

— Você também está jeitosinho, baby.

Rick riu do apelido.

— Uma vida inteira para te chamar de "baby". Adorei.

— Eu te amo — ela disse com um sorriso interminável.

— Eu também te amo.
Ela o cutucou, e Neil levantou a sobrancelha.
— Vocês dois estão prontos? — perguntou.
Rick e Judy riram e voltaram a atenção ao ministro.

Agradecimentos

Mais uma vez, agradeço a todos que me ajudaram a concluir mais este volume.

A meus amigos de jogos online que gostam de uma boa guerra sem se levarem a sério demais. Vocês sabem a quem me refiro.

A meus colegas de malhação, que me motivam a me mexer mais do que eu poderia sozinha. Amo vocês, pessoal.

A minha equipe de campo e seu incansável apoio a tudo que escrevo. Não posso me despedir sem mencionar Ashlea, que elegeu Rick como seu namorado literário.

A minha parceira de crítica, Sandra — sim, eu sei, o Michael precisa do seu "felizes para sempre". Aguente firme, baby!

A minha editora, Kelli, que ri de todas as minhas piadas. A toda a equipe da Montlake. Vocês são demais.

Como sempre, a Jane Dystel e a todos da Dystel & Goderich Literary Management. Eu não poderia desejar uma equipe mais solidária. Beijos.

Deixem-me voltar à mulher a quem dediquei este livro: tia Joan. Não sei se você sabe como é especial para mim. Quando me mudei para a Califórnia, seu apoio e sua presença em minha vida foram completamente inesperados, e nunca os apreciei tanto quanto naquela época difícil. Você ama incondicionalmente e de todo o coração, e sou abençoada por tê-la em minha vida.

Amo vocês.

Impresso no Brasil pelo Sistema Cameron da Divisão Gráfica da
DISTRIBUIDORA RECORD DE SERVIÇOS DE IMPRENSA S.A.